Kompaß-Bücherei – Band 355

NEUES LEBEN

Mit Sorge betrachtet der kanadische Eishockeymanager Blaver seine alternden Cracks, doch dann hat er eine Idee, die so phantastisch wie gefährlich ist.

Dr. Feketörök entdeckt die scheinbar unfehlbare Methode, mittels eines Computers endlich die richtige Partnerin zu finden.

Ein junger Journalist begreift, daß Elena nicht nur eine schöne Frau, sondern auch eine ernsthafte Wissenschaftlerin ist, und spielt deshalb seinem sensationslüsternen Kollegen einen Streich.

Lieutenant Bratt aus Los Angeles durchlebt die letzten, furchtbaren Sekunden eines Mannes, der seinem Mörder gegenübersteht.

Vier utopische Geschichten voller Einfälle und Überraschungen, einfühlsam und nicht ohne Humor geschrieben.

Günter Teske

Eheglück aus dem Computer

Utopische Erzählungen

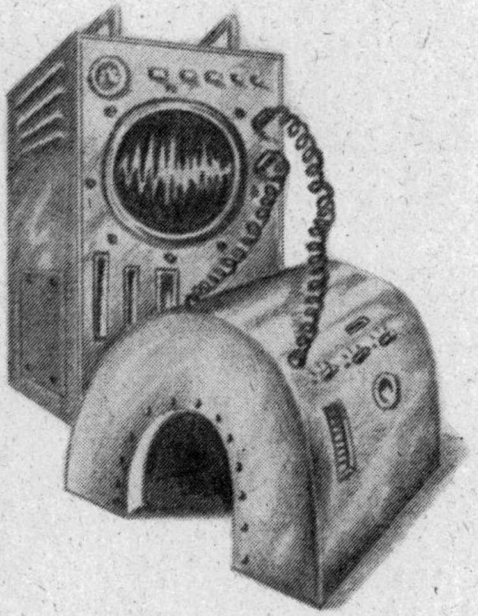

Verlag Neues Leben Berlin

Illustrationen von Michael de Maíziére

ISBN 3-355-00319-0

Lizenz Nr. 303 (305/160/87)
LSV 7503
Umschlag: Michael de Maíziére
Typografie: Christel Ruppin
Schrift: 9/10p Timeless
Gesamtherstellung: GG Völkerfreundschaft Dresden
Bestell-Nr. 644 186 4
00180

Der doppelte Sturm

Wenn das Wort vom entscheidenden ersten Eindruck stimmt, dann brauchte sich Bernard Blaver keine Sorgen zu machen. Er wirkte vertrauenerweckend und seriös. Das änderte sich auch nicht nach dem zweiten Blick auf seine mittelgroße, leicht füllige Figur, das schüttere, dabei gewellte Haar und die dunkelbraunen Augen hinter der randlosen Brille. Seine elegante und dennoch geschmackvolle Kleidung sowie sein Charme und sicheres Auftreten waren genau von jener Art, wie man sie von einem erfolgreichen Kanadier französischer Abstammung erwartet.

Es gab aber dennoch einen anderen Bernard Blaver. Wenn er sich an den Verhandlungstisch setzte und seine Anordnungen traf, dann war aus seinen braunen Augen alle Freundlichkeit verschwunden, und die manchmal gemütlich wirkende Beleibtheit drückte plötzlich schwergewichtige Autorität aus.

Bernard Blaver war Manager des Eishockeyklubs Prince Building Hotspurs. Neben ihm gab es noch einen Präsidenten, zwei Vizepräsidenten, drei Vorstandsmitglieder, einen ökonomischen Direktor, den Trainer, dessen Assistenten und mehrere Betreuer. Und die Spieler natürlich. Jeder von ihnen verfolgte seine eigenen Ziele. Die einen, um aus ihrem Geld über die Position eines Hauptaktionärs noch mehr Geld zu machen, die anderen, um ihnen dabei zu helfen, vorausgesetzt, man belohnte sie entsprechend dafür.

Ohne Zweifel fiel dem Manager die wichtigste und brisanteste Aufgabe zu. Er konnte sie nur gut erfüllen mit einem Gespür für besondere Situationen und Entwicklungen, ohne sich dabei von irgendwelchen Gefühlsregungen ablenken zu lassen. Für ihn ging es ausschließlich um die ökonomische Bilanz des Profiklubs, und die ließ sich nur mit harten, cleveren Geschäftsmethoden positiv gestalten. In den letzten zehn Jahren war Blaver das immer gelungen.

Die Klubaktionäre konnten sich also keinen besseren Manager als Bernard Blaver wünschen. Und wenn wirklich einmal eine der privat sich zeigenden angenehmen Eigenschaften bei Geschäftsverhandlungen ihn schüchtern an sein Gewissen erinnerte, dann brauchte er nur daran zu denken, daß er mit fünfzehn Prozent Anteilen der zweitgrößte Aktionär der Prince Building Hotspurs war. Ein Manager, der Kalkulation selbst mit winzigsten Mengen von Emotion mischte, gehörte nicht auf diesen Platz. Das war die Meinung aller Aktionäre, die Blavers eingeschlossen.

Er stand am Fenster seines Büros und sah hinaus. Vor dem Schreibtisch war der Ökonomische Direktor Peter Jervin in einen Sessel gesunken und las aus einer Akte Zahlen vor. Jervin, ein langer, dünner Mann, saß immer so gekrümmt. Schließlich schwieg er und kroch so in sich zusammen, als drücke ihn der Inhalt seiner Mitteilungen noch tiefer in die Polster.

„Vierundzwanzig Prozent weniger Zuschauer, Hallenkosten und weitere Ausgaben um neun Prozent gestiegen“, wiederholte Blaver. „Das ist es, kurz gesagt, was Sie als hauptsächliche Gründe dafür angeben, Peter?“

„Ja, im Prinzip. Und die gestiegenen Ausschüttungen an die Aktionäre. Wir werden zwei Millionen Dollar Defizit in diesem Jahr machen.“

Von den Ahornbäumen vor dem Fenster schaukelten Blätter zu Boden. Der Winter kündigte sich an, die Hochsaison des Eishockeys. „Was ist mit unseren Rücklagen?“ fragte Blaver.

„Eins Komma zwei Millionen.“ Jervin richtete sich mit solcher Anstrengung hoch, als müsse er dabei eine gewaltige Last mitheben. „Das heißt: Ohne Dividendenausschüttung würde unser Defizit etwa die Höhe der Rücklagen erreichen.“

„Anders gesagt: Nur die geplante Gewinnauszahlung für die Aktionäre bringt uns in die roten Zahlen“, sagte Blaver mit spöttischem Unterton. „Und diese Summe möchten Sie einsparen.“

Jervins Stimme hatte denselben nüchternen Klang wie zuvor. „Ich bin nur bemüht, mit einer gesunden Bilanz abzuschließen. Von den Zuschauern ist nichts zu erwarten, mehr kommen nicht, bei dem jetzigen Leistungsniveau unserer Mannschaft. Und höhere Eintrittspreise können wir nicht verlangen, die Arbeitslosigkeit ist sogar um zwei Prozent mehr gestiegen als erwartet ..."

„Eigentlich wollte ich von Ihnen etwas anderes hören als diese Allerweltsweisheiten." Blaver drehte sich um, ging zum Schreibtisch, wo er die Hände auf die Platte stützte und den etwa zwanzig Zentimeter größeren Jervin von oben anblickte. „Ein Geschäft, das keinen Gewinn abwirft, ist nicht gesund, das wissen Sie genausogut wie ich. Schon um diesen Eindruck zu verhindern, werden wir Gewinne ausschütten. Was ich von Ihnen will, sind ein paar konkrete Vorschläge – ich meine, außer Ihrer Lieblingsidee, an den Dividenden zu sparen."

„Sie kennen meine Vorschläge", murmelte Jervin. Obwohl es unmöglich schien, kroch er noch mehr in sich zusammen.

Blaver setzte sich und nagte an seiner Unterlippe. Natürlich blieb immer noch die Möglichkeit, Konkurs anzumelden und trotzdem ein Geschäft zu machen. Doch das hätte wahrscheinlich das Ende des Klubs bedeutet, an dem er mehr hing, als es für einen kühlen Manager gut war. Vierzehn Jahre Arbeit, Ideen und straffe Leitung hatten die Hotspurs in die obere Leistungsklasse und einige Zeit sogar an die Spitze der kanadischen Profinationalliga gebracht. So schnell durfte man da nicht aufgeben. Irgendwo ließen sich bestimmt Geldgeber auftreiben, auch wenn ihm die Richtung, in die seine Gedanken sich bewegten, im Moment Unbehagen bereitete. Der Grund lag nicht einmal so sehr in der eigenen Gewinneinbuße durch hohe Zinsen, es war die Art der Geldquelle. Immer wieder gab es Skandale, wenn herauskam, daß die durch Verbrechen erworbenen Millionen in irgendwelchen offiziellen Firmen oder Unternehmen „saubergewaschen" werden sollten. Aber was sollten solche Überlegungen? Das Defizit war ohne neue Investitionen vorprogrammiert. Das schwierige war nur, nach außen hin eine gute Bilanz des Klubs vorzutäuschen.

Aber vielleicht ging es noch einmal so. „Das heißt also, wir müssen noch mehr sparen", sagte Blaver.

„Ich habe das schon durchkalkuliert", erwiderte Jervin und schob sich etwas in die Höhe. „Auch wenn wir Leute entlassen, einsparen bei den Prämien und an den Ausgaben für Material, medizinische Betreuung und sogar Reisekosten – mehr als vierhunderttausend Dollar bringt das nicht. Wir könnten auch zwei gute Spieler verkaufen. Das würde im Moment zwar das Loch stopfen, doch dann rutschen wir garantiert an das Tabellenende, und die Einnahmen sinken weiter. Der Verlust wäre im Endergebnis viel höher als die Summe, die wir erst einmal einsparen."

„Nein", sagte Blaver leise. „Wir müßten sogar ein oder zwei gute Spieler kaufen. Zwei Asse." Es klang, als habe er soeben einen Entschluß gefaßt.

„Das glaube ich auch. Es ist wohl der einzige Ausweg."

Blaver blickte überrascht auf seinen Ökonomischen Direktor. Jervin, der nach guter Buchhalterart überall herumknauserte, stimmte ihm zu? Und das, obwohl man dann immer noch nicht aus den roten Zahlen kommen würde. „Wenn Sie das schon sagen."

„Nicht gern", gab Jervin zu. „Aber es ist eine nüchterne Rechnung. Wenn wir also unsere Reserven verbrauchen und darüber hinaus auf eine Million Schulden kommen – ich gehe hier mal von den vorgesehenen achthunderttausend Dollar Dividende aus ..." Scheinbar stockte Jervin einen Augenblick vor Verlegenheit, doch Blaver wußte genau, daß dies ein wohlberechneter Seitenhieb seines Ökonomischen Direktors auf jene war, die das Loch in die Kasse rissen. „Also, zwei Millionen machen die Schuldengrube auch nicht viel tiefer als eins Komma zwei. Doch wen wollen wir einkaufen, jetzt, zu Beginn der Saison?"

„Bis zur Meisterschaftshalbzeit in einem Vierteljahr müßte aber alles perfekt sein", gab Blaver ihm recht. Er blickte wieder hinaus und schwieg eine Weile. „Etwa eins Komma fünf Millionen, das wäre die Summe. Aber sie dürfte nicht in den Büchern auftauchen."

Jervin räusperte sich erschrocken. „Nicht in den Büchern. Ich denke, wir wollen kaufen."

„Natürlich. Offiziell aber nur für eine halbe Million. Den Rest brauche ich so."

„Eine Million." Jervin kam nicht darüber hinweg. „Zweihunderttausend, das läßt sich mal machen. Aber solch eine Summe!"

„Geht es, oder geht es nicht", sagte Blaver ungeduldig.

„Es geht alles, aber …" Jervin wand sich in seinem Sessel. „Diese Leute haben nicht den besten Ruf. Und wenn die Summe erst mal in unseren Büchern erscheint, ist der Ärger vorprogrammiert."

„Peter, haben Sie nicht zugehört. Die fünfhunderttausend offiziell, ich brauche nur den Rest so."

„Den Rest …", murmelte Jervin. „Dann würden Sie selbst mit den Leuten verhandeln?"

„Ja, können Sie das irgendwie vermitteln?"

Jervin nickte erleichtert. „Diese Typen klopfen ja immer wieder mal an, und ich weiß, wo ich die Verbindung aufnehmen kann. Die Sache ist aber nicht ohne Risiko."

„Wenn wir auf dem Eis abserviert werden und absteigen in die roten Zahlen – ist das besser?"

„Dann soll ich mich also um die Geldquelle kümmern", vergewisserte sich Jervin noch einmal.

„Ja, wenn's geht, sofort."

Jervin erhob sich und nickte Blaver zu. Obwohl er den Manager jetzt deutlich überragte, wirkte es immer noch so, als müsse er zu ihm aufblicken.

Nachdem Jervin den Raum verlassen hatte, nahm Blaver seinen Platz am Fenster wieder ein und sah den fallenden Blättern zu. Einem Winter folgte immer wieder ein Frühling. Und die Idee, die ihm gekommen war, könnte den Prince Building Hotspurs einen schönen finanziellen Frühling bringen. Oder seine Mannschaft würde endgültig … Aber daran durfte er bei diesem Unternehmen gar nicht denken.

Der erste Sturm der Prince Building Hotspurs mit Rockwell – Butcher – Lafleur war immer noch klasse. Zwei Tore hatte er in diesem dritten Meisterschaftsspiel der neuen Saison gegen die Rangers schon geschossen. Trainer Bertolt Falmouth stand mit dem Rücken zur Eisfläche vor den drei Stürmern, die heftig atmend auf der Auswechselbank saßen, und wiederholte eindringlich: „Laßt unsere Verteidigung die Arbeit machen, nur Lafleur muß ständig hinten aushelfen. Du, Butcher, machst es weiter so wie vorhin: mit dem Puck auf den Gegenspieler, abgeben zu Rockwell – und Check. Rockwell nimmt seinen Mann, gibt im selben Moment zurück zu Lafleur oder Butcher. Und dann drauf,

Schüsse aus jeder Situation."

Trainer Falmouth wußte, warum er diese Anweisungen wiederholte. Trotz ihrer Erfahrungen aus Hunderten von Spielen gingen Butcher und Rockwell im Eifer des Kampfes doch immer wieder nach hinten, um in der Abwehr auszuhelfen. Ein Drittel lang klappte das auch sehr gut, doch dann reichten die Kräfte nicht mehr. Butcher war sechsunddreißig, Rockwell zweiunddreißig. Das vergaßen die beiden oft. Am Puck konnte ihnen keiner etwas vormachen, und im Zweikampf zogen ihre Gegner fast immer den kürzeren. Jedenfalls ein Drittel lang. Den zweiten Spielabschnitt standen sie meist noch mit Anstand durch, doch dann war es aus. Was nutzten dann zwei so clevere und technisch versierte Stürmer, wenn ihnen junge, konditionsstarke Burschen von zwanzig, zweiundzwanzig Jahren davonliefen.

Im ersten Saisonspiel gegen die Hotdogs hatte es nach dem Drei-zu-null und Zwei-zu-eins der beiden ersten Drittel zum Schluß ein Null-zu-drei gegeben – es war also gerade noch mit fünf zu vier gewonnen worden. Im zweiten Treffen gegen die Ice Devils hatte es nach überlegener Führung und einem Eins-zu-sechs im letzten Drittel gerade noch zum Unentschieden gereicht. Wenn Butcher und Rockwell sich gegen die Rangers schon jetzt so verausgabten, dann mußte der Einbruch in den letzten zwanzig Spielminuten noch schlimmer werden. Und die Rangers waren Titelverteidiger und klarer Tabellenführer.

„Ist das klar, Butcher, Rockwell?" fragte Falmouth.

Die beiden nickten und beugten sich zur Seite, um an ihm vorbei aufs Eis zu blicken. Ein Aufschrei ging durch die Halle, und noch in den Lärm hinein kam die Durchsage: „Den Eins-zu-zwei-Anschlußtreffer für die Rangers erzielte in der achtzehnten Minute Bill Rogers mit der Nummer fünf."

Falmouth' leiser Seufzer ging in den rhythmischen Rufen der Rangers-Anhänger unter. Endlich waren auch die eigenen Zuschauer zu Tausenden gekommen und hatten die Halle fast gefüllt, da gab es schon im ersten Drittel den Anschlußtreffer. Wenn man jetzt gegen die Rangers auf eigenem Eis unterging, dann war hier vorläufig nichts mehr zu verdienen.

Die Spieler liefen zur Mittellinie, da klopfte Lafleur ihm auf die Schulter. Falmouth wußte, was er wollte. Er nickte und gab das Zeichen zur Auswechslung. Sein erster Sturm sprang über die Bande und nahm Aufstellung. Jetzt kam gleich die Drittelpause, sollten sie sich noch einmal richtig verausgaben. Im zweiten Drittel würde er ihre Kräfte etwas für den Schlußgang schonen.

Der Trainer schob die drückenden Sorgen und die Furcht vor kommenden Niederlagen von sich. Der erste Heimspielerfolg und das Unentschieden auswärts waren nicht schlecht. Doch die Saison begann erst – und auch die schweren Spiele der Rückrunde auf dem Eis der Hotdogs, der Rangers, City Stars, Vancouver Cristals und anderer. Mit Butcher und Rockwell war das wohl nicht mehr zu schaffen. So torgefährlich die beiden auch waren, ihre Kondition reichte nicht mehr aus für dreimal zwanzig Minuten.

Das Spiel war angepfiffen. Demonstrativ drehte Falmouth sich ab und stellte sich vor seine zweite Reihe. „Wie ist das passiert?“ fragte er.

„Rogers war durch – wir haben uns gegenseitig behindert“, sagte Dardier.

„Habe ich nicht gesagt, er muß hart genommen werden? Das ist einer von Butchers Qualität, da hilft nur ein Bodycheck.“

„Ist klar, doch vorher hatte ich schon seinen Schläger in den Rippen“, sagte Dardier. Er verzog schmerzhaft das Gesicht. „Ich kriege immer noch nicht richtig Luft.“

Falmouth schüttelte den Kopf. Neunzehn Jahre war dieser Jean Dardier, groß, kräftig und gar nicht bullig wirkend. Er besaß das gleiche Talent wie Lafleur, aber zwei Jahre brauchte er bestimmt noch, um absolute Klasse zu werden. „Damit mußt du immer rechnen“, sagte der Trainer ärgerlich. „Du bist doch schnell und beweglich, läßt ihn also aussteigen. Jeden läßt du aussteigen, ob er nun sauber spielt oder nicht, verstanden?“ Er wandte sich der Spielfläche zu und sah, wie Butcher einen millimetergenauen Paß auf den davonspurtenden Lafleur gab und gleichzeitig den gegnerischen Verteidiger so hart checkte, daß der einige Meter über das Eis rutschte. Das war es, was die Jungen wie Dardier noch lernen mußten. Lafleur hatte inzwischen den zweiten

Verteidiger umspielt, täuschte einen Schuß an und hob den Puck über den sich zu Boden werfenden Torwart in das Netz.

Die Zuschauer tobten, Frauen kreischten. Einige hundert schrien im Takt: „Rockwell greift an, Butcher geht ran, Lafleur schießt dann!“ Es stand drei zu eins. Butcher stieß den Schläger in die Luft und fuhr auf Lafleur zu. Rockwell kam ebenfalls heran, sie umarmten sich.

„Hast du gesehen, so wird es gemacht“, sagte Falmouth zu Dardier. Es war fast wie in alten Zeiten, und der Trainer wurde einen Moment so von Stolz auf seinen ersten Sturm erfaßt, daß er all seine Kritik an den beiden alten Assen vergaß. Ihm ging wieder der Gedanke durch den Kopf, den jungen Dardier statt Lafleur in dieser Sturmreihe einzusetzen. Nur mit solch erfahrenen Nebenleuten wie Butcher und Rockwell würde sich Dardier zu einem großen Könner entwickeln. Auch den damals neunzehnjährigen Lafleur hatte er zu den beiden gesteckt. Inzwischen waren fast vier Jahre vergangen, und die drei bildeten eine gefährliche Angriffsreihe. Jedenfalls, solange die Kraft der beiden Älteren reichte.

Falmouth befand sich in einer schwierigen Lage. Ohne Zweifel würde Lafleur der zweiten Reihe größere Gefährlichkeit verleihen und damit den ersten Sturm entlasten. Doch Dardier brauchte mindestens eine Saison, um mit Butcher und Rockwell die gewünschte Harmonie und Durchschlagskraft zu erreichen. Und wer wußte schon, ob die beiden überhaupt so lange Spitze blieben? Es konnte also sein, daß dann weder der erste noch der zweite Sturm große Gefährlichkeit ausstrahlten. Nein, dieses Experiment konnte er jetzt nicht wagen. Mindestens ein, noch besser zwei neue Asse brauchte er. Und wenn es ging, nicht älter als fünfundzwanzig.

Als Butcher freudestrahlend winkte, lächelte Falmouth und nickte ihm zuversichtlich zu. Er machte das Auswechselzeichen, doch Butcher schüttelte heftig den Kopf. Es waren noch vierzig Sekunden zu spielen.

Die Rangers zeigten sich von dem Tor nicht beeindruckt. Sie hatten ebenfalls ihren besten Sturm auf das Eis geholt, und schon der nächste Angriff schuf eine brenzlige Situation vor dem Tor der Hotspurs. Der Torwart warf sich auf den Puck, es gab Bully. Butcher und Rockwell eilten nach hinten, doch nun zeigte sich, daß ihre Schnelligkeit nicht mehr ausreichte, die gegnerischen Stürmer entscheidend zu stören. Immer wieder lösten die sich und kamen zum Schuß, ehe Butcher oder Rockwell eingreifen konnten. Beide zogen sich fast zur Torlinie zurück und deckten den Rückraum, während Lafleur und die beiden Verteidiger die Angriffe abwehrten.

Zehn Sekunden vor Schluß setzte Rogers zu einem Solo an, ließ einen Verteidiger stehen, checkte Lafleur und tauchte plötzlich schußbereit vor dem Tor auf. Butcher warf sich mit einem Riesensatz, den Schläger voran, in den Schuß und brachte Rogers zu Fall. Die Zuschauer stöhnten erleichtert auf. Der Schiedsrichter glitt heran, zeigte eine Zweiminutenstrafe an und wies auf den Bullypunkt. Butcher fuhr völlig ausgepumpt zur Strafbank. Als der Pfiff ertönte, sah er zur Uhr an der Hallenwand. Noch zwei Sekunden.

Am Bully Rockwell und Rogers. Kurz nach dem Krachen der Schläger ertönte die Drittelsirene. Beifall und Bravorufe. Es war beim Drei-zu-eins geblieben.

Rockwell und Butcher ließen sich in der Kabine sofort auf die Liege fallen. In der heimischen Halle besaßen die Spieler der Prince Building Hotspurs drei Räume: den großen mit drei Liegen und Sitzbänken für alle, den Massageraum, den sie alle nur die „Pflasterkammer“ nannten, sowie das Zimmer der Senioren Rockwell und Butcher. Während sich ein Masseur und ein Betreuer um die anderen kümmerten, bearbeitete der Chefphysiotherapeut die Muskeln von Butcher und Rockwell. Beide lagen matt auf ihren Bänken.

„Ein tolles Spiel“, sagte der Masseur. „Gegen die Rangers drei zu eins – das ist schon was.“

„Ja, wenn das Spiel jetzt zu Ende wäre“, sagte Butcher müde.

„Die kochen auch nur mit Wasser“, meinte der Masseur.

„Sie haben einen zu starken Sturm. Rogers und Martin und dazu noch Danello. Die werden uns noch ganz schön zu schaffen machen.“ Butcher stöhnte wohlig unter den Griffen des Masseurs und fuhr fort: „Und dann die zweite Reihe, auch nicht viel schwächer. So was fehlt uns.“

„Ihr spielt zu Hause, das Publikum ist unser zweiter Sturm“, sagte der Masseur.

„Ja, solange wir führen.“

Falmouth betrat den Raum, gefolgt von Blaver. „Bis jetzt läuft es gut“, sagte der Trainer kurz, „ich brauche deshalb gar nicht viel zu reden. Unsere Taktik bleibt unverändert, doch werden wir uns hauptsächlich auf die Abwehr konzentrieren. Sie fahren nur hin und wieder einige Konter. Sparen Sie ihre Kraft für das letzte Drittel.“

„Warum? Es läuft doch gut bei uns“, meinte Rockwell. „Sollen wir auf unsere Chancen verzichten?“

„Ein Eishockeyspiel hat drei Drittel“, erwiderte der Trainer schärfer, als er wollte.

„Wir spielen doch nicht erst seit gestern, Mister Falmouth“, sagte Butcher im gleichen Ton. Er richtete sich hoch und schob die beruhigende Hand des Masseurs beiseite. „Wenn Sie sich erinnern: Wir haben auch im letzten Drittel schon Tore geschossen.“

Der Trainer blickte ihn an und holte Luft, als wolle er etwas sagen. Dann schüttelte er kaum merklich den Kopf und wandte sich ab.

„Mir schien, als hätten Sie und Rockwell in den beiden Spielen dieser Saison zum Schluß gewaltig abgebaut“, sagte Blaver. „Oder täusche ich mich?“

In der Kabine war es still. Butcher legte sich wieder hin, der Masseur schob ihm das Jersey über den Kopf und bearbeitete den Rücken. Rockwell räusperte sich. „Wir kommen jetzt erst richtig in Form. Sie wissen, Ronald und ich sind nicht die Küken der Mannschaft.“ Er lachte nervös. „Jeder weiß, wenn man so um die Dreißig ist, braucht man höhere Belastungen, um in Schwung zu kommen. Was meinst du, Ronald?“

Butcher grunzte. Dann hob er den Kopf, zog das Jersey zurück und blinzelte den Manager an. „So ist es, Mister Blaver.“

Der Manager neigte den Kopf ein wenig und gab seinem Gesicht einen treuherzigen Ausdruck. „Ich hoffe das ebenso wie Sie“, sagte er und verließ kopfnickend den Raum. Falmouth folgte ihm.

Das zweite Drittel begann so recht nach dem Geschmack des Publikums. Lafleur und Rockwell schossen die Hotspurs mit fünf zu eins in Führung, und fast wäre Butcher sogar das Sechs-zu-eins gelungen. Bis zur fünfzehnten Minute gab es packende Torszenen, gefährliche Angriffe der Rangers wie der Hotspurs und ein wechselvolles Spiel, in dem Rockwell und Butcher glänzende Leistungen boten.

Plötzlich fiel der zweite Treffer der Gäste, und von diesem Augenblick an kamen die Hotspurs kaum noch aus ihrem Drittel heraus. Das dritte Tor erzielten die Rangers wenige Sekunden vor Schluß des Drittels, als Lafleur, Rockwell und Butcher auf dem Eis waren. Was Lafleur leistete, war phantastisch, doch er konnte den Konditionsabbau seiner älteren Nebenleute nicht ausgleichen. Rockwell und Butcher liefen den Angreifern nun immer öfter hinterher und vermochten nur durch Tricks und Fouls weitere Tore zu verhindern. Schließlich mußte Rockwell kurz vor der Drittelpause für zwei Minuten auf die Strafbank.

Noch in den letzten Sekunden schien sich die Szene aus dem ersten Drittel zu wiederholen. Rogers erhielt die Scheibe, umspielte Butcher und setzte zum Schuß an. Da kam Lafleur von hinten herangejagt, gab ihm einen korrekten Check und nahm ihm dabei die Scheibe ab. Rogers gingen die Nerven durch. Er jagte Lafleur hinterher und begann ihn mit dem Schläger zu bearbeiten. Die Schiedsrichter und seine eigenen Mannschaftskameraden rissen ihn zurück, und nur mit Mühe konnte eine Massenschlägerei verhindert werden. Sogar Rockwell war von der Strafbank aufs Eis gesprungen und mußte erst beruhigt werden. Rogers erhielt fünf Strafminuten, deren Verkündung von den Zuschauern mit einem Beifallsorkan begrüßt wurde. Das Fünf-zu-drei war vorerst nicht in Gefahr.

Rockwell und Butcher war der Kräfteverschleiß deutlich anzusehen. Auch Lafleur machte einen erschöpften Eindruck, als sie in die Kabine gingen.

„Ihr wart klasse“, lobte sie der Masseur. Er begann sofort seine Arbeit und wiederholte: „Also wirklich, wie in alten Zeiten. Fast bis zum Schluß.“

Die beiden antworteten nicht. Butcher hatte sich lang ausgestreckt und starrte unbeweglich die Decke an. Er atmete kaum. Auch Rockwell lag wie leblos auf der Pritsche und ließ nicht erkennen, was er unter den kräftigen Händen des Masseurs empfand. Der setzte noch einmal zu einem scherzhaften Dialog an, doch da niemand antwortete, arbeitete er schweigend weiter.

Die drei schreckten zusammen, als Blavers Stimme plötzlich ertönte. „Das war ausgezeichnet. So wirkungslos habe ich den stärksten Sturm unserer Nationalliga noch nie gesehen."

Butcher wandte den Kopf, sagte jedoch nichts. Falmouth war neben Blaver getreten und räusperte sich. „Sie wissen, daß die Rangers favorisiert sind. Aber heute könnten wir es packen. Ein Drittel noch, ein schweres Drittel. Hoffentlich haben Sie sich nicht zu sehr verausgabt, werden Sie ... Ich meine, wie fühlen Sie sich?" Falmouth sprach seine Spieler immer mit Sie an, das schuf einen gewissen Abstand und gab seinen Worten mehr Nachdruck. Nur wenn er in der Hektik des Spiels mit ihnen redete, galt diese Regel nicht.

„Es ist ein hartes Spiel", sagte Rockwell.

„Wir werden es schon durchstehen", fügte Butcher hinzu.

Blaver und Falmouth sahen einander bedeutungsvoll an. Der Manager strich sich mit generöser Geste über das Kinn, wie er es immer tat, wenn er den Spielern etwas Wichtiges mitteilen wollte, und sagte: „Ich habe eine Prämie ausgesetzt. Wenn wir heute gewinnen, bekommt jeder Spieler fünfhundert Dollar, für jedes geschossene Tor erhält der Schütze noch mal zweihundertfünfzig."

„Die Chancen, das Geld zu behalten, stehen nicht schlecht für Sie, Mister Blaver", sagte Butcher.

Der Manager bewegte aufmunternd den Kopf, dann ging er in den Nebenraum und gab auch dort seine Entscheidung bekannt.

„Wenn ich solche Chance hätte, würde ich mich auswringen wie einen feuchten Scheuerlappen", sagte der Masseur vorwurfsvoll. „Aber wir sind ja unwichtig."

„Du kriegst deinen Anteil, ‚Finger'", tröstete ihn Rockwell, und sofort erhöhte der Masseur das Tempo seiner muskelknetenden Hände. Er versuchte die beiden Männer aufzuheitern, doch sie grübelten vor sich hin, und vielleicht dachten sie dabei auch an jene Begebenheit, durch die der Masseur seinen Spitznamen erhalten hatte.

Damals war er Masseur bei den starken Hickory Heads, zu denen auch der berühmte Einmeterneunzigmann Kid Carell gehörte. Der hatte durch Ellbogenchecks, Schläger oder die meist von ihm inszenierten Prügeleien auf dem Eis bis auf drei Backenzähne und eigenartigerweise einen großen oberen Schneidezahn sämtliche Zähne eingebüßt. Dieser Hüne wurde von dem nur ein Meter fünfundsechzig großen Masseur zur Räson gebracht. Das war vor achtzehn Jahren bei einer Massenschlägerei im Spiel gegen die im letzten Drittel noch führenden Außenseiter Toronto Eagles gewesen. Kid hatte mit seinen zweihundertdreißig Pfund Muskeln, Sehnen und Knochen die gegnerische Mannschaft regelrecht niedergewalzt und in dem Gewühl den einen Schiedsrichter gleich mit verdroschen. Als nun der zweite Unparteiische auf ihn zukam und Carell weiterwütete, schien sich eine lange Sperre für ihn anzubahnen. In dieser Situation war der Masseur über die Bande auf Kid zugesprungen, hatte dessen Handgelenke gepackt, sie zusammengepreßt und den riesigen Mann so in die Knie gezwungen, daß es aussah, als kniee er vor dem Masseur.

In das plötzliche Schweigen der zwanzigtausend Zuschauer hinein drang nur Carells tiefes Aufstöhnen. „Er will sich entschuldigen", sagte der Masseur laut zu dem Schiedsrichter.

Kid nickte mit schmerzverzerrtem Gesicht, was den Unparteiischen so verblüffte, daß er den Mund öffnete, ungläubig ächzte, ihn wieder schloß und Kid auf die Beine half. Er war offensichtlich sehr verwirrt.

Ein Beifallsorkan brach los, als der Masseur den Spieler bei der Hand nahm und ihn in Richtung Bande zog. So folgsam hatte man den auf seinen Schlittschuhen noch riesenhafter wirkenden Kid noch nie gesehen. Nur der Schiedsrichter schielte den beiden mißtrauisch hinterher, ehe er mit ungläubigem Gesichtsausdruck zu dem sich langsam entwirrenden Spielerknäuel fuhr und seinem Kollegen aufhalf. Die danach ausgesprochene Fünfminutenstrafe war fast ein Geschenk für Carell.

Später bedankte sich Kid vor versammelter Mannschaft bei dem Masseur mit folgenden Worten: „Mann, du hast mir den größten Gefallen meines Lebens getan. Aber bitte, drück nie mehr so zu, du zerquetschst mir ja die Handgelenke, Eisenfinger." Und da Eisenfinger zu lang war als Spitzname, hieß der Masseur Timothy Jesus Rackburn von dem Tage an nur noch Finger.

Nun gab er Rockwell einen Klaps auf den Rücken und trat an die zweite Liege, auf der Butcher ausgestreckt lag. „Ihr schafft es, Jungs", sagte er. „Und wenn's wirklich nicht mehr gehen sollte, könntet ihr mir ja einen kleinen Wink geben."

Die beiden Spieler antworteten nicht. Erst nachdem Falmouth den Kopf ins Zimmer gesteckt und gemahnt hatte: „Beeilung, es geht weiter!", da fragte Butcher leise: „Meinst du damit etwas Treibstoff, Finger?"

„Nun ja, ihr seid doch keine Anfänger." Der Masseur musterte Rockwell, der sich das Jersey zurechtzog.

„Wenn Ronald einverstanden ist, mache ich mit", sagte Rockwell.

„Na ja, man explodiert davon nicht gerade, aber es muntert ganz schön auf", erläuterte der Masseur.

„In Ordnung, wir sagen dir Bescheid." Butcher klopfte dem Masseur zustimmend auf den Arm und erhob sich.

Das Zeichen kam nach elf Minuten Spielzeit. Rogers hatte erst seine Fünfminutenstrafe absitzen müssen, doch dann war er wie ein gereizter Stier auf das Eis gestürmt. Er gab dem Angriff der Rangers sofort jenes entscheidende Übergewicht, das unweigerlich zu Toren führen mußte. Erstaunlich, daß es immer noch sechs zu fünf für die Hotspurs stand, bei denen die junge Reihe mit Dardier zwar einsatzfreudig, doch mit kaum begreiflichem Glück die Angriffe hatte stoppen können, während Butcher und Rockwell immer kraftloser, aber mit bewundernswerter Routine gefährliche Situationen entschärften. Sie gaben den Zuschauern eine Lektion, was mit Erfahrung und Cleverneß zu erreichen ist. Die Frage war nur, wie lange sie das durchhielten.

In der zwölften Minute gab Finger den beiden Stars eine

Trinkflasche, aus der sie mit hastigen Zügen tranken. Niemand wußte, woraus der Masseur solche Getränke mixte, wichtig war nur ihre Wirkung. Schon kurz darauf schienen Rockwell und Butcher wie verwandelt. Die Schnelligkeit, mit der beide über das Eis jagten, ihre Zweikampfhärte und eine wie zu Beginn des Spiels gute Reaktion kamen für die Zuschauer und die Rangers gleichermaßen überraschend. Sogar Lafleur fiel plötzlich gegen die beiden Mannschaftskameraden ab.

Die Zuschauer spürten das Ungewöhnliche der Situation, sie wurden aufgeregt und feuerten ihre Mannschaft immer hektischer an, je mehr sich die beiden steigerten. Nur Falmouth konnte seine Nervosität nicht verbergen. Er sprach überhaupt nicht mehr und richtete seinen unruhigen Blick immer häufiger zur großen Uhr an der Stirnseite der Halle. Wenn Butcher und Rockwell auf die Bank kamen, wichen sie dem Blick des Trainers aus. Sie spürten, daß er die Zusammenhänge ahnte. Es war ihnen jetzt gleichgültig. Kaum saßen sie, beugten sie sich zur Bande vor und verfolgten wie fiebernd das Geschehen auf dem Eis. Kam dann das Zeichen zum Auswechseln, stürmten sie auf die Fläche, als hätten sie erst einige Minuten gespielt.

Genauso plötzlich wie der Aufschwung kam der Leistungsabfall. Drei Minuten vor dem Ende schienen Butcher und Rockwell immer langsamer zu werden, es hatte gegenüber den Konkurrenten den Anschein, als seien sie zwei Anfänger, die ungeschickt und kraftlos Eiskönnern nacheifern wollten. Sie verloren jeden Zweikampf und torkelten vor Schwäche, sobald sie nur einen einfachen Bodycheck erhielten. Butcher verübte ein Stockfoul und mußte auf die Strafbank. Bevor Rockwell auf dieselbe Idee kam, nahm Falmouth ihn heraus. Neben dem ausgepumpten Lafleur und dem jungen Dardier befanden sich nur noch die beiden Verteidiger und der Torwart auf dem Eis. Das konnte nicht gut gehen, und es ging auch nicht gut.

Das Spiel war umgekippt, die Rangers dominierten und beherrschten ihre Gegner, als spielten sie gegen eine drittklassige Mannschaft. Trotzdem war es erstaunlich, daß in den nächsten zwei Minuten nur drei Tore gegen die Hotspurs fielen. Es hatte den Anschein, als trauten die Rangers ihrer eigenen Überlegenheit nicht. Das Acht-zu-acht schien sie zufriedenzustellen. Der Lärm in der Halle war kaum noch auszuhalten.

„Gib mir noch eine Portion", bat Rockwell den Masseur. Er mußte fast schreien, um sich verständlich zu machen.

Inzwischen war Butcher wieder ins Spiel gekommen, doch schon nach wenigen Sekunden nahm Falmouth ihn heraus. Er hatte sich in den zwei Minuten kaum erholt.

„Los, Finger, soll alles umsonst gewesen sein", drängte Rockwell. Das Spiel war wieder unterbrochen, bis zur Schlußsirene blieben kaum noch achtzig Sekunden.

Der Masseur reichte Rockwell eine kleine Flasche, die der in einem Zug austrank.

Dann ging Rockwell zu Falmouth, klopfte dem Trainer auf die Schulter und sagte: „Ich habe mich wieder erholt, lassen Sie mich aufs Eis, Trainer."

Falmouth schüttelte energisch den Kopf, und in diese Bewegung hinein fiel das Führungstor der Gäste. Geschrei und Pfiffe gellten durch die Halle. Die Überlegenheit der Rangers war deprimierend. Dazu kam der Lärm der von Ärger und Enttäuschung aufgebrachten Zuschauer, der die Hotspurs gänzlich zu erdrücken schien.

Blaver, der hinter der Spielerbank saß, erhob sich und rief erregt: „Was ist los, Mister Falmouth? Was ist los?"

Rockwell nutzte das Durcheinander vor dem Anpfiff, fuhr zur Mittellinie und schickte einen Stürmer zur Bank. Das war ein Regelverstoß, denn erst mußte der Spieler das Eis verlassen haben, ehe ein anderer dafür hinaus durfte. Niemand achtete darauf. Rockwell, Lafleur und Dardier nahmen Aufstellung. Rund sechzig Sekunden blieben ihnen noch.

Es wurde eine Minute, wie man sie nicht oft im Eishockey sah. Mit einer Leistung, die niemand mehr von ihm erwartet hatte, riß Rockwell seine Nebenleute mit, glich den Führungstreffer der Rangers aus, wühlte sich förmlich durch die verunsicherte Verteidigung der Gegner hindurch, jagte zurück, holte sich erneut den Puck und schaffte schließlich mit einem überraschenden Schuß fast von der Mittellinie noch in letzter Sekunde den Sieg.

Die Schlußsirene war wie das Zeichen zu einem Beifallssturm, der die Halle erzittern ließ. Es war, als öffneten Hunderte alter Dampflokomotiven die Überdruckventile und heulten dazu mit ihren durchdringenden Pfeifen. Der ungeheure Lärm schlug wie eine Sturzsee über den Spielern zusammen und betäubte sie für Augenblicke. Nur langsam ebbte das Getöse ab, löste sich auf in einzelne erkennbare Töne und Rufe. Endlich blieb nur ein aufgeregtes Raunen übrig.

„Das war eine Leistung, toll“, sagte Blaver enthusiastisch zu Falmouth. Er war über die Barriere auf die Spielerbank geklettert, ein Gefühlsausbruch, den man von ihm noch nicht erlebt hatte.

Rockwell stand auf dem Eis und stützte sich schwer auf die Bande. Mit unbewegtem Gesicht schaute er auf die Mannschaftskameraden, die sich gegenseitig auf die Schultern klopften und dann auf die Spielfläche kamen. Erst jetzt drang die Gewißheit des Sieges in ihr Bewußtsein, und sie begannen ihrer Freude durch wilde und hektische Umarmungen Ausdruck zu verleihen.

Auch Blaver schien davon angesteckt, denn er versuchte den unbeteiligt, fast starr wirkenden Rockwell zu sich heranzuziehen. „Sie allein haben mindestens tausend Dollar Extraprämie verdient“, verkündete er in begeistertem Ton, und wer den Geschäftsmann als kühlen, immer etwas reservierten Menschen kannte, der hätte sich jetzt gewundert. Anscheinend war der Manager ehrlich beeindruckt. „Das war ein Spiel, verdammt, so was wollen die Zuschauer sehen. Und wir liegen jetzt an der Tabellenspitze.“

Falmouth drängte sich zwischen den Manager und Rockwell. „Ich kümmere mich jetzt erst einmal um die Jungs“, sagte er und faßte den Spieler unter die Achseln.

Butcher und Finger standen plötzlich neben Rockwell und stützten ihn. Sie führten ihn behutsam über das Eis zum Ausgang, wo Hunderte von Zuschauern im Takt die Arme schwenkten und den Schlachtruf „Hotspurs, Hotspurs, putzt sie weg!“ schrien. Während Dardier und Lafleur verschwitzt, doch voll gönnerhafter Siegesfreude ihre Namenszüge auf zugereichte Programme und Fotos schrieben, reagierte Rockwell weder auf Rufe noch auf seinen Namen. Er sah mit großen, fiebrig glänzenden Augen durch die jubelnden Menschen hindurch und ging wie abwesend zwischen seinen

Begleitern der Kabine entgegen.

Finger und Falmouth packten ihn auf die Liege. „Ist alles in Ordnung?" fragte der Trainer.

Rockwell nickte.

Finger sagte: „Ich mach das schon, Mister Falmouth. Er ist völlig ausgepumpt, aber er ist ein harter Bursche. In zwei Stunden ist er wieder voll da."

Falmouth verließ zögernd den Raum. Der Blick auf Rockwell, als er die Tür hinter sich zuzog, zeigte deutlich seine Zweifel an den Worten des Masseurs.

„Er wollte noch eine Ladung haben", erklärte Finger entschuldigend.

„Hab ich mir schon gedacht", sagte Butcher. „Passieren kann doch nichts, oder?"

Finger hob kaum merklich die Schultern. „Nein, eigentlich nicht."

Der Lärm im Nebenraum nahm zu. Die Spieler redeten laut durcheinander und vollzogen alle Phasen des letzten Drittels mit vielen Worten noch einmal. Erstaunlich, wie unterschiedlich jeder einzelne genau dieselbe Situation kommentierte. Nur in einem Punkt waren sie sich sicher gewesen: daß die Hotspurs gewinnen und daß Rockwell und Butcher die Sache schon machen würden.

Über Butchers Gesicht zog der Glanz reiner Selbstzufriedenheit. Ja, eigentlich hatte auch er nicht daran gezweifelt. Nur Rockwell gab durch keine Regung zu erkennen, daß ihn das interessierte.

Plötzlich verebbten die Gespräche, Ruhe trat ein. „Ich gratuliere euch allen zum Sieg und zur Prämie." Falmouths' Stimme klang laut zu ihnen herüber. „Jeder hat heute sein Bestes gegeben, doch wer diese Partie schließlich entschieden hat, das brauche ich wohl nicht extra zu betonen. Nun wird Mister Blaver die verdiente Prämie auszahlen."

Jubel brach los, und dann flog die Tür auf. Die Spieler drängten herein, drückten Butcher die Hand und klopften Rockwell mit scheuer Herzlichkeit auf Schultern und Oberschenkel. Die großen Pupillen gaben seinem Blick noch immer einen etwas fiebrigen, abwesenden Ausdruck, doch er nickte bereits und verzog das Gesicht zu einem freundlichen Grinsen.

Finger schob die Spieler hinaus und schimpfte dabei gutmütig: „Er hat sich völlig ausgewrungen, laßt ihm erst mal etwas Ruhe."

Blaver kostete die Zeremonie der Prämienverteilung sichtlich aus. Er zog aus einem dicken Paket jeweils zwei Hundertdollarnoten und überreichte sie jedem Spieler mit fast den gleichen Worten: „Eine erste Anzahlung. Die Restsumme taucht dann auf Ihrem Konto auf."

Als er zu Butcher und Rockwell in den Nebenraum gehen wollte, hielt der Trainer ihn zurück. „Das können wir später machen", sagte er und zog den Manager aus der Mannschaftskabine. Vor der Tür wartete die Schar der Sportjournalisten und Fotoreporter. „Bitte, Sie können hinein", rief er ihnen zu.

Die Presseleute drängten sich in den Raum, nur ein Reporter von der „Morning Depeche" wandte sich an den Trainer. „Ich wollte mich gern einmal mit Ihnen unterhalten, Mister Falmouth."

„Es war ein großes Spiel, dabei sind noch nicht alle meine Jungs in Bestform", sagte Falmouth betont fröhlich.

„Auch Butcher und Rockwell? Wie sieht's mit denen aus?"

Der Trainer breitete die Arme aus. „Sie haben die beiden ja gesehen. Haben sie Ihnen nicht gefallen?"

„Doch, sehr. Dabei ist es doch meist so, daß ältere Spieler einen längeren Anlauf brauchen, ehe sie in Bestform kommen."

„Vielleicht sind sie es noch gar nicht", mischte sich Blaver ein. Er sah den Mann von der „Morning Depeche" mit so viel Stolz und ehrlicher Überzeugung an, daß der einen Moment verwundert zwinkerte.

„Ich würde gern mit den beiden sprechen", sagte der Reporter.

„Im Moment geht das nicht, leider. Die beiden erhalten eine Spezialbehandlung, und ich habe jetzt eine dringende Angelegenheit zu erledigen. In einer halben Stunde?" Falmouth nickte freundlich.

Der Reporter schaute auf seine Uhr. „Seit wann müssen Sie denn bei Butcher und Rockwell den Babysitter spielen? Dann ist es zweiundzwanzig Uhr vierzig und zu spät für unsere morgige Ausgabe.“

„Und übermorgen? Wie wär es mit einem Exklusivbericht.“

Der Journalist war kein guter Schauspieler. Der Kampf zwischen Neugier und Mißtrauen spielte sich in seinem Gesicht ab. Dann nickte er. „Gut, ich melde mich telefonisch bei Ihnen.“

Falmouth deutete mit einer Kopfbewegung in einen ruhigen Seitengang. Als sie allein waren, blieb er stehen und sah den Manager ernst an. „Haben Sie es sich überlegt, Mister Blaver?“

„Was? Ich weiß jetzt wirklich nicht.“

„Ich meine die neuen Spieler.“

Blaver war verblüfft. „Jetzt, nach diesem Erfolg? Rockwell hat doch recht behalten. Die beiden alten Burschen kommen immer besser in Form.“

„Das glaube ich nicht. Eher das Gegenteil.“

„Sie meinen ...“ Blaver begriff. „Ihr technisches Können, ihre Cleverneß, das reicht dieses Jahr doch noch.“

„Aber nicht ihre Kondition. Bald sind sie vielleicht nicht einmal mehr für die zweite Reihe stark genug. Was wir brauchen, ist aber ein erster Sturm der Spitzenklasse.“

„Sie meinen wirklich?“ erwiderte Blaver. Er dachte einen Moment nach. „Gut, ich werde mich um die Sache kümmern.“

Bernard Blaver war ein gründlicher Mensch. Steuerte er ein bestimmtes Ziel an, überließ er den Kurs nicht dem Zufall. Besonders sorgfältig bereitete er sich vor, wenn es um Geschäfte ging. Und je wichtiger diese Geschäfte waren, um so präziser war sein Plan. Als er sich mit Shriver Fleming verabredete, hatte er alle Varianten genau durchdacht.

Der Wissenschaftler, Leiter des Lorenz-Instituts für Genbiologische Rekonstruktionen, war ebenfalls Mitinhaber der Prince Building Hotspurs. Ihm gehörte das drittgrößte Aktienpaket des Eishockeyklubs, was für Blaver nicht nur von Vorteil war, sondern seine Überlegungen erst in Flemings Richtung gelenkt hatte. Ausgangspunkt war eine Fernsehreportage am Montagabend nach dem Sieg seiner Mannschaft gewesen, kein sensationeller Bericht, sondern einer von vielen, die der Manager an diesem Abend ohne großes Interesse betrachtet hatte. Das lag weniger am Inhalt der Sendungen als an der Tatsache, daß er seit Wochen erstmals wieder in gelöster Stimmung mit seiner Frau zusammensaß, Interesse an ihren Problemen fand und fast verwundert feststellte, wieviel Alkohol er in guter nervlicher Verfassung noch vertragen konnte.

Erst als sie gegen Mitternacht in bester Stimmung ins Schlafzimmer hinaufgingen und seine Frau, von fünf Gläsern Martini offensichtlich schon leicht beschwipst, gickernd und halb verschämt einige erotische Andeutungen machte, war ihm die Idee gekommen. Dabei hatte er gerade in diesen Minuten an alles andere als an die Zukunft seiner Hotspurs gedacht. „Entschuldige, Pandi", sagte er, „ich komme gleich wieder."

Dann war er zum Fernseher hinuntergegangen, hatte die Videokassette mit dem Abendprogramm zurücklaufen lassen und sich die Sendung über den verunglückten Feuerwehrmann erneut, diesmal jedoch mit großer Aufmerksamkeit angesehen. Seine Frau hatte ihn später von der Treppe aus gefragt, ob er die ganze Nacht vor dem Fernseher verbringen wolle. Soweit er sich erinnerte, hatte ihre Stimme zwar etwas vorwurfsvoll, doch immer noch recht freundlich geklungen.

Nachdem er sich die Reportage, unterbrochen von größeren Denkpausen, noch dreimal betrachtet hatte, ging er schließlich wieder hinauf. Seine Frau lag bis zu den Schultern zugedeckt im Bett. Seine Gedanken kreisten immer noch um diesen Feuerwehrmann, trotzdem schob er das Deckbett zurück und streichelte zärtlich ihre Schultern. „Entschuldige, Pamela, es war eine wichtige Sache."

Seine Frau richtete sich auf. Aus den Augenwinkeln glitzerte es feucht, und in ihrer Stimme klang jetzt keine Spur von Freundlichkeit mehr. „Mach doch, was du willst, mit deinen wichtigen Sachen. Nur mich laß in Ruhe!"

„Aber Pandi…"

„Pandi, Pandi, hör auf damit. Ist das alles, was dir einfällt? Ich will jetzt schlafen."

Pandi nannte er sie seit jenem Zoobesuch, bei dem sie zum erstenmal vor dem Gehege der niedlichen Pandabären gestanden hatten. Mit ihrem schwarzweißen Fellmantel und der Pelzmütze sah Pamela genauso liebenswert wie das possierliche Tier aus. Seit jenem Frühjahr vor über zwanzig Jahren war Pandi sein Kosewort für Pamela. Aber wahrscheinlich spürte er schon selbst nicht mehr, wie mechanisch er es benutzte.

Er wurde sich bewußt, wie schnell und fast unmerklich die Jahre der jugendlich-schwungvollen, berauschenden und prickelnden Gefühle verflogen waren, als seien sie aus einer geöffneten Sektflasche entwichen. Natürlich konnte niemand nach über zwei Jahrzehnten Ehe noch den Reiz junger, aufregender Liebe erwarten, doch Blaver hatte mit einemmal die Gewißheit, daß in dem Kosewort nicht die Innigkeit und die Zuneigung klangen, die er für seine Frau spürte. Er versuchte noch einmal mit vorsichtigen, zärtlichen Bewegungen eine Annäherung.

Als seine Frau sich noch fester in ihre Decke wickelte und den ganzen Körper in Abwehr versteifte, ging er zu seinem Bett. Er lag noch lange wach und grübelte über zwei Probleme nach. Zuerst überlegte er, wie er den einförmigen und gefühlstötenden Rhythmus seiner Ehe verändern könne und daß er dies sehr schnell tun müsse. Er kam zu keiner klaren Entscheidung, wie er sich dabei am besten verhalten sollte. Vielleicht aber konnte er sich nur nicht richtig konzentrieren, weil sich der tote Feuerwehrmann immer wieder zwischen diese Überlegungen schob und alle anderen Gedanken verdrängte. Und das hing mit dem zweiten Problem zusammen.

Am Dienstag stand sein Entschluß fest, und bis zur Verabredung mit Fleming drei Tage später hatte er sowohl das Programm dieses Abends als auch die Einzelheiten seines Gesprächs mit dem Wissenschaftler genau festgelegt. Zuerst waren sie mit ihren Frauen ins Theater gegangen, danach zum Essen ins „Cristal“ und anschließend zu Blaver. Die ausgesuchte Höflichkeit, mit der Blaver seine Frau behandelte, wirkte beinahe schon rührend.

Nach Mitternacht fand er, nun sei die Zeit für das Gespräch mit Fleming reif. „Ich würde dir gern einen Vorschlag unterbreiten“, sagte er.

Es schien ein günstiger Augenblick zu sein, denn der Wis-

senschaftler nickte ihm sofort gutgelaunt zu und erhob sich bereitwillig. Blaver, der sich beim Bourbon zurückgehalten hatte, registrierte das mit innerer Zufriedenheit. Bis jetzt war der Abend ganz nach Wunsch verlaufen, und als Fleming sich mit einigen launigen Worten und einer übertrieben galanten Verbeugung von den Frauen für einige geschäftliche Minuten verabschiedete, lächelte Blaver in sich hinein. Sie gingen in sein Arbeitszimmer.

„Es ist erst einmal ein Vorschlag", wiederholte der Manager, „doch ich bin sicher, er ist sowohl realistisch als auch sehr lukrativ für uns."

„Du machst es ja spannend", erwiderte Fleming vergnügt. „Wenn es so ist, dann sage ich schon jetzt ja."

„Die Sache ist allerdings nicht ganz legal", fügte Blaver wie nebenbei hinzu.

„Ach, das Gesetz. Wer alle Paragraphen beachtet, bringt es nie zu etwas." Fleming lachte fröhlich. „Wir brauchen uns doch nichts vorzumachen. Man muß den Bogen nur nicht überspannen."

Blaver ging nicht darauf ein. „Ihr habt in der vergangenen Woche in eurem Institut doch diesen Feuerwehrmann neu..., also nach alter Vorlage wieder zum Leben erweckt."

Fleming schüttelte nachsichtig den Kopf. „Nicht zum Leben erweckt, kloniert. Das heißt, nicht denselben, sondern einen völlig gleichartigen Menschen entsprechend dem genetischen Kode der Vorlage geschaffen." Er stellte das Glas Whisky, das er soeben zum Mund führen wollte, wieder ab und richtete sich aufmerksam hoch.

„Wen dürft ihr alles klonieren? Jeden?" Blaver wußte genau, in welchen Fällen das erlaubt war. Aus taktischen Gründen fand er es jedoch klüger, wenn der Wissenschaftler das erklärte. Daraus ließ sich gleichzeitig dessen Einstellung zu diesem Problem erkennen, über das er noch nie mit ihm gesprochen hatte.

„Nein, das ist international festgelegt. Raumfahrer, Feuerwehrleute, Taucher, Bergleute, Testpiloten und noch einige andere Berufe mit besonders hohem Risiko. Und in verschiedenen westlichen Ländern auch Polizisten."

„Es wurde doch auch über Soldaten gesprochen, oder täusche ich mich?“

Fleming hatte ein rundes, ungewöhnlich glattes und für seine sechzig Jahre jung wirkendes Gesicht. Es strahlte schon den ganzen Abend Zufriedenheit aus, doch die wich jetzt. „Es gibt ziemlich sichere Informationen, daß auch Soldaten kloniert werden. Und außerdem Geheimagenten und andere Dunkelmänner. Man spricht sogar davon, daß einige der größten Gangster in den USA ihre Geschäfte von Doppelgängern machen lassen.“

„Wenn es verboten ist, was tut man dagegen?“

„Was man dagegen tut?“ Fleming wurde ärgerlich. „Nichts tut man dagegen, da offiziell angeblich nichts davon bekannt ist. Wer fragt auch danach, wenn es um hohe Einsätze und viel Geld geht. Und was nutzen internationale Verträge, wenn unabhängigen Kommissionen angeblich aus Sicherheitsinteresse direkte Kontrollen und Nachforschungen verboten sind.“

„Demnach werden die Verträge also auch von Leuten, die das Gesetz eigentlich schützen sollen, gebrochen?“ bohrte Blaver weiter.

„Du kennst doch diese Politiker. Erinnere dich nur an das, was sie vor den Wahlen versprechen und was sie hinterher davon halten. Denkst du, die haben irgendwelche Skrupel, wenn es um ihre Macht geht?“

„Und warum werden Eishockeyspieler nicht kloniert?“ fragte Blaver. Er sah Fleming dabei nicht an, sondern machte sich am Fernsehapparat zu schaffen. Das Bild leuchtete auf, und der Bericht über einen Großbrand, bei dem ein Feuerwehrmann ums Leben kam, lief ab. Doch dem Manager ging es nicht um die schaurigschönen Aufnahmen von den lodernden Flammen, das wilde Knistern und den rotweißen Feuerschein vor dem dunklen Hintergrund des Nachthimmels. Er beobachtete den Wissenschaftler unauffällig, als man jenen Doppelgänger zeigte, der entsprechend dem Genkode des verunglückten Feuerwehrmannes produziert worden war. Beide Männer ähnelten einander vollkommen wie identische Zwillingsbrüder. Das war bekannt. Fast sensationell war dagegen, daß darüber ein Fernsehbericht gezeigt wurde und der Mann auch bereit war, zu sprechen und seine Identität preiszugeben.

„Darum geht es also“, sagte Fleming, als Blaver den Apparat ausschaltete. „Und was willst du nun hören? Warum Eishockeyspieler nicht kloniert werden dürfen.“

„Wenn sogar Regierungen das Verbot übertreten, warum werden dann Eishockeyspieler nicht kloniert“, wiederholte Blaver. „Ich meine, warum sollen wir uns dann an solche Regeln halten?“

„Ich habe erst zweimal davon gehört, daß Eishockeyspieler tödlich verunglückten. Profiboxer, Autorennfahrer, alpine Rennläufer und Radrennfahrer sind viel gefährdeter.“

„Ich denke auch gar nicht an einen tödlichen Unfall. Mir geht es nur um zwei Mann, um Rockwell und Butcher. Und es geht mir um ihre Doppelgänger – um einen doppelten Sturm.“

Nun griff Fleming doch zu seinem Glas. „Es war erst der sechste Mann, den wir kloniert haben.“

„Erst sechs? Aber die Gesetze sind doch schon gut zwanzig Jahre alt.“

„Sie sind älter als der erste klonierte Mensch. Sicher wurde diese Methode erst vor zehn Jahren, und seit zwei Jahren ist sie völlig risikolos. Trotzdem wird die Möglichkeit kaum genutzt. Wir haben nur insgesamt ...“ Er stockte und sah Blaver prüfend an. „Das ist sehr vertraulich, Bernard, diese Zahlen sind streng geheim. Also, nicht einmal hundert Leute haben ihren Genkode bei uns speichern lassen. Dabei könnten das, entsprechend den internationalen Festlegungen, rund vierundzwanzigtausend im ganzen Land sein. Aber sie wollen nicht, einige sind sogar während der Voruntersuchungen ausgestiegen.“

„Und warum?“

„Möchtest du hier nach deinem Tod ein Ebenbild von dir als Hausherrn haben?“ fragte Fleming zurück. Er machte eine weit ausholende Armbewegung, mit der er den gemütlichen Arbeitsraum mit der Ledergarnitur, den riesigen Bücherregalen, der Fernseh- und Stereoanlage, den dicken Teppichen und schweren Gardinen ebenso umriß wie das Gelände vor dem Haus. „Du bist tot, obwohl ein Mensch mit deinem Aussehen, allen Organen, Muskeln, Fähigkeiten und Fertigkeiten nach deinem Vorbild herumläuft und die Handlungen vollzieht, die auch du getan hättest. Aber es ist nicht dein Leben, du spürst nichts, selbst den kleinsten Hauch von Glück oder Schmerz gibt es nicht mehr. Der Sinn einer Klonierung liegt ja auch nur darin, das Wissen, die Erfahrung und das Können eines Menschen zu erhalten."

Es war still im Zimmer. Der beruhigende, leise Schlag der großen Standuhr schob die Zeit gleichmäßig voran. Die beiden Männer hingen ihren Gedanken nach. In jener Nacht nach der Fernsehsendung waren Blaver viele Dinge durch den Kopf gegangen, an den folgenden Tagen hatte er das Für und Wider abgewogen. Doch wie viele Möglichkeiten blieben noch offen! Und sah sie nicht jeder unter ganz anderen Gesichtspunkten?

„Ich weiß nicht, ob ich das wollte", sagte Blaver nach langer Pause, und das war die Wahrheit. „Es gibt viel, was dafür spricht, aber wenn ich nach meinem Gefühl gehe, würde ich ablehnen. Übrigens ist alles erst eine Idee von mir, ich wollte vorher mit dir darüber reden. Es könnte ja sein, daß die Sache technisch oder medizinisch unmöglich ist."

„Du hast also noch nicht mit den Spielern gesprochen", vergewisserte sich Fleming.

„Natürlich nicht. Aber von der Seite gäbe es wohl keine Schwierigkeiten."

Fleming krauste zweifelnd die Stirn. „Bist du sicher? Trotzdem wäre es verboten."

„Und warum sollten wir uns an Verbote halten, wenn andere sich einen Dreck darum scheren."

„Von unseren verhältnismäßig humanen Absichten einmal abgesehen, wir würden auf jeden Fall eine strafbare Handlung begehen. Und das ist gefährlich. Wenn es herauskommt, meine ich." Fleming trank den Rest seines Whiskys und blickte nachdenklich in sein leeres Glas.

„Ist das wahrscheinlich?"

„Es ist möglich. Ich brauche zwei sehr zuverlässige und verschwiegene Assistenten. Die habe ich zwar, aber damit gibt es zwei Mitwisser mehr. Für Verrat wird oft sehr viel Geld ausgegeben, ich bin der Meinung, man muß Zuverlässigkeit anständiger belohnen. Wieviel könntest du zahlen?"

„Eine Million Dollar."

Der Wissenschaftler starrte auf den Orientteppich, doch es war zu erkennen, daß er die Vielfalt der bunten Muster gar nicht wahrnahm.

Blaver ließ ihm Zeit. Sollte Fleming entscheiden, denn vielleicht gab es doch zu viele schwache Stellen in diesem Plan.

Schließlich sagte Fleming: „Die Probleme beginnen aber erst, wenn die Doppelgänger da sind. Wie willst du Butcher und Rockwell abfinden?“

Blaver nickte. Das war die Entscheidung. Ein wenig überraschte es ihn, wie leicht Fleming zugestimmt hatte. Wahrscheinlich bohrte schon lange die Enttäuschung in ihm, wie leichtfertig und kriminell in nächster Nähe die Klonierungsverbote mißachtet wurden. Und eine moralische Rechtfertigung fand sich schnell: Schließlich wollte man die Doppelgänger nicht für ein Verbrechen benutzen. Es war nur ein Betrug, und wer fragte bei Millionengeschäften schon danach.

„Das ist nicht schwer, sie brauchen nur Geld“, sagte Blaver. „Und sprechen werden sie bestimmt nicht, dann wären sie ebenfalls erledigt.“

„Und danach? Ich meine, wenn sie aufhören. Was geschieht dann mit den Doppelgängern?“

Fleming war also bereit, jetzt kamen nur noch Detailfragen. Doch mußte man sich schon jetzt mit den Folgen der Klonierung beschäftigen, auch wenn dort vielleicht das größte Risiko lag?

„Kann man das nicht ein bißchen steuern. Ihnen den unwiderstehlichen Wunsch nach einem ruhigen Lebensabend auf einer idyllischen Südseeinsel suggerieren?“ fragte Blaver.

Fleming schüttelte nachsichtig den Kopf. „Das geht nur, wenn Rockwell oder Butcher schon vorher diesen Wunsch verspüren. Auf den Doppelgänger kann nichts anderes übertragen werden, als vorhanden ist.“

„Damit werde ich schon fertig. Der Doppelgänger führt doch vom Augenblick seiner Existenz an ein eigenes Leben, das heißt, andere Umweltbedingungen und Erfahrungen führen zu einer anderen Entwicklung als beim Original.“ Blaver sah den Wissenschaftler fragend an.

„Das ist richtig. Man kann nur einige Stunden nach der Klonierung noch von völlig identischer Persönlichkeit sprechen, danach gabelt sie sich. Wenn man will, kann man bei entsprechender Beeinflussung nach einiger Zeit aus diesen körperlichen und geistigen Zwillingen zwei Todfeinde machen.“ Fleming hatte Mühe beim Sprechen, und obwohl er sich mit aller Macht konzentrierte und in klaren, logischen Sätzen sprach, stieß er manchmal leicht mit der Zunge an. Seinen Sarkasmus hatte er jedoch nicht verloren, als er hinzufügte: „Aber das ist ja ein alter Hut. Im Lauf der Geschichte hat man das sogar Hunderte Male mit ganzen Völkern gemacht und sie aufeinandergehetzt. Dabei geht es umgekehrt genauso leicht, man tut das leider nur zu selten.“

Blaver wollte sich jetzt nicht auf eine solche Diskussion einlassen. Worauf er sich konzentrieren mußte, das waren die Beeinflussung, die Motivierung und vielleicht sogar Manipulierung der beiden Eishockeyspieler. Nein, der vier Eishockeyspieler. „Wie lange dauert die Klonierung?“ fragte er.

„Mit allem Drum und Dran zwei Wochen.“

„Zwei Wochen? Kannst du die beiden so lange in deinem Institut behalten, ohne Verdacht zu erregen?“

„Quatsch“, sagte Fleming. „Damit meine ich die gesamte Zeit, die wir für Voruntersuchungen, die Speicherung des Genkodes und die Klonierung brauchen. Die Operation selbst dauert nur knapp fünf Stunden. Das machen wir in einer Nacht.“

„Dann sind wir uns also einig“, sagte Blaver.

„Von mir aus ist alles klar.“

Blaver klatschte leicht in die Hände, als wolle er die Entscheidung mit einem Handschlag besiegeln. Dann erhob er sich und deutete auf die Tür. „Ich glaube, wir müssen uns endlich wieder um unsere Frauen kümmern.“

„Die haben uns vielleicht gar nicht vermißt“, erwiderte Fleming kichernd. Er leerte sein Glas und drückte sich unsicher aus dem Sessel. „Über alles andere, die Einzelheiten und so, da sprechen wir noch. Nur wir beide. Du darfst keinen Menschen einweihen, auch deine Frau nicht.“ Er deutete mit auffälliger Geste, wie sie Betrunkenen eigen sind, zur Tür.

„Niemanden“, stimmte Blaver zu. „Nur die beiden Spieler.“

„Die beiden Spieler, ja.“ Fleming stutzte und kicherte dann

wieder. „Die vier Spieler, es sind ja vier. Hinterher."

Blaver nickte, und Zahlen huschten durch seinen Kopf. Er und Fleming, die beiden Assistenten und die beiden Spieler. Das waren sechs. Und dazu kamen natürlich die klonierten Spieler, also insgesamt acht. Sieben Mitwisser, oder waren es noch mehr? Er schob die Gedanken beiseite und öffnete die Tür.

Auf dem Tisch standen zwei Flaschen, die mit dem Martini-Etikett war leer, die andere, undurchsichtige mit dem Kognak Napoleon, hob Blaver an. Sie schien halbvoll zu sein. Daneben standen Gläser, Schalen mit Gebäck und Nüssen, Gurkenscheiben, Käsehäppchen und ein Eiskübel, der nur noch Wasser enthielt. Von den Frauen keine Spur. Dafür entdeckte Blaver einen Bogen Papier, auf dem ein grüner Filzstift folgende Worte hinterlassen hatte: Falls ihr noch einmal zurückkommen solltet, wir schlafen schon. Gute Nacht!

„Dann werde ich mal sehen, ob ich dein Gästezimmer noch finde", sagte Fleming. Sie gingen ab und an gemeinsam aus, doch mochte es jetzt drei Jahre her sein, daß sie so lange beisammengesessen und er anschließend mit seiner Frau hier übernachtet hatte. Dann schaute er auf die Uhr. „Donnerwetter, schon halb drei. Ich hätte gar nicht gedacht, daß ich so standfest bin."

Nach der Auswärtsniederlage hatte es ein mühevolles Unentschieden im Heimspiel für die Hotspurs gegeben. Weder Rockwell noch Butcher konnten dabei an ihre Leistungen im Spiel gegen die Rangers anknüpfen. Von Drittel zu Drittel waren sie im Vergleich zu Lafleur immer deutlicher abgefallen, so daß die zweite Reihe die Hauptlast der gegnerischen Angriffe hatte tragen müssen. Das Remis war so vor allem den jüngeren Spielern um Dardier zu verdanken. Dabei zählten die vom Fünf-zu-fünf angenehm überraschten Lions auswärts zu den schwächsten Mannschaften der Liga.

„Sie können sich denken, weshalb ich mit Ihnen sprechen will", sagte Blaver zwei Tage später zu Butcher. Sie saßen im Büro des Managers, Blaver hinter dem wuchtigen Schreibtisch und der Spieler im selben Sessel wie vor Wochen Jervin. Ähnlich wie der Buchhalter fühlte sich der breitschultrige, ein Meter siebenundachtzig große Butcher jetzt äußerst unbehaglich. Wohl nur seiner kräftigen Figur war es zuzuschreiben, daß er nicht so hilflos wirkte wie Jervin.

„Ich kann es mir denken“, erwiderte Butcher und deutete auf die Zeitungen, die über den Schreibtisch verstreut lagen. Das sah unverfänglich aus, doch hatte Blaver sie vorher sorgfältig so ausgebreitet, daß der Blick auf die Sportseiten fallen mußte und die Überschriften dem Betrachter sofort ins Auge sprangen. In einigen Schlagzeilen tauchten auch die Namen Butcher und Rockwell auf, allerdings nur in Verbindung mit abwertenden Adjektiven.

„Ich habe gestern noch einmal ausführlich mit Trainer Falmouth gesprochen, denn selbstverständlich möchte ich mich nicht allein auf die Berichte in den Zeitungen verlassen“, sagte der Manager.

Butcher wollte hochfahren.

Blaver stoppte ihn mit einer kurzen Handbewegung. „Sagen Sie nicht, daß diese Burschen keine Ahnung hätten. Ich fand die lobenden Worte über Sie und Rockwell nach dem Spiel vor zwei Wochen gegen die Rangers nämlich auch sehr zutreffend.“

„Schon gut“, sagte Butcher, „aber wenn diese Kerle jemandem etwas am Zeug flicken wollen, dann übertreiben sie gern.“

„Deshalb wollte ich nicht mit Ihnen sprechen, Mister Butcher. Aber haben die Reporter etwas gegen Sie?“

„Nein, eigentlich nicht.“ Butcher rutschte im Sessel hin und her und machte einen unglücklichen Eindruck. „So habe ich das nicht gemeint.“

„Sind Sie denn der Meinung, daß Sie jetzt ihre Bestform erreicht haben?“

„Wollen Sie mich verkohlen?“ Butcher richtete sich ärgerlich auf. Er mochte es nicht, wenn ihn jemand in die Enge trieb.

„Ich will Sie nicht verkohlen, ich möchte nur Klarheit darüber, wie Sie selbst die Situation sehen.“

„Jeder weiß doch, daß ich im Moment nicht richtig in Form bin.“

„Jeder – ja. Und Sie?“

„Ja, ich auch. Ich merk’s wohl am deutlichsten. Aber ich

komm wieder. Ein, zwei Wochen, dann geht es wieder. So wie gegen die Rangers."

„Daran zweifle ich eben, Mister Butcher. Es sei denn, unter bestimmten Voraussetzungen. Sie und Rockwell..."

„Wie meinen Sie das, Mister Blaver." Es war weniger eine Frage, eher eine Drohung, und in einer anderen Situation hätte sogar Blaver sie ernst genommen. Hier aber wollte er ohne Rücksicht sehr genau herausfinden, was Butcher sich zutraute und wozu er den Spieler bringen konnte.

„Soll ich noch deutlicher werden?"

„Ich bin sehr dafür."

„Sie sind ein großer Könner auf dem Eis, aber Sie sind nicht mehr der Jüngste. Ihre gute Form haben Sie noch lange nicht erreicht, und wenn Ihnen das überhaupt gelingt, dann ist es für uns wahrscheinlich zu spät. So sieht es doch aus, oder?" Er mußte Butcher wieder mit einer abwehrenden Geste zur Ruhe bringen. „Was Sie gegen die Rangers gezeigt haben, das war der Butcher, wie wir ihn kennen und wofür er ein Spitzengehalt bekommt. Aber es war leider in dieser Saison eine einmalige Sache, eine Leistung, die Sie unter normalen Umständen nicht erreicht hätten. Sie wissen, was ich mit ‚normalen Umständen' meine."

Butcher ließ sich wieder zurücksinken. Er schluckte einigemal und fragte: „Wer behauptet so was?"

„Sie können mir glauben, daß ich in meinem Klub über jede Kleinigkeit informiert bin. Und ich sage jeweils nur das, was ich für richtig halte. Um Sie zu beruhigen: Darum geht es mir überhaupt nicht, damit müssen Sie allein fertig werden. Weshalb aber streiten Sie die Sache ab?"

„Es ist nur ... Was wir gezeigt haben, können wir doch. Auch wenn man etwas nachhilft, aus einem hohlen Bauch kommt nichts. Wir sind bald wieder in Form, dann läuft es in jedem Spiel so, glauben Sie mir."

In Blaver stieg ein Gefühl des Triumphs auf, er hatte gewonnen. Aber auch ein aufmerksamerer Beobachter als der mit sich beschäftigte Butcher hätte davon nichts in seinem unbewegten Gesicht entdecken können. Die Fähigkeit, Gefühle zu unterdrücken oder sogar vorzutäuschen, gehörte zu den taktischen Mitteln eines erfolgreichen Managers. Blaver erhob sich und wiegte bekümmert den Kopf. Jetzt drückte alles an ihm Verantwortungsbewußtsein und Sorge aus. Er sah, wie Butcher jede seiner Bewegungen fast ängstlich verfolgte und nicht ahnte, wie sorgfältig er ihn einkreiste. Seine und Falmouths' Vermutungen hatten sich also bestätigt. Butcher gestand seine Angst vor schlechten Leistungen ein. Gleichzeitig bewies er damit seine Bereitschaft, selbst mit unerlaubten Mitteln um seine Position und damit den Spitzenplatz in der Mannschaft zu kämpfen. Die wichtigsten Voraussetzungen für das geplante Vorhaben waren gegeben.

„Wahrscheinlich ist es für uns schon zu spät, ehe Sie in Form kommen", wiederholte Blaver und fuhr fort: „Deshalb muß ich Ihnen eine sehr wichtige und unangenehme Eröffnung machen. Sie hat aber unter allen Umständen vertraulich zu bleiben, versprechen Sie mir das?" Er ging um den Schreibtisch herum und stand dann voll massiver Wichtigkeit vor Butcher. Der Spieler nickte unsicher. „Unser Klub wird diese Saison leider mit einem Defizit abschließen. Wenn es so weitergeht, muß ich sogar Konkurs anmelden."

„Aber wir..." Butcher verstand nichts mehr. Das war zwar eine unangenehme Information, doch er hatte Schlimmeres erwartet. Trotzdem begann er, jedes seiner Worte mit fahrigen Handbewegungen zu unterstreichen. „Die Zeitungen schreiben doch etwas anderes. Wir stehen immerhin an vierter Stelle, andere sind viel schlechter dran. Die machen doch auch nicht Pleite."

„Alle haben Sorgen, es gibt nur niemand gern zu. Ein Klub, der finanzschwach ist, verliert nicht nur Einnahmen, sondern auch das Vertrauen der Banken. Kurse fallen, Rückzahlungen werden verlangt, Zinsen steigen und so weiter. Unsere Ausgaben sind zu hoch. Wir überbezahlen unsere Spieler."

„Ach so." Butchers Unsicherheit schlug plötzlich in Abwehr um. Zu oft hatte er solche Gespräche geführt. Wenn man sich dabei nicht als hart erwies, blieb bald nur noch der Job als Rausschmeißer oder Vorzeigeportier in einem Tanzsalon, um wenigstens noch etwas Geld aus dem bekannten Namen zu schlagen. Aber er war nicht mehr fünfundzwanzig, wieviel Spielraum blieb ihm noch? „Sie wollen also am

Gehalt sparen. Mein Vertrag läuft bis Ende der Spielzeit, daran müssen Sie sich halten."

Blaver schüttelte nachsichtig den Kopf. „Nicht das Gehalt abbauen. Ich muß Sie verkaufen."

„Jetzt, in der Saison?"

„Vor Beginn der Rückrunde. Solange Sie noch einigermaßen gute Leistungen bringen." Blavers Stimme wurde kühl und befehlend. „Wir werden es mit jüngeren Spielern versuchen. Ihr Kurs ist bereits gefallen, und wir müssen uns beeilen, daß der Verlust nicht zu groß wird."

„Im Sport gibt es keine Garantien."

„Auch im Geschäft nicht. Deshalb müssen wir die Risiken so klein wie möglich halten."

„Ich würde mit Rockwell sprechen. Es gibt ja Möglichkeiten, so wie gegen die Rangers zu spielen."

Das war der Punkt, an dem Blaver die beiden Männer haben wollte. „Das weiß ich. Aber sicher ist das auch nicht, nur, daß Sie sich damit kaputtmachen. Von dem Ärger einmal abgesehen, wenn es herauskommt."

„Es kommt nicht raus, wer kontrolliert uns denn? Und wenn wir dieses Zeug nehmen, ist es allein unsere Sache." Butcher begann, um seine Existenz zu feilschen. Er merkte nicht einmal, daß er unfaire und strafbare Methoden anbot, in dem Bestreben, Blaver von seinem Leistungsvermögen und damit von seinem Wert zu überzeugen.

„Und Ihre Frau, was würde die dazu sagen?" fragte Blaver.

„Darüber halten wir schön den Mund. Außer uns erfährt niemand ein Wort davon. Oder würden Sie sich so eine Blöße geben?"

„Nein", sagte Blaver. „Bei Rockwell ist das auch nicht so kompliziert, der ist geschieden. Aber Sie..." Er wiegte den Kopf in offensichtlichem Zweifel.

„Sie können sich darauf verlassen, Mister Blaver", sagte Butcher eindringlich. „Ich schwöre es Ihnen, meine Frau hat noch nie ein Sterbenswörtchen von mir über solche Sachen erfahren. Jeder, der so was tut, hält den Mund, das können Sie mir glauben."

„Trotzdem, es ist zu riskant. Denken Sie nur an die gesundheitlichen Auswirkungen."

Butcher wußte, worum es ging. Er legte Überzeugungskraft in seine Worte. Sein Gesicht, eher ein wenig zu rund für einen durchtrainierten Sportler und mit der fünf Zentimeter langen Narbe eines Stockfouls, die sich vom Nasenwinkel bis hoch zur Augenbraue zog, glühte vor Eifer. „Wir tragen unsere Knochen sowieso zu Markte, da macht mir das überhaupt nichts aus. Nicht, daß Sie die Sache falsch verstehen, Mister Blaver, es ist unser Job, und wir werden gut bezahlt dafür. Solange es geht, will ich weiter gut verdienen. Es ist für Sie von Vorteil und für mich. Glauben Sie mir, für zwei Jahre reicht es noch. Hinterher kann ich mich lange genug ausruhen."

„Ihnen wäre es ganz gleich, mit welchen Mitteln Sie Ihre Höchstleistungen erreichen?" vergewisserte sich Blaver nochmals.

Butcher zögerte nur eine Sekunde. „Ja, soweit es mich betrifft. Umbringen würde ich deshalb natürlich keinen Menschen."

„Nun gut", sagte Blaver. Er betrachtete Butcher einige Sekunden mit ernstem Blick. „Solch eine Sache würde ich auch niemals dulden. Aber wie wäre es, wenn Sie jemandem zum Leben verhelfen und mit ihm zusammen spielen würden?"

Butchers Gesicht drückte soviel Ratlosigkeit und Unverständnis aus, daß Blaver nur mit Mühe ein überlegenes Lächeln unterdrücken konnte.

„Sie sind kein junger Wirrkopf mehr, Mister Butcher. Sie sind ein Mann, der weiß, was er will und was er tun muß." Blaver machte eine Pause und gab sich den Anschein, als überlege er angestrengt. „Also gut, ich bin sicher, Sie stehen zu Ihrer Entscheidung. Deshalb mache ich Ihnen einen Vorschlag, der so einmalig und vorteilhaft für Sie ist wie noch keiner. Geben Sie mir Ihr Ehrenwort, daß Sie niemals und zu niemandem etwas über diese Angelegenheit sagen. Nicht zu Ihrer Frau und nicht zu Rockwell, ob Sie nun annehmen oder ablehnen. Versprechen Sie mir das?"

Butcher schien verwundert, doch in den letzten Jahren seiner Eishockeykarriere als Profi hatte er manch seltsames Angebot erhalten. Er nickte mechanisch. Gleich darauf merkte Blaver, wie logisch Butcher auch in dieser Situation noch dachte. „Und wie ist es mit dem Gehalt? Es wird doch jedes Jahr erhöht – entsprechend der Inflationsrate."

„Ja, vielleicht sogar um etwas mehr als sonst."

„Gut." Butcher stand entschlossen auf. „Ich hab Vertrauen zu Ihnen, Mister Blaver. Sie könnten mir jetzt einen Pakt mit dem Teufel vorschlagen oder mich in einen Roboter verwandeln, ich bin einverstanden. Sie haben mein Wort." Er streckte Blaver seine große, kräftige Hand entgegen.

Der Manager schlug ein, und in diesem Moment wurde ihm bewußt, daß Butcher der Wahrheit schon recht nahegekommen war.

Ein Schneesturm peitschte über den St.-Lorenz-Strom. Der Wind heulte und trieb ganze Flockenwolken gegen die Windschutzscheiben des Autos. Alle Lampen waren am Eingang zum Institut für Genbiologische Rekonstruktionen eingeschaltet, doch wurden die strahlenden Heliumleuchten von den vorbeitreibenden Schneeschwaden in ein müde flakkerndes Kaminfeuer verwandelt. Eine Nacht wie geschaffen für Dr. Jekyll und Mr. Hyde, dachte Blaver. Was sie vorhatten, könnte sehr gut dieser Erzählung von Stevenson entnommen sein.

Er lenkte den Wagen zum Hintereingang des Instituts und drehte sich zu Butcher und Rockwell um. Die beiden Eishockeyspieler saßen seltsam steif im Fond und starrten vor sich hin. Was ihnen durch den Kopf ging, ließ sich unschwer erraten, und selbst den Manager beschlich ein Gefühl der Unwirklichkeit, des Unheimlichen. Er räusperte sich, um die beiden und auch sich selbst mit einigen forschen Worten aufzumuntern, doch fiel ihm nichts Passendes ein. Sie stiegen schweigend aus.

Blaver verschloß sein Auto sorgfältig und klopfte an die Hintertür. Sie wurde sofort geöffnet. Auch Flemings Assistent begrüßte die nächtlichen Besucher wortlos und ließ sie nach einem prüfenden Blick in den wogenden Flockenvorhang herein. Erst als sie die Operationsabteilung erreicht hatten, sagte er: „Der Chef erwartet Sie."

Fleming saß in seinem Arbeitszimmer, das sie schon kannten. Er trug einen weißen Kittel, wirkte sehr konzentriert und ungewöhnlich ernst.

„Guten Abend", sagte Blaver. Die beiden Spieler murmelten etwas, was so ähnlich klang. Sie standen einen Augenblick unschlüssig herum, ehe Fleming auf die Sessel neben der Tür deutete. „Nehmen Sie Platz."

Der Wissenschaftler las in einem Ordner, und Blaver hatte den Eindruck, als sei er irgendwie unschlüssig.

Nach einigen Minuten schob Fleming seine Unterlagen zusammen, erhob sich so ruckartig, als hätte er sich soeben entschieden, und kam zu ihnen. Er gab allen die Hand, setzte sich und fragte, ohne jemanden dabei anzusehen: „Wie fühlen Sie sich?" Dann nahm er wieder einen der Ordner, die er vor sich auf den Tisch gelegt hatte, und blätterte ziellos darin herum. „Ein eigenartiges Gefühl, nicht wahr?" Die Spieler nickten. „Aber das ist normal", fuhr Fleming fort. „Bevor wir in die Operationsabteilung hinübergehen, wollte ich noch einmal fragen, ob Sie fest zu Ihrer Entscheidung stehen."

Butcher krächzte etwas, dann räusperte er sich. „Ja, ich bleib dabei", sagte er.

„Ich auch", fügte Rockwell hinzu. Es klang, als gäbe er aufgrund unwiderlegbarer Indizien die Mittäterschaft an einem Bankeinbruch zu.

„Gut, wir haben uns alle dafür entschieden, und dies ist auch keine Sache, in der man jeden Tag die Meinung wechseln kann." Fleming richtete sich auf, seine Stimme bekam einen festen Klang. Ihm war auch äußerlich anzumerken, daß er die letzten Zweifel an ihrem Vorhaben überwunden hatte. „Haben Sie sich genau an die Diät der letzten fünf Tage gehalten?"

Die Spieler nickten.

„Wieviel haben Sie abgenommen?"

„Zweitausendeinhundert Gramm", sagte Butcher.

„Zweitausendvierhundert", sagte Rockwell.

„Das entspricht den Werten der Voruntersuchung, mehr war bei Ihren durchtrainierten Körpern nicht zu erwarten. Nun ganz kurz noch einmal zu unserer Operation. Sie wissen, daß es drei Methoden gibt. Einmal den Abbau und gleichzeitigen Aufbau des Körpers, also die Atomisierung und Reatomisierung. Dann die Klonierung, bei der vom lebenden Körper ein atomares Muster aufgezeichnet wird, so wie es bei Feuerwehrleuten, Testpiloten und anderen der Fall ist. Von dem in einem Quarz gespeicherten Muster wird der neue Körper bei Bedarf geschaffen. Bei Ihnen wenden wir die dritte Methode an, nämlich die direkte Klonierung. Durch Abtasten wird das Zellmuster über elektrische Signale nicht auf den Quarzspeicher übertragen, sondern als Impulsgeber in die Produktionssektion überspielt und mit dem neuen Material sofort als analoger Körper aufgebaut. Ist das klar?"

Blaver nickte, doch Flemings Frage galt den beiden Spielern. Ihre aufmerksam geweiteten Augen zeigten, daß sie den Erklärungen des Wissenschaftlers zu folgen versuchten. „Das heißt doch, wir werden wie ein altes Haus Stein für Stein auseinandergenommen und registriert, und danach wird dann dasselbe Haus an anderer Stelle noch mal gebaut", sagte Butcher.

Fleming nickte schmunzelnd. „Ein guter Vergleich. Der Unterschied besteht nur darin, daß unsere Aufgabe zweimillionenmal so kompliziert ist und sogar das Alter des Mörtels und die Qualität der verrosteten Nägel erreicht werden muß."

„Noch lieber wäre mir, wenn in unserem Haus einige verrostete Nägel durch neue ersetzt werden könnten", sagte Rockwell. Er grinste verlegen. „Dann könnten wir gut und gern auf einen Doppelgänger verzichten, meinst du nicht auch, Ronald?"

Fleming runzelte die Stirn. „Mit ein paar verrosteten Nägeln geht das schon, doch was Sie meinen – nein!" Er schüttelte den Kopf. „Was denken Sie, wie schnell ich meinen Körper dann schon erneuert hätte. Aber etwas anderes ist möglich. Bei einer Reatomisierung filtern wir alle Signale, um die Bitmuster von gefährlichen Mikroorganismen auszulöschen und zu ersetzen. Dies geschieht entweder mittels neutraler Signale oder in einigen Fällen sogar durch einwandfreie neue Muster. Das werden wir auch heute machen, allerdings nur bei ihren Doppelgängern. Einige Problembereiche sind dafür schon vorgesehen."

Blaver begriff, was das bedeutete. Er beobachtete die beiden Spieler und war erleichtert, als sie nicht darauf reagierten. Doch nach einer Pause begann Butcher zögernd und in fragendem Ton: „Heißt das, wenn ich irgendwie krank sein sollte, wird das auf meinen..., auf meinen Doppelgänger nicht übertragen? Zum Beispiel, ich hab manchmal so eine Art Rheuma in der linken Schulter."

Fleming ergriff eine Mappe, auf deren Deckel Blaver den Namen Butcher sah. „Das ist richtig. Soweit es möglich ist, werden alle bei den Untersuchungen diagnostizierten Krankheitsherde, oder sagen wir mal angegriffenen, schwachen Zellen, bei der Klonierung eliminiert und durch gesunde, kräftige Zellen ersetzt. Das betrifft auch einige Abnutzungserscheinungen. Bei Ihnen, Mister Butcher, wäre es eine durch traumatische und medikamentöse Einwirkungen beginnende Nierenerkrankung, die einhergeht mit der Bildung von Nierensteinen. Diese krankhaft veränderten Bitmuster können wir teilweise bei der Übertragung auf den Doppelgänger herausfiltern."

Als er Butchers fragende Miene sah, fuhr er fort: „Das entspricht etwa der Heilung eines kranken Organs. Wie gesagt, ist das nur in einigen Fällen möglich, beispielsweise auch im Fall von Arteriosklerose, also im Herz-Kreislauf-System. Um es einmal simpel auszudrücken: Wir können in gewissem Maße verrostete oder durch Wasserstein verengte Rohre durch andere, etwa dem gesamten Zustand des Systems entsprechende ersetzen. So wie ein Klempner die komplette Sanitäranlage eines Hauses erneuert, können wir das nicht. Jedenfalls jetzt noch nicht."

Einen Augenblick herrschte Schweigen im Raum. Fleming winkelte seinen Arm an und sagte: „Gleich zweiundzwanzig Uhr. Gibt es noch Fragen?"

„Demnach ist mein Doppelgänger gesünder als ich", stellte Butcher fest. „Können Sie uns nicht auch überholen?"

„Dadurch wird das Risiko verdoppelt, die Operation komplizierter. Wir haben doch darüber gesprochen."

„Aber so genau habe ich das nicht gleich verstanden. Man muß sich ja noch etwas mehr durch den Kopf gehen lassen."

„Das erfordert ganz andere Vorbereitungen", sagte Fleming bestimmt. „Wir hätten heute zwar Zeit, Ihren Körper atomar aufzulösen und anschließend beim Reatomisieren die entsprechenden Bitmuster herauszufiltern. Dann würde uns aber die Zeit zur Klonierung fehlen."

Butcher blieb hartnäckig. „Könnte man das nicht später nachholen? Ich meine, diese Generalüberholung."

Fleming überlegte kurz. „Das geht natürlich. Es wäre sogar eine erlaubte Manipulation, denn sie ist heute ja schon überall gang und gäbe."

„Das ist ja ein Ding", sagte Rockwell. „Da gibt es solche Heilmethoden, und niemand weiß davon."

„Wir dürfen sie nicht öffentlich propagieren, weil dann ein Sturm der Entrüstung losbrechen und ein Andrang auf unser Institut einsetzen würde, dem wir nicht gewachsen sind. Das würde die Unruhe nur noch vergrößern. Und außerdem: Es ist verdammt teuer."

„Aber wohl auch verdammt wirkungsvoll", sagte Butcher. „Wenn ich es richtig verstehe, kann man mit dieser Methode jeden Körper wieder ganz schön in Form bringen. Ohne Operation, ohne Schmerzen und mit viel besserer Wirkung. Funktioniert es auch gegen Krebs?"

Die Diskussion wurde Fleming sichtlich unangenehm. Er schaute demonstrativ auf die Uhr und sagte ein wenig obenhin: „Ja, auch gegen Krebs – jedenfalls gegen einige Arten. Aber es geht nicht alles damit, sonst würde ja kein Millionär mehr sterben."

„In den letzten Jahren ist zumindest keiner mehr an Krebs gestorben, soweit ich mich erinnere." Rockwell schüttelte in naiver Verwunderung den Kopf. „Langsam begreife ich, was so geflüstert wird. Und kein Wort darüber in den Zeitungen oder im Fernsehen, damit die armen Hunde nur nichts davon mitkriegen und sich aufregen. Die können ja ruhig krepieren."

„Jetzt müssen wir aber." Fleming erhob sich.

„Wieviel kostet denn die Sache?" fragte Butcher.

„Es ist nicht das Geld", antwortete Fleming widerstrebend. „Ich sagte Ihnen schon, unsere Kapazität... Wir können nur einen Prozentsatz der Antragsteller berücksichtigen, trotzdem sind wir bis ins nächste Jahr ausgebucht."

Blaver war dem Dialog mit wachsendem Befremden gefolgt. Er hatte sich immer zur gehobenen Gesellschaft gezählt, zu den oberen Zehntausend, was Geld und Einfluß anging. Und nun merkte er, daß selbst sein Freund Fleming ihn nicht ins Vertrauen gezogen hatte. Aber würde er sich in der gleichen Situation nicht ähnlich verhalten? Blaver dachte an die Klonierung seiner Spieler und daran, daß er nicht einmal seiner Frau ohne zwingenden Grund ein Wort davon verraten würde. „Wieviel kostet es?“ fragte er.

„Hunderttausend“, sagte Fleming kurz.

Die Spieler drückten sich aus ihren Sesseln hoch. „Wenn sich's lohnt, bringen wir das Geld schon auf.“ Butcher sah Fleming nicht sehr freundlich an.

„Darüber reden wir später. Es ist jetzt höchste Zeit.“

Der Weg zur Transmitterkammer war nicht weit. In den kleinen, schallisolierten Gängen klangen die Schritte, als tropfe irgendwo Wasser aus einem Hahn. Niemand sprach, doch es war jetzt ein anderes Schweigen als vorhin. Die beiden Spieler wußten, was sie zu tun hatten. Butcher zog sich als erster aus und trat zur letzten Überprüfung an den Mediocomputer. Rockwell öffnete sein Hemd und krempelte die Ärmel hoch.

Blaver war davon überzeugt, daß ihre Gedanken jetzt weniger der bevorstehenden Operation galten als den erstaunlichen Erklärungen des Arztes. Doch da hatte er sich getäuscht. Butcher und Rockwell konzentrierten sich ausschließlich auf das, was ihnen jetzt bevorstand. Die Gedanken an die komplizierte, für sie immer noch nicht faßbare Atomisierung und Bitfilterung hatten sie beiseite geschoben, darauf würde man zu anderer Zeit zurückkommen.

Den Manager dagegen hatten die Eröffnungen tiefer getroffen, als er wahrhaben wollte. Nun gut, trotz seiner zweiundfünfzig Jahre kannte er kaum gesundheitliche Probleme, und über einige der in diesem Alter normalen Beschwerden hatte er mit Fleming nicht sprechen wollen. Wie sollte der Arzt und Wissenschaftler also daraufkommen, ihm seine Dienste anzubieten? Wahrscheinlich mußte er bei diesem gefährlichen Thema ständig auf der Hut sein, um sich vor unliebsamen Überraschungen zu schützen. Da erschienen ihm dreimal schweigen und fünfmal ableugnen bedeutend sicherer als auch nur die kleinste Andeutung im Freundeskreis.

Butcher war in der Desinfektionskabine verschwunden.

Fleming nickte Rockwell zu und lud dann Blaver mit einer Handbewegung ein, ihm zu folgen. Als sie auf den Gang traten, lächelte er ein wenig schief. „Bist du überrascht?"

Blaver zuckte die Schultern. „Ich weiß nicht, darüber muß ich erst nachdenken."

„Wir hatten noch nie Anlaß, über diese Dinge zu sprechen, und ich war, ehrlich gesagt, sehr froh darüber. Deshalb habe ich deine Einladungen immer so gern angenommen. Und du hast auch nie über gesundheitliche Probleme geklagt..."

Blaver winkte ab. „Die Sache ist erledigt. Doch wenn ich mal darauf zurückkommen wollte?"

„Aber selbstverständlich." Fleming atmete auf. „Du kannst jederzeit mit mir rechnen."

Sie hatten Flemings Zimmer erreicht. Der Arzt holte eine Flasche aus dem Schrank, stellte zwei Gläser auf den Tisch und füllte sie. Sie prosteten sich zu.

„Butcher liegt jetzt in der Transmitterkammer. Es dauert eine Stunde, bis die Operation beendet ist. Danach beginnt meine Arbeit."

„Nach einer Stunde, ist dann der zweite Butcher schon..., ist er dann fertig?" fragte Blaver. Je näher der Zeitpunkt heranrückte, um so unwahrscheinlicher erschien es ihm.

Fleming nickte. „Dieser klonierte Butcher muß sofort behandelt, sozusagen fit gemacht werden. Das ist meine Arbeit. Fünf Stunden später ist er genauso beweglich wie der echte Butcher, du kannst sie nicht mehr auseinanderhalten."

„Und du meinst, es kann nichts schiefgehen?"

„Nein, ich habe die Wahrheit gesagt. Diese Methode ist noch sicherer als die Klonierung vom Speicherquarz."

Das Gespräch versiegte. Während Blaver nochmals den Nutzen dieses Geschäfts zu berechnen begann, was bei ihm gleichbedeutend war mit der Aussicht auf einen ansehnlichen Gewinn, kreisten Flemings Gedanken um Butcher und Rockwell. Hier waren alle Sicherheitsvorkehrungen getroffen, niemand würde etwas erfahren. Doch das Problem der Geheimhaltung begann ja erst danach. Die Spieler mußten im selben Spiel eingesetzt werden, vor Tausenden von Zuschauern, umgeben von Helfern, Trainern, Masseuren und den Mannschaftskameraden. Plötzlich erfaßte ihn so etwas wie eine schlimme Vorahnung. Am liebsten wäre er aufgesprungen und hätte die ganze Operation abgebrochen.

Fleming wußte, daß er diesen Zeitpunkt verpaßt hatte. Inzwischen hatte die Anästhetikumwolke den Eishockeyspieler betäubt. Sein Körper lag reglos in dem isolierten Formbett. Danach wirkte große Kälte so schnell auf ihn ein, daß sein Zellwasser nicht kristallisieren konnte. Die thermischen Atombewegungen waren auf ein Niveau gesenkt, das den Nullschwingungen der Quanten entsprach. Danach begann der zweite Abschnitt der Operation.

Während all die Informationen sonst in den Quarzspeicher eingegeben und im Bedarfsfall abgerufen werden konnten, erfolgte die Klonierung hier direkt von Körper zu Körper. Von einem riesigen Generator wurden inkohärente Strahlen erzeugt, die das Muster der atomaren Konstellationen Schicht für Schicht abtasteten und an anderer Stelle getreu dem Original mit neuem Material aufbauten. Unterwegs von Körper zu Körper wurden diese Strahlen verstärkt, gefiltert, die Störgeräusche ausgeblendet, die Bitmuster gefährlicher Organismen ermittelt, ausgeschieden und entweder durch neutrale ersetzt oder gegen die im Speicher vorhandenen einwandfreien ausgetauscht. Da erst wenige tausend von den Milliarden Mustern vorlagen, geschah letzteres nur selten. Aber es konnten auch nur in begrenztem Maße die nach Vorlage des jeweiligen Körpers verbesserten Bitmuster entwickelt werden. Einmal reichte die Zeit dafür nicht aus, und zum anderen war das aufgrund der komplizierten Strukturen gar nicht in jedem Fall möglich.

Dies alles vollzog sich innerhalb eines riesigen, komplizierten und fünfmal abgesicherten Systems von Apparaten, Geräten und Computern und mit unvorstellbarer Geschwindigkeit. Allein der Klonierungskomplex nahm die Hälfte des viergeschossigen Institutsgebäudes ein. Das Herz der Anlage waren die beiden Kammern, die eine, in der Butcher lag, und die andere, in der ein zweiter Butcher mikrometerweise wuchs.

Das Funkon piepste. Fleming zog es aus der Kitteltasche und drückte einen Knopf. „Was ist?"

„Die Konstruktionsphase ist beendet, der Countdown für die Animation beginnt", erklang des Assistenten Stimme.

„Wir kommen." Fleming sprang auf, und auch Blaver erhob sich schnell. Diesmal führte der Arzt ihn zu einer anderen Tür. Das Zimmer erinnerte an den Ausstellungsraum einer Elektronikfirma, der außerdem noch mit zahlreichen Fernsehapparaten vollgestopft war. Die eine Wand bestand aus Glas, dahinter lag Butcher in einem kompakten Kasten. Obwohl außer leuchtenden Symbolen und einer fluoreszierenden Linie, die Butchers Körper in Umrissen verriet, nichts zu sehen war, konnte Blaver den Blick nicht von der Gestalt lösen.

„Das ist unser Double", erklärte Fleming. „Gleich wird es zum Leben erweckt."

Im Raum schwang ein fernes, dumpfes Brummen. Es kam von den Vibrationen, die in Sekundenbruchteilen die normale Körpertemperatur erzeugten. Gleichzeitig setzten elektrische Impulse Herz und Zentralnervensystem in Gang. Der Kreislauf des Lebens begann in dem neuen Körper.

Zuerst bemerkte Blaver ein schwaches Zucken der Finger, des Gesichts und der Zehen. Dann sah er das Zucken an Armen und Beinen. Immer deutlicher bewegten sich die Glieder, die Muskeln, der gesamte Körper. Manchmal war es, als liefe nur ein Zittern über die Haut, dann kam der Oberkörper hoch, und die Beine krümmten sich. Fasziniert verfolgte Blaver das Linienspiel, Fleming beobachtete ihn dabei. Schließlich beruhigte sich der leuchtende Körper, nur die Brust und der Bauch hoben und senkten sich rhythmisch, und dort, wo das Herz saß, pulsierte es gleichmäßig.

Blaver sah den Arzt an, der nickte ihm beruhigend zu. „Okay?" fragte er seinen Assistenten.

„Okay", erwiderte der Mann. Er drückte einen Knopf. Lautlos hob sich der Kasten in die Höhe, ein nackter Mann lag auf dem Formbett. Es war Butcher. Nein, seine Kopie, korrigierte sich Blaver.

Butcher II schien die auf ihn gerichteten Blicke zu spüren. Er wandte den Kopf und starrte Blaver an.

„Er lebt wirklich", sagte Blaver heiser. Unwillkürlich trat er einen Schritt zurück.

„Ja, die Operation verlief ohne Komplikationen." Flemings Stimme klang nüchtern. Er nickte dem Assistenten zu, der einige Hebel betätigte. Eine Wandseite der Kammer schob sich hoch und gab den Blick in den Nebenraum frei. Das Formbett mit dem Eishockeyspieler rollte langsam und lautlos hinaus.

Das letzte, was der Manager sah, ehe sich die Wand wieder herabsenkte, waren die großen dunklen Augen, die der Mann fragend auf ihn richtete. Noch nie hatte er solche Augen bei Butcher bemerkt.

Blavers Vorbereitungen erwiesen sich als perfekt. Sowohl Butcher als auch Rockwell brachten mit ihren Doppelgängern neuen Elan und die erwünschte Angriffswirkung ins Spiel der Hotspurs. Meistens traten die Doubles im Mitteldrittel an, verschiedenemal allerdings auch im ersten und zweiten oder im ersten und letzten Spielabschnitt. Das richtete sich nach der jeweiligen Tagesform. Inzwischen hatten die beiden alternden Asse ihre frühere Durchschlagskraft erreicht, und erstaunlicherweise standen ihnen ihre Doppelgänger darin nicht nach. Ein unbefangener Beobachter, und das waren alle Zuschauer wie Journalisten, mußte zu dem Schluß kommen, jetzt die besten Butcher und Rockwell zu erleben, die es je gab. Ob diese Steigerung nun eine Folge der Rivalität zwischen den echten Spielern und ihren Kopien war oder ein Ergebnis der verminderten Belastung, konnte Blaver nicht sagen. Manchmal hätte er es gern gewußt, doch schließlich war nur das Ergebnis für ihn entscheidend.

Der Erfolg der Manipulation hatte Blavers geheime Erwartungen jedenfalls weit übertroffen. Was ihm die neue Traumreihe Butcher – Rockwell – Lafleur gebracht hatte, ließ sich so zusammenfassen: klare Spitzenposition der Prince Building Hotspurs in der Profiliga, überall gefüllte Hallen bei den Spielen seiner Mannschaft und das daraus entstandene und für ihn wichtigste Resultat, ein Reingewinn von vier Millionen Dollar durch direkte Spieleinnahmen und Einkünfte aus Fernsehübertragungen. Und als ein im Moment noch nicht verwertbares Nebenergebnis ein um dreihundert Prozent gestiegener Marktwert seines Glanzsturmes.

Blaver war völlig zufrieden, Trainer Falmouth sah manchmal ungläubig den Aktionen seiner Altstars zu, und der Ökonomische Direktor Jervin wunderte sich. In seinen Augen hatte Blaver sich in eine leuchtende Persönlichkeit mit unfehlbarem Spürsinn für Profit und einmaligem sportlichem Fachwissen verwandelt. Das alles wußte er zwar nicht sachlich zu begründen, doch war ihm so viel klar, daß er Blavers zukünftige Finanzmanipulationen niemals mehr anzweifeln, viel weniger noch kritisieren würde. Wer aus einer Million Dollar – egal, auf welch geheimnisvolle Weise – vier Millionen macht, der mußte ein Genie sein.

Jervin sorgte deshalb auch ohne Murren dafür, daß die Million aus dunkler Quelle ohne Aufhebens wieder dorthin zurückfloß und die über die Zinsen hinausgehende Gewinnsumme nicht etwa in den offiziellen Bilanzen der Hotspurs auftauchte. Als guter Buchhalter fand er dafür ohne Schwierigkeiten Mittel und Wege. Außerdem tröstete er sich damit, daß die restlichen fünfhunderttausend Dollar ganz korrekt zum größten Teil in die Kasse seines Kollegen bei den Lions und zum kleineren Teil auf das Konto des zweiundzwanzigjährigen Jesse Koshalla eingezahlt worden waren. Der junge und ungewöhnlich talentierte Spieler hatte sich schnell an der Seite von Dardier und dem erfahrenen Hastny eingespielt. Vielleicht war es auch der Ehrgeiz, es den berühmten Vorbildern im eigenen Klub nachzutun, daß die zweite Reihe der Hotspurs nun immerhin noch solch eine Qualität besaß wie vorher die erste in ihren guten Tagen. Blaver konnte wirklich rundum zufrieden sein.

Mit dem ersten Sturm der Hotspurs ließ sich im Moment keine andere Angriffsreihe in der gesamten Liga vergleichen. „Hotspurs' alte Asse im zweiten Frühling!", „Die alten Meister trumpfen auf!" und ähnliche der im Sportjargon üblichen Schlagzeilen standen jetzt in den Zeitungen. Und nicht nur auf den Sportseiten, sondern nach solch dramatischen Spielen wie gegen den hartnäckigen Verfolger Rangers sogar ganz vorn. Nur einmal war Blaver aufgeschreckt. Das geschah nach dem Sieben-zu-drei-Erfolg seiner Mannschaft bei den seit fünf Jahren zu Hause ungeschlagenen Rocky Ice Devils. Eine Schlagzeile hatte damals so gelautet: „Hotspurs' doppelter Sturm: Butcher und Rockwell."

Der doppelte Sturm – so hatte auch Blaver die Doppelgänger im stillen genannt. Was in dem Artikel zum Ausdruck kam, wurde zu einem Loblied auf die beiden wieder zum

Idol gewordenen Asse, auf ihre Kondition und ihr Können, auf ihren kämpferischen Einsatz und die vorbildliche sportliche Moral. Dies reiße auch die anderen Hotspurs-Spieler mit und sei ebensoviel wert, als ständen die beiden Könner Butcher und Rockwell doppelt auf dem Eis. So die Schlußfolgerung des Reporters.

Einige Tage überlegte Blaver, ob sich damit eine geheime Warnung verbinde oder eine Vermutung. Er überprüfte alle Sicherheitsvorkehrungen so sorgfältig wie nie, sprach eindringlich mit Butcher und Rockwell sowie ihren Doppelgängern und schaltete auch die kleinsten Risiken aus. Es war ein lückenloses und fast perfektes System der Tarnung und Konspiration entstanden.

Die Doppelgänger von Butcher und Rockwell besaßen andere Namen und dazu echte Ausweise. Sie wohnten in zwei verschiedenen Wohnungen und veränderten durch Perücken Haartracht und Farbe gegenüber den Originalen. Sie kleideten sich dezent, dafür mußten Butcher und Rockwell einige auffällige modische Extravaganzen mitmachen. Die Doubles trugen Bärte und Brillen, zu Auswärtsspielen reisten sie rechtzeitig vorher mit dem Flugzeug ab, bei Heimspielen sorgte Blaver für Abschirmung.

Auch das schwierigste Problem, die Auswechslung in den Drittelpausen, klappte gut. Sie wurde grundsätzlich auf der Toilette vorgenommen, wo der bereits bis auf das Jersey völlig identisch gekleidete Doppelgänger das Original erwartete. Wo es ging, mietete Blaver einen zusätzlichen Sanitätsraum, in dem einige Spieler von einem Psychologen noch einmal motiviert wurden. Natürlich war dies nur inszeniert, um in unverdächtiger Weise von der Auswechslung abzulenken oder sie dort vorzunehmen. Der Psychologe war einer der beiden Assistenten von Fleming, der damit zu weiteren Einnahmen aus diesem Geschäft kam. Zuerst hatte diese Methode den Verdacht laut werden lassen, Butcher und Rockwell würden mit unlauteren Mitteln aufgeputscht. Obwohl es im harten Profigeschäft keine Regeln gab, die Doping ausdrücklich verboten, ließen sich Rockwell, Butcher und auch Lafleur mehrmals freiwillig auf Einnahme stimulierender Mittel untersuchen. Natürlich war das Resultat negativ, was ihren Glanz als großartige und untadelige Sportsleute nur noch heller strahlen ließ.

Da die Spezialbehandlung bei den Spielern der Hotspurs offensichlich Erfolg gebracht hatte, zogen die anderen Klubs schon bald nach. So fiel es schließlich sogar auf, wenn eine Mannschaft ohne Psychologen operierte und keinen zusätzlichen Raum für diese leicht geheimnisumwitterte Behandlung verlangte.

Trotzdem konnte Blaver nicht mehr so unbeschwert seine Tage genießen wie vor der Klonierung. Er hatte auch früher seine Sorgen und Probleme gehabt, doch schienen sie ihm gegenüber den jetzigen Befürchtungen kaum erwähnenswert. Bei der Aufdeckung seiner Aktion gäbe es einen furchtbaren Skandal, der Blavers gesellschaftliche Stellung für immer ruinieren würde.

Einmal waren die beiden Doubles nicht zum Spielbeginn in Edmonton eingetroffen. Das Flugzeug mußte wegen schlechten Wetters umgeleitet werden, und als die beiden Doppelgänger schließlich landeten, war die Maschine mit der kompletten Mannschaft gute zwei Stunden vorher eingetroffen. Und die hatte es mit Mühe und Not bis zum Beginn des Matches geschafft. Der Kontrahent gehörte zu den schwächeren Teams, und da Butcher sowie Rockwell sich unwahrscheinlich steigerten, war alles gut gegangen und niemandem etwas aufgefallen. Sonst hatte es in den sechsundzwanzig Spielen keine Panne gegeben.

Aber gerade das beunruhigte Blaver ein wenig. Ein Gefühl der Spannung ließ ihn nicht mehr los, ihm war, als lauere irgendwo im verborgenen noch die entscheidende und gefährlichste Prüfung. Vielleicht trug dazu die innere Unzufriedenheit über die Situation mit Pamela bei. Kurze Zeit schien sich ihr Verhältnis gebessert zu haben, doch die Nervenbelastung und seine nervöse Angespanntheit hatten bald die zärtlich aufkeimenden Gefühle zerstört.

Jetzt lehnte Blaver an der Bande. Obwohl er zur Eisfläche schaute, nahm er nicht bewußt wahr, was dort geschah. Blaver dachte an die vier Millionen und daß sie reichen müßten. Wenn er die Ablösesummen für Butcher und Rockwell noch hinzurechnete, konnte er sogar sehr zufrieden sein. Für beide lagen jetzt Angebote in einer Höhe vor wie noch nie bisher. Das war auch für die Spieler eine günstige Situation.

Und die Doppelgänger? Für die hatte er ebenfalls schon Pläne...

„Mister Blaver, darf ich Sie mal stören", hörte der Manager eine Stimme. Gleichzeitig stieß ihn jemand unsanft in den Rücken.

Blaver drehte sich um und musterte unfreundlich den Mann, der seit kurzem zum Vorstand der Vancouver Cristals gehörte und der ihn nun vertraulich angrinste. Der Mann war ihm bisher weder angenehm noch unangenehm aufgefallen, aber vielleicht kam es auch nur daher, daß sie bis auf einige Begrüßungsworte kaum viel miteinander gesprochen hatten. In Blaver stieg ein Gefühl der Abneigung auf. Er mochte es nicht, wenn jemand so primitiv auf sich aufmerksam machte.

„Entschuldigung, Mister Blaver", fuhr der Mann fort, „ich habe Sie schon ein paarmal angesprochen. Darf ich Sie nachher aufsuchen?"

„Worum geht es denn?"

„Es ist geschäftlich..." Der Mann deutete mit dem Kopf zur Eisfläche. „Um einige Spieler..."

Blaver nickte. „In meinem Büro. Eine halbe Stunde nach Spielschluß?"

„In Ordnung – das heißt, wenn es sich bei Butcher und Rockwell überhaupt lohnt."

Blaver erschrak und drehte sich langsam wieder zur Eisfläche um. Er nahm zwar wahr, daß Butcher mit einem gekonnten Solo das Sechs-zu-zwei für die Hotspurs schoß, doch seine Gedanken gingen andere Wege. „Wie meinen Sie das?" fragte er und wandte sich dem anderen wieder zu.

„Sie haben's ja gerade gesehen. Ich weiß nicht, ob Sie diese Leute überhaupt verkaufen wollen. Wenn nicht, lohnt sich ein Gespräch nämlich kaum."

Wie immer bei komplizierten Geschäftsgesprächen zog Blaver seine Stirn in Falten und machte ein nachdenkliches Gesicht. Das ließ ihm Zeit, seinen Partner zu beobachten und nervös zu machen. Jetzt brauchte er diese Sekunden, um seine Gefühle unter Kontrolle zu bringen. Warum vermutete er gleich immer das Schlimmste? Seit Beginn der Klonierungsoperation hatte eine ständige Angst an seinen Nerven genagt, wohin das führte, hatte er bei dieser an sich harmlosen Frage erneut gespürt. Höchste Zeit also, den Streß zu beenden. Und nun kam ihm dieser Mann sogar entgegen.

„Man kann über alles reden“, sagte Blaver, „es kommt nur darauf an, was man zu bieten hat.“

„Daran soll es nicht liegen. Wir wissen doch beide, was diese Spieler wert sind.“

Blaver nickte lächelnd. Dann zuckte wieder Mißtrauen in ihm hoch. Ehe er weitere Vermutungen anstellte, schob er solche Gedanken beiseite und konzentrierte sich auf das Spiel. Die Halle war diesmal nicht ganz gefüllt, doch die von den Leistungen der Heimmannschaft begeisterten Zuschauer jubelten jedem Angriff der Hotspurs zu. Blaver wußte nicht, ob jetzt im letzten Drittel dieses vorletzten Liga-Punktspiels der Saison Butcher I oder II auf dem Eis war. Diese beiden vereinbarten ebenso wie die Rockwells ihre Wechsel völlig selbständig. Das galt auch für das Training, so daß die anderen Spieler manchmal schon über den Eifer der auf diese Weise nur halb geforderten alten Asse murrten. Insgesamt aber wurden sie dadurch ebenfalls zu härterem Einsatz gezwungen, was sich wiederum in der Verbesserung des gesamten Leistungsniveaus bemerkbar machte. Falmouth war sehr zufrieden, und Blaver hatte mit mißtrauischer Verwunderung festgestellt, wie viele Auswirkungen dieser Doppelung man doch selbst bei gründlicher Überlegung nicht voraussehen konnte. Blieben sie so positiv wie in diesem Fall, war allerdings nichts dagegen einzuwenden.

Als er nun Butchers und Rockwells Aktionen verfolgte, fühlte er den schon oft gespürten Stolz in sich aufsteigen. Ihm war das Kriminelle seiner Manipulationen vollauf bewußt, und doch gab ihm die Gewißheit, solch eine raffinierte Sache ausgedacht und in die Tat umgesetzt zu haben, ein ganz neues, früher nie erlebtes prickelndes Gefühl der Befriedigung. Er fühlte sich den Millionen Menschen an den Fernsehschirmen und in den Hallen, den Experten, Journalisten, Spielern und Masseuren überlegen. Niemand war bisher auf eine ähnliche Idee gekommen, niemand ahnte etwas davon.

Dabei waren schon viele Tricks angewandt worden, um auf unreelle Weise zum Erfolg zu kommen. So hatte ein

Trainer einen Helm entwickelt, über den er den Spielern während des Kampfes per Funk Anweisungen gab. Natürlich war das nicht unentdeckt geblieben, und nach anfänglicher Empörung hatte es eine große Diskussion über den Nutzen und die Nachteile solcherart Anweisungen gegeben. Eindeutig kriminell war dagegen die Sache mit dem Anziehungsmechanismus an den Schlägern gewesen. Er wirkte auf den Kunststoffpuck so wie ein Magnet auf einen Nagel, was eine phantastische Scheibenführung ermöglichte. Zu den noch gemeineren Methoden gehörte, den gegnerischen Torwart in entscheidenden Situationen durch einen gezielten Laserblitz zu blenden, eine ganze Mannschaft in der Drittelpause durch ein geruchloses Euphoriegas zu Fehlreaktionen anzuregen oder um das eigene Tor ein Kraftfeld aufzubauen, das den Puck ablenkte. Das waren einige der untauglichen und bisher immer ziemlich schnell entdeckten Varianten.

Wieder stieg das erregende Gefühl der Überlegenheit in Blaver hoch. Dieses heimliche Wissen um seine Vorteile war der Grund für seine offen zur Schau getragene Selbstsicherheit. Er grinste selbstgefällig vor sich hin und ließ sich auch dadurch nicht stören, daß die Gäste in den Schlußsekunden das Drei-zu-acht erzielten. Er wertete es nicht einmal als Schönheitsfehler. Die Saison war nun fast vorüber. Das Ergebnis hieß: Meisterschaft und volle Kassen für die Hotspurs. Vielleicht geht es im nächsten Jahr so weiter, dachte Blaver. Aber schon dieses „vielleicht" störte ihn. Es war ein Risiko, das man mit Millionengewinnen nicht mehr einzugehen brauchte, ja das man nicht mehr eingehen durfte. Der Mann von den Cristals fiel ihm wieder ein. Er würde mit Butcher und Rockwell sprechen. Mit seinem Projekt Südseeinseln hatte er das Interesse der beiden bereits geweckt. Nun konnte er mit konkreten Vorschlägen aufwarten. Und ohne Zweifel mit solch hohen Summen, daß den Doppelgängern ein Nein sehr schwerfallen würde – und sicher auch den Originalen.

Die Schlußsirene erklang. Butcher und Rockwell steuerten sofort den Ausgang an. Blaver beeilte sich nicht, ihnen zu folgen. Als er die Kabine erreichte, kleideten sich die beiden Spieler bereits aus. Wie immer musterte Blaver sie prüfend, doch wie immer wußte er nicht, ob er die echten Spieler oder ihre Doppelgänger vor sich hatte. Warum sollte er sich darüber den Kopf zerbrechen? Waren es die Doppelgänger, spielten sie die Rolle der Originale bis zu einem vereinbarten, unauffälligen Treffpunkt. Dort würden dann die verkleideten echten Butcher oder Rockwell ihre Perücken und Bärte und Brillen abnehmen und ihre Ausweise mit den Doppelgängern tauschen. Und diese hießen von dem Moment an wieder Cassius Brake und Roy W. Shimblack. Doch wenn jetzt die echten Spieler auf dem Eis gewesen waren, dann saßen Brake und Shimblack schon lange in ihren Wohnungen.

Das hörte sich alles sehr simpel an – und so war es auch. Eine einfache, aber wirkungsvolle Verwechslungsaktion, die sicher funktionierte. Blaver hatte sich persönlich davon überzeugt, wie sie vor sich ging. Selbst nachdem er der Verwandlung zugeschaut hatte, war es ihm schwergefallen, offensichtliche Ähnlichkeiten zwischen dem echten Butcher und Rockwell sowie ihren verkleideten Doppelgängern zu finden. Für einen arglosen Gesprächspartner schien das fast unmöglich. Und warum hätte jemand mißtrauisch sein sollen?

Die vier besaßen bereits solche Fertigkeit bei der Verkleidung, daß diese Prozedur nicht länger als drei, vier Minuten dauerte. Hinzu kam noch, daß alle gut begriffen hatten, wie sehr die hohen Gagen und damit ihr Lebensstandard von ihrer Vorsicht und Geschicklichkeit abhingen. Sie kleideten sich dementsprechend sorgfältig und verhielten sich äußerst diszipliniert. Ihre Mühe ging sogar so weit, daß sie Sprechweise und Körperhaltung ihrer jeweiligen Rolle anpaßten. Nein, von dieser Seite drohte keine Gefahr.

Blaver nickte Rockwell zu, der sich die Lammfelljacke überzog, und sagte: „Noch ein Spiel, dann ist es geschafft."

„Von mir aus könnte die Saison jetzt erst richtig anfangen, ich bin in bester Form", erwiderte Rockwell. „Aber wie soll es nun mit uns weitergehen?"

„Ich hatte Ihnen doch meine Vorschläge unterbreitet." Blaver überlegte einen Moment, ob der echte Rockwell oder sein Double vor ihm stand und was er wem gesagt hatte. Aber im Prinzip hatte er beide informiert. „Entweder ein anderer Klub oder die Südseeinsel."

„Ich glaube, das ist wirklich das beste." Rockwell griff seine elegante Sporttasche, nickte Blaver flüchtig zu und ging.

Butcher kam aus dem Duschraum. Als er einige Minuten später fertig war und sich verabschieden wollte, konnte der Manager der Versuchung nicht widerstehen. „Sind Sie der…, der richtige Butcher?" flüsterte er.

Der Spieler zuckte zusammen. „Ja", sagte er und blickte Blaver kühl an. „Ich bin das Original, wenn Sie das meinen. Wieso?"

„Nur so. Es geht um die nächste Saison. Vielleicht rufe ich Sie nachher noch an."

Butcher warf dem Manager einen nachdenklichen Blick zu und verließ ebenfalls den Raum.

William Huskell von den Vancouver Cristals nahm Platz. Er beobachtete Blaver, der sich an seinem Schreibtisch zu schaffen machte, eine Mappe herausnahm und sich im Sessel gegenüber niederließ. Dann sagte er: „Ich übernehme nach Abschluß dieser Saison das Management des Klubs. Sie kennen unsere Lage: drittletzter Platz, nur ein wirklicher Klassespieler in der Mannschaft, die zweite Reihe ein Torso. Entweder wir können unseren Laden zumachen, oder wir kommen mit drei Millionen Dollar an die Spitze."

Blaver legte seine Stirn in Falten. „Ist das Ihre Angebotssumme?"

„Um es ganz offen zu sagen: Es ist die Summe, mit der wir operieren können. Doch damit müssen nicht nur die Spielerkäufe abgedeckt werden."

Einige gute Angebote lagen Blaver bereits auf dem Tisch, sie gingen für jeden der beiden Spieler bis zu eins Komma zwei Millionen. „Wen wollen Sie haben?" fragte er.

„Beide", erwiderte Huskell. Er sah Blaver mit unbewegter Miene an. „Wir brauchen einen ersten Sturm der Superklasse und haben nur einen guten Mann. Außerdem können uns die beiden dann nicht in einer anderen Mannschaft gefährlich werden …"

Das Videofon unterbrach seine Rede. Blaver blickte unwillig auf den Apparat und rührte sich nicht. In dieser Situation konnte er keine Störung gebrauchen. „Das wird nicht billig", sagte er langsam.

„Ich weiß. Wir bieten für beide zwei Komma fünf Millionen."

Das Videofon klingelte weiter.

„Wir haben schon sehr hohe Angebote", sagte Blaver.

„Ist mir bekannt. Auch schon zwei Komma fünf?"

Diese Frage war natürlich rein rhetorisch gestellt, aber Blaver wunderte sich trotzdem, warum Huskell um genau hunderttausend über den bisherigen Höchstgeboten blieb.

Das Klingeln hörte nicht auf. Jetzt sah auch Huskell mißbilligend auf den Apparat.

„Entschuldigen Sie", Blaver erhob sich und griff zum Hörer. Auf dem Monitor leuchtete das Bild eines Polizisten auf, und noch ehe Blaver ein Wort gehört hatte, war er überzeugt, daß etwas Schreckliches auf ihn zukam. „Blaver, Prince Building Hotspurs", sagte er und wunderte sich, daß seine Stimme kühl blieb.

„Hier ist Konstabler Brunel. Ich habe eine unangenehme Nachricht für Sie, Sir", sagte der Polizist. „Kennen Sie einen Cassius Brake?"

Blaver räusperte sich, das Ja blieb ihm in der Kehle stekken. Der Schreck kam nach. Blaver nickte. Einen Moment schien es ihm, als wanke das ganze Gebäude und versinke unter den Füßen. Er setzte sich und krächzte. „Brake, Cassius Brake. Ja, ich kenne ihn."

„Tut mir leid, Sir. Wir fanden eine Information in seinen Papieren ..." Der Polizist hob den Zettel an die Augen und las vor: „Bei einem Unfall oder im Fall der Hilflosigkeit bitte sofort Bernard Blaver anrufen. Ihre Nummern ..."

„Ja. Ja, das stimmt, ist schon richtig. Was ist denn?"

„Es tut mir leid", wiederholte der Polizist, „ein schwerer Verkehrsunfall. Er war gleich tot."

Jetzt erst sah Blaver im Hintergrund des dunklen Monitorbildes Polizeiautos und weitere Polizisten. „Wann ist es denn passiert?" fragte er.

„Eben", sagte der Polizist, präzisierte diese Angabe nach einem Blick auf seine Armbanduhr jedoch: „Vor sechs Minuten."

Vor sechs Minuten, ging es Blaver durch den Kopf. Wenn der Original-Butcher gespielt hatte, was suchte sein Doppelgänger dann so spät noch auf der Straße? „Wie, wie denn?"

„Eine sehr unglückliche Geschichte. Wir verfolgten zwei Verbrecher, die auf diesen Parkplatz flüchteten und bei der Ausfahrt auf der anderen Seite den geparkten Wagen mit Mister Brake rammten. Zum Glück scheint der zweite Mann aber unverletzt zu sein."

„Wieso scheint? War jemand bei ihm?"

„Ja, Sir, aber er sprang aus dem Auto und lief davon. Wahrscheinlich der Schock. Und wir mußten uns ja erst um die Verletzten kümmern. Hat Mister Brake Verwandte, Sir?"

„Nein, ich bin ..., er ist mein Neffe. Er ist in der Provinz Quebec zu Hause, wohnt allein hier. Kann ich zu Ihnen hinkommen?"

„Das wäre am besten. Es ist auf dem Parkplatz am Iowa Roundel passiert, am Ende der Hugler Street. Gar nicht weit von Ihrer Eishalle."

„Ich weiß", sagte Blaver und erhob sich.

Erst als Huskell ebenfalls aufstand, wurde sich Blaver dessen Anwesenheit bewußt. „Entschuldigen Sie, wir müssen unser Gespräch verschieben."

„Selbstverständlich", erwiderte der zukünftige Manager der Cristals. „Wir brauchen bis Ende der Woche eine Entscheidung. Aber vorher melde ich mich telefonisch bei Ihnen."

Blaver nickte zerstreut. „Ja, machen Sie das."

„Übrigens, ich war leider Zeuge des Gesprächs. Mein herzliches Beileid."

Blaver sah den anderen fragend an, dann fiel ihm ein, daß er Brake als seinen Neffen bezeichnet hatte. „Ja, danke. Furchtbar ..., und ganz ohne eigene Schuld."

Ein Krankenwagen mit blinkendem Rotlicht fuhr vom Parkplatz, als Blaver dort eintraf. Es waren nur knapp acht Minuten Fahrweg von der Halle bis hierher. Blaver hatte nachgerechnet: Es waren etwa sechzehn Minuten vergangen zwischen Butchers Verabschiedung und dem Anruf der Polizei. Ein bis zwei Minuten dauerte der Weg von der Kabine bis zum Wagen, rund acht Minuten die Fahrt, dazu kamen die sechs Minuten bis zum Anruf des Polizisten, zusammen eine gute Viertelstunde. Und das warf viele Fragen auf. Zum Beispiel: Wenn Butcher in der Kabine behauptete, er sei der echte, warum hatte dann Brake auf ihn gewartet? Ein Rollentausch und damit ein Treff wäre doch nur nötig gewesen, hätte es sich bei dem Spieler um den falschen Butcher gehandelt. Und wer war der davongelaufene Mann? War es der echte Butcher oder der falsche?

Blaver versuchte, das Karussell seiner Vermutungen zu ordnen. Doch die Unsicherheit blieb und warf sofort neue Fragen auf. Oder hatte sich Butcher-Brake mit einem fremden Mann getroffen, und der war davongelaufen? Dann aber mußte der echte Butcher, der gut zwanzig Minuten von der Halle bis zu seiner Villa brauchte, jetzt bereits zu Hause sein.

Der Manager wählte Butchers Privatnummer. Der Hörer wurde sofort abgenommen, als habe jemand auf den Anruf gewartet.

Eine helle, erwartungsvolle Stimme sagte: „Butcher. Ja bitte?"

„Frau Butcher?" vergewisserte sich Blaver.

„Ja, und wer ist dort?" Die Stimme drückte Enttäuschung aus.

„Hier ist Bernard Blaver, Frau Butcher. Entschuldigen Sie den späten Anruf, ich muß unbedingt Ihren Mann sprechen."

„Ach, Mister Blaver. Aber das macht doch nichts, wir wollten sowieso noch ausgehen. Ich warte schon auf Ronald. Oder ... stimmt etwas nicht, Mister Blaver?"

„Nein, wie kommen Sie darauf? Eigentlich kann er noch gar nicht zu Hause sein, das Spiel endete etwas später. Es geht mir nur um eine Rücksprache wegen eines Vertrages, ein sehr eiliges Angebot. Und Geldsachen soll man nicht warten lassen." Blaver lachte beruhigend.

In diesem Moment leuchtete der Videoschirm in seinem Wagen auf. Frau Butcher hatte das Bild eingeschaltet und lächelte ihn an. Blaver kannte die hübsche siebenundzwanzigjährige Frau des Eishockeyspielers und war erneut von ihrer Schönheit beeindruckt. Trotz seiner Unruhe faszinierte ihn die Frau auch jetzt wieder, und er fragte sich, wie der kühle Butcher wohl mit ihr auskam.

„Sie sehen, ich habe mich für unseren Hochzeitstag schön gemacht", sagte sie und deutete mit einer Handbewegung an ihrem tief ausgeschnittenen samtblauen Abendkleid hinab.

Ihr langes blondes Haar und die dunkelbraunen Augen bildeten einen bezaubernden Kontrast.

„Hochzeitstag", sagte Blaver überrascht. „Oh, dann gratuliere ich. Der wievielte ist es denn?"

„Der fünfte."

„Schade, Ihr Mann hat mir leider kein Wort davon gesagt. Trotzdem, viel Spaß dann, und Ihr Mann möchte sich unbedingt melden. Entweder die Nummer im Wagen oder zu Hause."

„Im Wagen?" fragte Frau Butcher verwundert.

„Ja, ich bin noch unterwegs." Blaver kam seine Unhöflichkeit zu Bewußtsein, und er wollte schon die Bildübertragung einschalten, als ein Polizist an die Scheibe klopfte. „Also, bis nachher, auf Wiedersehen!" sagte er schnell und unterbrach die Verbindung. Dann ließ er die Scheibe herunter und erklärte: „Ich soll dort hinkommen ..., mein Neffe." Er deutete mit dem Kopf auf die Polizeiwagen. „Ich habe mit einem Konstabler gesprochen."

„Ich weiß Bescheid, Sir. Sie meinen Konstabler Brunel. Fahren Sie dorthin." Er wies auf eine Parklücke.

Blaver stieg aus und ging mit zögernden Schritten zu der Ansammlung von Polizisten. Es war deutlich zu erkennen, daß die große Volvolimousine auf dem festgefahrenen Schnee ins Schleudern geraten war und sich links in den stehenden Oldsmobile gebohrt hatte. Sowohl Brake als auch Butcher fuhren dieses moderne Modell. Die Türen der rechten Seite waren aufgesprungen und gaben den Blick ins Innere frei. Brunel führte ihn dichter heran und deutete auf einen Körper, der seltsam steif halb herausragte.

Im Licht der Scheinwerfer erkannte Blaver, daß Brakes Körper bis zur Brust von Blechteilen, dem Volvokühler und den Sitzen zusammengequetscht worden war. All das sah aus wie in einem der harten Fernsehkrimis. Er spürte immer noch nicht mehr als ein Gefühl der Unwirklichkeit und eine leicht betroffene Neugier. Brakes totes Gesicht glänzte unverletzt in dem kalten Licht, aus Mund und Nase lief eine breite Blutspur. Die Augen starrten den Manager so an wie damals, kurz nach der Animation.

Nun erst ging ein Schauer über Blavers Rücken. War das Brake oder Butcher? Es ließ sich nicht mehr erkennen, ob der Mann rechts oder links gesessen hatte. Und eine Perücke oder einen Bart konnte er nicht entdecken.

„Trug Ihr Neffe eine Perücke?“ fragte der Konstabler.

„Eine Perücke? Ich ..., ja, ich glaube. Er war ein bißchen eigenartig, eitel, meine ich.“

„Trug er sonst noch etwas?“

„Ich weiß nicht.“ Blaver überlegte krampfhaft. Es wäre töricht, jetzt zu lügen. Da es sich um Brake oder den verkleideten Butcher handelte, mußte er alles sagen. „Eine Brille, manchmal trug er auch eine Brille.“

„Dann ist es also seine“, stellte Brunel fest. „Wir haben eine zerbrochene Brille vor dem Wagen gefunden. Und im Wagen lag auf dem Hintersitz eine Perücke.“

Blavers Hirn arbeitete nicht sehr exakt. Erst jetzt fiel ihm ein, daß Brakes Foto im Führerschein natürlich die Brille zeigte. Er mußte auf der Hut sein und erwartete eine Frage nach der Ähnlichkeit Cassius Brakes mit dem populären Eishockeyspieler. Er versuchte, bekannte Züge in dem erstarrten Gesicht zu entdecken, doch erschien es sogar ihm in dem gleißenden, harten Scheinwerferlicht fremd. Als er das erkannte, wurde er ruhiger. Er sah dem so veränderten Brake noch einmal prüfend in das Gesicht, und sofort stiegen wieder die Zweifel in ihm hoch. Wenn es nun der echte Butcher war, was dann? Plötzlich tauchte hinter dem leicht aufgequollenen Gesicht mit den dunkel angetrockneten Blutbahnen Frau Butcher auf, sah ihn aus großen braunen und weit geöffneten Augen an. Ihm wurde übel, er mußte schlucken und drehte sich ab.

Brunel hatte ihn aufmerksam beobachtet. „Kein schöner Anblick. Kommen Sie.“ Er führte Blaver zur Seite und ließ ihm einige Minuten Zeit.

Blaver atmete tief. Die kalte Nachtluft vertrieb die Übelkeit.

„Haben Sie eine Ahnung, wer der zweite Mann gewesen sein könnte?“ fragte der Polizist.

„Ich weiß nicht viel über den Bekanntenkreis meines Neffen. Das heißt, Cassius kam oft zu uns in die Halle, mit einigen Spielern verkehrte er persönlich.“

„Deshalb also“, murmelte der Konstabler. Er zog Fahrzeugpapiere aus der Tasche und sagte: „Der Wagen ist nämlich auf den Namen von Ronald Butcher eingetragen. Ist das Ihr Eishockey-As?“

Blaver nickte. Die Übelkeit war wieder da. Trotz der eisigen Kälte schien sein Kopf zu glühen. Irgend etwas würgte ihn im Halse. „Mir ist nicht gut. Ich muß …“ Er drehte sich ab und lief bis zum Rand des Parkplatzes.

Nach einigen Minuten hatte er sich wieder in der Gewalt. Er ging zu Brunel und den ineinander verkeilten Wagen. Dabei warf er einen scheuen Blick auf zwei Männer, die mit Schweißbrennern an der Arbeit waren. „Brauchen Sie mich noch?“ fragte er den Konstabler.

Der schüttelte den Kopf. „Ich denke nicht. Sind Sie immer unter diesen Nummern zu erreichen?“ Er hielt Blaver das Papier aus Brakes Tasche hin. Blaver nickte. „Die Autopsie wird angeordnet, aber wie ist es mit der Beerdigung, der Nachlaßregelung? An wen können wir uns da wenden?“

„An mich“, sagte Blaver.

„Dann ist wohl alles in Ordnung. Eine Bitte habe ich noch, auch wenn der Zeitpunkt jetzt sehr unpassend ist.“ Brunel räusperte sich verlegen. „Das letzte Punktspiel am nächsten Sonnabend, es ist ja schon lange ausverkauft. Könnte ich vielleicht …, ist es möglich, noch zwei Karten zu bekommen?“

Blaver brauchte einen Moment, um die Frage zu begreifen. „Aber natürlich. Melden Sie sich bei mir! Vielleicht am Mittwochnachmittag?“

„Danke, Sir.“ Der Konstabler grüßte, und Blaver ging nachdenklich zu seinem Wagen.

Blaver fuhr langsam und vorsichtig. Er zwang sich, auf die Straße zu achten, obwohl der Verkehr jetzt, anderthalb Stunden vor Mitternacht, nur sehr schwach war. Er fuhr in die Nähe des Stadions und stellte den Wagen auf der riesigen, jetzt fast leeren Parkfläche ab. Dann konzentrierte er sich auf all das, was geschehen war. Er wurde nicht ruhiger dabei.

Fest stand wohl, daß jener Butcher in der Kabine ihn belogen hatte. Warum hätte der echte Butcher mit dem Wagen zum Iowa Roundel fahren wollen? Es gab nur für Brake einen Grund: die Identität mit dem echten Butcher tauschen und ihm den auf seinen Namen zugelassenen Wagen zurückbringen.

Aber was war danach geschehen? Hatte der Tausch bereits stattgefunden, als der Unfall passierte, oder nicht? Die Zeit war sehr knapp gewesen. Dann aber konnte der Tote nur der echte Butcher sein. Oder Brake war sehr schnell gefahren, hatte eine Minute Fahrzeit gespart und den Identitätswechsel gerade noch vor dem Unfall abgeschlossen. Daß es Butchers Wagen war, sagte gar nichts. In jedem Fall ging der wartende Butcher zu Brake, um nach der Verkleidung seinen Wagen zu übernehmen. Blaver wußte nicht, was wirklich passiert war. Alles schien möglich zu sein. Am besten war, er sah den Vorfall von der positiven Seite: Das Problem des einen Doppelgängers hatte sich damit von allein gelöst.

Das Autovideofon surrte. Blaver schaltete ein. „Ja, bitte."

„Mister Blaver, Ronald sollte doch anrufen", erklang die Stimme von Joan Butcher. Ihr Gesicht tauchte auf dem Monitor auf, sie lächelte ihn freundlich an. Als sie zurücktrat, sah Blaver, daß sie einen Nerzmantel trug und im Begriff schien, die Wohnung zu verlassen.

Butcher kam ins Bild. „Worum geht es, Chef?" fragte er.

Blaver mußte sich erst sammeln. Dieses Verwirrspiel zerrte an seinen Nerven. „Ich muß Sie so schnell wie möglich wegen eines Vertrages sprechen. Ein sehr gutes Angebot. Für Sie und Rockwell je zweihunderttausend netto beim Wechsel."

„Und wie hoch ist mein Vertrag?"

„Den müssen Sie mit dem Manager aushandeln. Es sind die Vancouver Cristals."

„Die Cristals." Butcher war offensichtlich nicht sehr begeistert. „Aber wenn Rockwell mitmacht und das Angebot gut ist ..." Er wiegte den Kopf.

„Bestimmt; Mister Huskell deutete es an. Ich kann ihm also Ihr Interesse bekunden."

„Ja, falls nicht etwas Besseres kommt."

„Ich will alle Transfers bis Ende übernächster Woche abschließen. Können wir am Montag ab drei Uhr nachmittags die Einzelheiten besprechen?" Als Butcher nickte, fügte er noch hinzu: „Fast hätte ich es vergessen: Herzlichen Glückwunsch zum Hochzeitstag! Ihr siebenter war es wohl."

„Ja, der siebente. Vielen Dank." Butcher grinste unsicher. „Ich hätte ihn selber fast vergessen, wenn Joan mich nicht erinnert hätte."

„So ist es", sagte Joan Butcher aus dem Hintergrund und drohte mit dem Finger. „Und außerdem ist es unser fünfter. Wenn Mister Blaver schon alles durcheinanderbringt, von dir hätte ich das nicht erwartet."

„Der fünfte", murmelte Butcher. Plötzlich trat ein gespannter Zug in sein Gesicht, und er musterte Blaver mißtrauisch.

„Da ist noch etwas", sagte der Manager. „Ich möchte Sie nicht mit Einzelheiten belasten, heute, wenn Sie feiern wollen. Wissen Sie, mein Mitarbeiter, Mister Brake, ist bei einem Verkehrsunfall ums Leben gekommen. Wollten Sie nicht noch wegen der Abrechnung mit ihm sprechen?"

Butcher schluckte. Dann nickte er verkrampft. „Ich hab es Joan schon erzählt. Wir hatten alles erledigt und verabschiedeten uns gerade, als diese Verrückten auf den Parkplatz rasten. Ich habe mich vor Schreck aus dem Staub gemacht, die Untersuchungen ..." Er schüttelte den Kopf und zuckte hilflos die Schultern.

„Hauptsache, Ihnen ist nichts passiert", sagte Blaver langsam. „Doch die Polizei wird sich bestimmt noch an Sie wenden. Sie wissen, daß Sie Zeuge waren. Und auch wegen Ihres Wagens."

„Das dachte ich mir", sagte Butcher.

„Heute aber nicht mehr, ich erledige das. Feiern Sie Ihren Hochzeitstag, das lenkt ein wenig ab."

„Wir gehen noch aus."

„Aha. Einen schönen Abend dann."

Das Bild erlosch, und Blaver starrte nachdenklich in die Dunkelheit.

Zur selben Zeit fragte Frau Butcher ihren Mann: „Ronald, wäre es nicht besser, wenn wir heute zu Hause blieben?"

„Aber du hast dich doch so gefreut."

„Ja." Sie zuckte die Schultern. „Die Umstände sind nicht sehr glücklich, und du gefällst mir heute gar nicht." Sie zog ihren Mantel entschlossen aus und trat auf ihren Mann zu. Sie blickte ihm ins Gesicht. „Du siehst müde aus."

„Na ja, das Spiel und dann der Unfall. Machen wir es uns

zu Hause gemütlich." Er drückte seine Frau an sich und küßte sie. Seine Liebkosungen wurden leidenschaftlicher, die Hände glitten über ihren Körper.

„Ronald." Frau Butcher schob ihn sanft von sich. „Hat dich der Tod so aufgeregt." Sie legte den Kopf ein wenig schief und machte sich unsicher frei. Dann ging sie zur Hausbar und füllte zwei Gläser. „Ruf inzwischen die Bar an, wir müssen wenigstens den Tisch abbestellen."

„Das Lokal ... Die Nummer." Butcher begann in seinen Papieren zu suchen.

„Seit wann kennst du die nicht mehr aus dem Kopf", sagte seine Frau verwundert. „Wenn du in jeder Woche nicht dreimal mit deinem Freund, dem Oberkellner, telefonieren konntest, warst du doch nicht zufrieden."

„Es ist eigenartig", sagte Butcher verlegen, „aber ich kann mich im Moment einfach nicht an die Nummer erinnern."

Seine Frau kam mit den gefüllten Gläsern an den Tisch. Sie setzte sie ab und sah ihren Mann ungläubig an. „Du hast sie vergessen? Das glaube ich nicht." Sie lachte und leerte das Glas in nervöser Hast.

„Wirklich, mir ist heute ganz seltsam zumute. Seit diesem Unfall."

„Ach deshalb."

„Was weshalb?"

„Deshalb warst du so zärtlich. Oder fast stürmisch. Ich hab mich schon darüber gewundert." Aus ihren Worten klang leichter Spott. „Oder wollen wir doch lieber ausgehen?"

„Nein, ich bin heute lieber bei dir, Jonie." Mit zwei Schritten war er bei ihr und umarmte sie. „Glaub mir, ich liebe dich. Ich bin ..., ich bin verrückt nach dir."

Frau Butcher lächelte überrascht. Sie umfaßte zärtlich sein Gesicht und beugte sich zurück. „Weißt du, es sind die schönsten Worte, die du seit langem zu mir gesagt hast. Wie früher ... sogar Jonie."

„Ja?" Butcher schien einen Augenblick verwundert. „Habe ich dich so vernachlässigt? Die Saison war hart, das Training und viel Ärger. Und jünger werde ich auch nicht ..." Er sah sie zärtlich und mit einem Ausdruck von Begehrlichkeit an, der sie erregte. „Aber ich will mich ändern."

„Ich hätte nichts dagegen", sagte Joan Butcher.

Eheglück aus dem Computer

„Und dieses Ding findet für jeden den idealen Partner?" fragte die Reporterin von „Szeged Ujság". Sie beugte sich weit über den schreibtischhohen Vorbau des Metallschrankes und betrachtete ein wenig hilflos die Skalen, Knöpfe, Tasten und Fensterchen des Computers.

Der einzige Erfolg ihrer Bemühungen war, daß Dr. Feketöröks Augen verschämt über jene prallrunden Körperteile glitten, die bei normaler Körperhaltung von ihrem kurzen Sommerkleidchen bedeckt wurden.

„Also, Sie sind sich nicht ganz sicher", fuhr sie fort, da Dr. Feketörök schwieg.

„Hm, sicher..." Dr. Feketörök mußte geistig erst einmal die große Distanz zwischen weiblichen Kurven und Computerdiagrammen überwinden, ehe er antwortete. „Aber natürlich bin ich sicher, Fräulein Tinkocs, selbstverständlich. Hätte ich Sie sonst eingeladen?"

Die Reporterin richtete sich wieder auf. Sie blickte den Doktor tiefsinnig an und dachte: Wenn das klappt, dann schicke ich mein Schwesterchen auch mal her. Vielleicht liegt es gar nicht an Szusa, sondern an den veralteten Methoden der Eheanbahnungsinstitute mit ihren simplen Fragen nach Beruf, Größe, Gewicht, Alter, Hobbys und Wünschen. Seit mindestens fünf Jahren hatte es Szusa in vier verschiedenen Heiratsinstituten versucht. Wenn man von unnötigen Geldausgaben, schwacher Vorfreude und starker Enttäuschung absah, immer umsonst. Dabei war sie mit ihren achtunddreißig Jahren wahrlich eine Frau in attraktivem Alter, auch wenn man sie nicht unbedingt zu den hunderttausend schönsten Frauen von Budapest zählen konnte.

Amalie Tinkocs mußte lächeln bei dem Gedanken an Dr. Feketörök und Szusa, obwohl die zwei mit ihren kubisch wirkenden Körpern, den kurzen Beinen und dem runden Kopf zumindest äußerlich recht gut zueinander paßten. Auch das Modebewußtsein der beiden schien gleich stark unterentwickelt zu sein, denn der dunkelgraue Anzug in der gediegenen Ausführung einer mehr als zehn Jahre zurückliegenden Moderichtung, die wahrscheinlich erst wieder in weiteren zehn Jahren aktuell wurde, hing dem Doktor traurig am Körper. Das erinnerte sie an Szusas meist einfarbige und weite Kleider, die zwar ihren kräftigen Busen verbargen, die anderen Teile ihrer Figur jedoch wie eine Regenplane umhüllten.

„Und was ist der Unterschied zu früher?“ fragte Amalie Tinkocs weiter. „Meines Wissens gab es doch schon ab Mitte des zwanzigsten Jahrhunderts Versuche, mit Hilfe der Computertechnik die füreinander geeigneten Partner zu ermitteln.“

Dr. Feketörök lächelte überlegen. „Das waren alles Vorstufen, ziemlich unvollkommene Systeme. Die durchschnittlich erreichte Erfolgsquote von sechsundfünfzig Prozent dauerhafter Ehen beweist das.“

„Für so schlecht halte ich diese Quote gar nicht. Oder finden Sie etwa für jeden Heiratswilligen den richtigen Partner?“

„So ist es.“ Dr. Feketörök rieb sich intensiv die rosigen Knubbelhände, die nicht so recht zu seiner eckigen Figur passen wollten. Dann machte er eine Einschränkung. „Aber klappen kann das natürlich nur, wenn wir diesen Partner im Computer erfaßt haben. Der Unterschied zu früher bezieht sich jedenfalls weniger auf die technische Seite des Verfahrens als vielmehr auf die Ausarbeitung eines entsprechenden Fragebogens, der nach neuesten, wissenschaftlich fundierten psychologischen Erkenntnissen entwickelt wurde. Wünsche, Abneigungen, körperliche Vorzüge und Mängel, Beruf, all das gehört natürlich ebenfalls dazu.“ Er hob die Stimme und sah die Reporterin mit großen Kinderaugen an. „Der wichtigste und entscheidende Abschnitt des Programms aber wurde mit Hilfe der Ethometrie völlig neu entwickelt.“

Er rieb sich wieder die Hände, was die Reporterin erneut an ihre Schwester erinnerte. Mit der gleichen äußerlichen Zufriedenheit und ähnlichen Bewegungen bat Szusa zum Beispiel ihre Gäste an einen besonders appetitlich arrangierten Abendbrottisch.

„Das ist aber interessant“, sagte Amalie Tinkocs und setzte eine begeisterte Miene auf. „Verraten Sie mir mehr über Ihre neue Methode?“

Obwohl Dr. Feketörök nicht wußte, was er lieber getan hätte, seufzte er leise. Er zog seine Hand zurück, die er mit ausgestrecktem Daumen über dem Startknopf gehalten hatte. Schließlich war es nicht unwichtig, wie gut die Reporterin sich mit seiner komplizierten Methode vertraut machte, um diese ihren Lesern möglichst anschaulich schildern zu können.

„Es handelt sich dabei um einen ganzen Komplex wissenschaftlicher Prognosen des moralischen Verhaltens.“ Dr. Feketörök machte eine kurze Pause, doch der von ihm erwartete Einwand kam nicht. Amalie Tinkocs sah ihn so aufmerksam mit ihren glänzenden dunkelbraunen Augen an, daß er den Blick verwirrt auf den Computer richtete und krampfhaft nach dem Faden seiner Rede suchte. „Also, die Ethometrie ist die wissenschaftliche Methode, um die Moral, den Charakter des Menschen zu messen. Dies geschieht anhand eines mathematisch-moralischen Modells, das ich in fünfundzwanzig Jahren intensiven Forschens entwickelt habe.“

Jetzt endlich stellte die Reporterin eine Frage. Doch nicht die erstaunliche Kombination von Moral und Mathematik interessierte sie. „Fünfundzwanzig Jahre. Wie alt sind Sie denn?“

„Ich, hm, fünfundzwanzig und… Na ja, ich werde fünfzig.“

„Darf ich Ihnen ein Kompliment machen: Da haben Sie sich aber sehr gut gehalten. Sicherlich auch deshalb, weil Sie mit Ihrer Methode die Idealpartnerin gefunden haben und eine harmonische Ehe führen.“

„Nein, hm …“ Dr. Feketörök kam erneut leicht ins Stottern. „Ich bin noch nicht verheiratet.“

Amalie Tinkocs sah überrascht auf und lächelte dann. „Das macht ja nichts. Jedenfalls kann ich ohne Übertreibung schreiben, der gutaussehende Mittvierziger Dr. Feketörök… Ich muß mir das alles sehr genau notieren, es ist so schrecklich kompliziert. Wenn ich Sie nach einem Beispiel fragen dürfte: Könnten Sie auch die Höhe meiner Moral messen, also meinen charakterlichen Wert feststellen?“

„Aber ja. Natürlich nur anhand der momentan gültigen,

von der Gesellschaft festgelegten Normen. Ich bin, das heißt, mein Kollektiv und ich sind davon ausgegangen, daß jede moralische Situation mehrere Möglichkeiten des Handelns enthält, die alle realisiert werden könnten. Darauf basierend habe ich ein Modell entwickelt, das je nach Situation zehn Möglichkeiten aufweist. Einfach ausgedrückt bedeutet das ..." Dr. Feketörök stockte. Er ließ seinen Blick versonnen auf Amalie Tinkocs braunen Brüsten ruhen, die aussahen wie zwei Bälle, die jeden Moment aus dem zu engen gelben Kleid herausspringen wollten.

Die Reporterin sah von ihrem Block hoch und richtete sich lächelnd auf. „Glatzköpfe sind Supermänner", sagte sie unvermittelt, „das hat Professor Szombathy bei seinen Untersuchungen der Potenz und des Sexualverhaltens von Männern festgestellt. Vor vier Jahren habe ich über seine Forschungen eine Artikelserie geschrieben."

Es sah aus, als leuchte plötzlich eine rote Abendsonne durch das Fenster und überziehe Dr. Feketöröks Gesicht und seine Glatze mit einem dunklen Schein. „Entschuldigen Sie, ich war, ich dachte ..." Er räusperte sich und versuchte, einen dozierenden Ton anzuschlagen. „Einfach ausgedrückt bedeutet dies, wer acht von zehn Möglichkeiten einer Situation realisiert, harmonisiert mit einem anderen, ebenfalls acht Möglichkeiten realisierenden Menschen fast ideal."

„Aber dann haben die beiden doch erst die Möglichkeiten einer Situation verwirklicht", sagte die Reporterin verwundert. „Im Leben gibt es doch Hunderte verschiedener Situationen."

„Tausende, liebes Fräulein Tinkocs, Tausende. Für unsere Zwecke reicht allerdings ein Programm von vierhundertzwanzig Situationen aus. Zum Beispiel steht da ..." Der Doktor ergiff ein Heft, das Amalie Tinkocs für ein Laborkontrollbuch gehalten hatte, und blätterte darin. „Hier ... Also folgende Frage: Gehen Sie in Ihrer Freizeit gern spazieren? In den Bergen, im Wald, über Felder, in der Stadt, am Wasser, morgens, mittags, abends, bei Sonnenschein, im Regen, allein, zu zweit, in der Gruppe ..."

„Allein das sind ja schon mehr als zehn Fragen."

„Nein", sagte Dr. Feketörök streng, „das ist nur eine Frage. Die folgenden sind Spezifizierungen, also Möglichkeiten, und davon gibt es immer mindestens zehn. Sie erlauben gleichzeitig Rückschlüsse auf andere Wünsche, Neigungen, Fähigkeiten."

„Übersehen Sie dabei nicht die unterschiedlichsten Stimmungen des Menschen? Das muß doch zu Fehleinschätzungen führen. Bin ich nach einem enttäuschenden Rendezvous in melancholischer Stimmung, gehe ich gern im Regen spazieren, fühle ich mich dagegen glücklich, angeregt, dann liebe ich den Sonnenschein, sehe am liebsten viele fröhliche Menschen um mich."

„Auch das erfahren wir. Alle erforderlichen Rückschlüsse können wir aus anderen Antworten ziehen. Außerdem gibt es beispielsweise hierzu die Ergänzungsfragen zweihundertvier und dreihundertsiebenundachtzig. Haben Sie in der letzten Woche eine Enttäuschung oder freudige Überraschung erlebt, und sind Sie mit Ihrer augenblicklichen a) finanziellen, b) beruflichen, c) familiären, d) gesundheitlichen Situation zufrieden? Dazu selbstverständlich die zehn Spezifizierungen."

„Hören Sie auf, Doktor, das ist doch viel zu umständlich."

„Aber nein, dafür haben wir doch unseren Kálmán." Und als die Reporterin fragend ihre hübschen Schultern hob, fuhr Dr. Feketörök fort. „Unser Computer, wenn er arbeitet, klingt es wie Musik. Er kann in der Sekunde zweiundzwanzig Millionen Operationen ausführen, so daß aus den bisher erfaßten zweitausendfünfhundert Männern und Frauen bereits nach einer Minute und achtzehn Sekunden der passende Partner ermittelt ist, das heißt die günstigste Variante entsprechend dem Angebot." Er rieb sich wieder die Hände. „Soll ich jetzt?"

Amalie Tinkocs nickte. Und während der Computer zu summendem, blinkendem Leben erwachte, wobei die Geräusche nicht im entferntesten an die Melodien eines Emmerich Kálmán erinnerten, überlegte sie angestrengt, wie man die wissenschaftlich-trockenen Funktionsprinzipien und Auswahlkriterien dieser Methode dem Leser anschaulich vermitteln konnte. In solchen Fällen versprach die alte Reporterweisheit den größten Erfolg, nämlich mit Beispielen zu arbeiten. „Kann man vielleicht schon vorher erfahren, wie sich der potentielle Partner die körperliche Liebe vorstellt? Ich denke, gemeinsame Wünsche sind doch eine nicht unwesentliche Voraussetzung für eine gute Ehe, oder?"

„Jaja", sagte Dr. Feketörök über die Schulter. Dann starrte er wieder auf den Computer und schien wirklich irgendwelchen verborgenen Melodien zu lauschen. „Natürlich ermitteln wir auch das, durch verschlüsselte Fragen, versteht sich. Das ist für eine Ehe nicht unwichtig. Auch da gibt es zehn Varianten."

„Mehr nicht?" fragte Amalie Tinkocs verwundert.

Dr. Feketörök richtete sich auf und verstand die Frage erst richtig, als er das belustigte Lächeln der Reporterin sah. Er versuchte, seinen großen Kinderaugen einen frivolen Ausdruck zu geben, und griff dann, als es ihm nicht gelingen wollte, zu seinem Buch. „Hier ist es. Das heißt, in der Liebe soll man ja niemals direkt auf sein Ziel losstürmen, wenn man Erfolg haben will. Eine Frage lautet: An welchen Örtlichkeiten können Sie sich Zärtlichkeiten vorstellen? Im Zimmer, im Auto, im Freien, im Bad, im Kino, im Zug, auf der Luftschaukel..."

„Auf der Luftschaukel?"

„Ja, das hat schon seine Gründe. Auch unlogisch wirkende Fragen erlauben bestimmte Rückschlüsse. Außerdem, haben Sie noch nie bemerkt, wie sich ein Pärchen in der Luftschaukel aneinanderdrückt, gemeinsam Schwung holt, berührt... Und dazu kommen ja noch die Spezifizierungen wie Musik, Dunkelheit, Halbdämmer, Kerzenlicht, Kissen, Spiegel und so weiter."

„Ach so." Die Reporterin lachte leise. Sie war eine Frau, die fast jeden Mann auch ohne Unterstützung eines Computers auf mancherlei zärtliche Gedanken brachte. Nun drehte sie sich leicht in der Hüfte und warf Dr. Feketörök einen freundlichen Blick zu. Sie fand Spaß daran, den Wissenschaftler, der bei der Ausarbeitung seiner kühnen Fragen offensichtlich sich selbst übertroffen hatte, ein wenig in Verlegenheit zu bringen. Er war absolut nicht der Typ Mann, bei dessen Anblick ihr Herz schneller schlug, doch seine unbeholfene Verlegenheit gefiel ihr. Da sie sechs Jahre – und davon nur die ersten drei glücklich – mit einem sehr gut aussehenden Mann verheiratet gewesen war, bewertete sie äußere

Vorzüge nicht mehr so hoch wie früher. Außerdem sah sie in dem kleinen Spiel mit dem Doktor eine gewisse Selbstbestätigung, denn sie hielt diese Methode mit den vielen hinterhältigen Fragen für selbstbewußte Menschen, die Kontakt suchten, für überflüssig. Da gab es doch genügend Varianten, die im nun fast beendeten zwanzigsten Jahrhundert nicht unbedingt in einem verträumten Augenaufschlag oder in verschämten Gesten erschöpft waren. Doch dann fiel ihr wieder ihre Schwester ein.

„Ich glaube, daß ich Sie verstanden habe", sagte Dr. Feketörök mutig. „Aber auch auf diesem …" Er stockte kurz. „Auf diesem intimen Gebiet erhalten wir durch verschlüsselte Fragen alle erforderlichen Aufschlüsse. Darüber hinaus schließen gewisse Widersprüche und Abweichungen grundsätzliche Übereinstimmung nicht aus."

„Im Leben vielleicht, Doktor. Ihre Computermethode sucht aber, soweit ich das verstehe, nur Partner mit maximaler Übereinstimmung heraus. Dabei hat doch gerade das Ausprobieren und Voneinanderlernen seinen besonderen Reiz." Sie warf dem Doktor einen vieldeutigen Blick zu und amüsierte sich darüber, wie tapfer er ihn zurückzugeben versuchte. „Woher kommen denn Ihre Kandidaten?"

„Von zwei Heiratsinstituten. Wer mitmachen wollte, erhielt unseren Fragebogen, und der wurde auf EDV …"

Ein zartes Klingeln ertönte. Dr. Feketörök beschäftigte sich erleichtert mit einem kleinen Fach, dem er einen Lochstreifen entnahm. Damit ging er zwei Schritte weiter, steckte ihn in einen Schlitz und drückte abermals einen Knopf. Kurz darauf rutschte eine Karte in einen Fangkorb, und ein Hupton erklang. Fast feierlich nahm er sie heraus, betrachtete die Vorderseite mit dem aufgeklebten Foto und sagte: „Das ist sie, meine Partnerin."

Die Reporterin trat neugierig näher, warf einen Blick auf das Bild und riß überrascht die Augen auf. Irritiert musterte sie den zufrieden nickenden Doktor, den Computer und wieder die Karte. Sie räusperte sich. Doch in den Regionen, in denen Dr. Feketörök augenblicklich schwebte, gab es anscheinend keine Reporterin und kein Räuspern.

Erst nach einiger Zeit rührte er sich, stieß ein Geräusch aus, das mit einiger Phantasie als zufriedenes Lachen be-

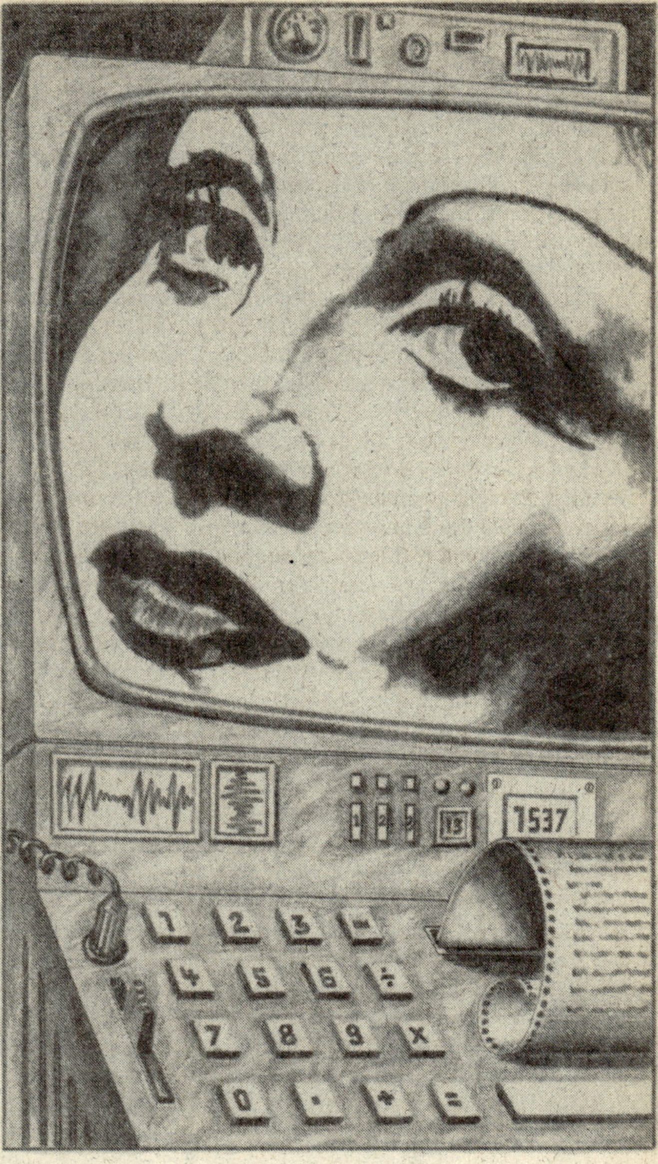
7537
1 2 3
4 5 6 ÷
7 8 9 x
0 . + =

zeichnet werden konnte, und hielt Amalie die Karte hin. „Ideal, meine Liebe, einfach ideal. Es gibt einen Übereinstimmungsquotienten von viertausendachthundertsechsundzwanzig bei maximal viertausendneunhundertundvierzig Punkten. Das ist – phänomenal!“

„Ich glaube, Sie passen auch figürlich gut zusammen.“

„Das auch, obwohl es zweitrangig ist. Wieviel hübsche Frauen sind mit häßlichen Männern glücklich... und umgekehrt“, setzte er hastig hinzu. „Aber woher wissen Sie denn das?“

„Es handelt sich doch um eine Szusa Tinkocs, nicht?“

„Ja, Tinkocs, tatsächlich. Szusa – Sind Sie das?“

„Sehen Sie sich doch das Bild genau an“, erwiderte die Reporterin leicht pikiert. „Es ist meine ältere Schwester.“

Verwirrt betrachtete Dr. Feketörök die Karte erneut. „Natürlich, wie dumm von mir. Wo hatte ich nur meine Augen. So war nur der Wunsch der Vater des Gedankens.“

„Hübsch gesagt.“ Amalie drohte ihm scherzhaft mit dem Finger. „Und dabei haben Sie soeben Ihre Idealfrau gefunden. Oder sollte Ihre Methode doch noch unvollkommen sein?“

„Bestimmt nicht. Sie werden erleben, daß ich nicht einmal eine so hübsche und sympathische Frau wie Sie begehre, wenn ich erst einmal Ihre Schwester kennengelernt habe.“

Solch ein Verhalten aber schätzte Amalie nicht einmal bei Männern, die ihr völlig gleichgültig waren. Sie zog die Augenbrauen hoch, lächelte gequält und sagte: „Hoffentlich.“

Zwei Monate später gaben sich Andras Feketörök und Szusa Tinkocs das Jawort und hießen seitdem Feketörök-Tinkocs. Das war einer ihrer ersten gemeinsamen Entschlüsse. Beide genossen die Aufmerksamkeit der Öffentlichkeit und waren stolz auf die umfangreiche Berichterstattung in Zeitungen und Fernsehen, die sie zum populärsten Budapester Paar des Jahres ernannten und nur noch von der romantischen Computerhochzeit sprachen.

Alles deutete darauf hin, daß eine neue Ära in den Beziehungen der Geschlechter angebrochen war. Nicht mehr die Zufälligkeit einer Bekanntschaft, der Reiz schöner Beine, die Leidenschaft unkontrollierbarer Liebesnächte, die beruhigende Größe des Mannes, ein rustikaler Bart oder ein dunkles, lockendes Lachen waren der Ausgangspunkt für künftige Gemeinsamkeit. Wie oft waren solche Bindungen unter den Belastungen des Kindergeschreis, ungewaschener Wäsche, unterschiedlicher Auffassungen von Vergnügen und vernachlässigter Haushaltspflichten auseinandergebrochen. Und wie schnell schlugen dann Rausch und echte Liebe in Ärger, Gleichgültigkeit, Abneigung und sogar Haß um.

Darüber hatte Amalie Tinkocs vor und kurz nach der Hochzeit ihrer Schwester viel und engagiert geschrieben. Ihre Meinung war auch von fremden Zeitungen und anderen Reportern wiederholt worden. Sie hatte Feketöröks Idee populär gemacht, Hunderte Gedanken, Wünsche, Abneigungen und Vorlieben, Fähigkeiten und Fertigkeiten, charakterliche Stärken und moralische Ansichten zu erfassen, miteinander zu vergleichen und aufeinander abzustimmen. Zwei Herzen – eine Seele, zwei Körper – ein gemeinsames Gefühl. Dieser alte Traum war endlich Wirklichkeit geworden. Dank Dr. Feketörök. Er hatte es an sich selbst bewiesen, nun wollten Tausende es ihm nachtun.

Inzwischen war es etwas ruhiger um die beiden geworden. Auch Amalie Tinkocs berichtete seltener über die Ehe ihrer Schwester, doch war das keine Folge nachlassenden öffentlichen Interesses. Nach der ersten Begeisterung über Szusas Hochzeit hatte Amalie begonnen, die beiden kritischer zu beobachten, und da war sie auf kaum erkennbare, doch ständig neue Widersprüche gestoßen, die sie unsicher machten. Hatte sie die ersten beiden Teile ihrer erfolgreichen Serie „Computerhochzeit, ein modernes Märchen vom Glück“ mit leichter Hand geschrieben, war es ihr inzwischen immer schwerer gefallen, neue Beispiele harmonischer Zweisamkeit zu finden. Es gab auch immer weniger, ja, unter der äußeren Übereinstimmung glaubte sie eine ständig wachsende Gereiztheit zu erkennen. Irgend etwas stimmte nicht in dieser Ehe.

Nun war der Termin für die nächste Fortsetzung herangerückt; sie fand keine Argumente mehr, die Arbeit hinauszuzögern.

Amalie Tinkocs stand vor dem Hauseingang und starrte nachdenklich auf das Schild Feketörök-Tinkocs. So schlecht klang das gar nicht, und doch verspürte sie vor dem Doppelnamen eine unerklärliche Abneigung. Mit ihrer eigenen Hochzeit hatte sie den Namen des Mannes angenommen und ihn nach der Scheidung wieder abgelegt. Eine klare Entscheidung. Hier aber erschien ihr der Doppelname wie die Ankündigung weiterer Probleme. Wenn Kinder kamen, sollten sie den Doppelnamen übernehmen und später, wenn sie einmal heirateten, beibehalten? Trafen sie dann ebenfalls auf einen Partner, der einen Doppelnamen trug und ihn behalten wollte, könnte das zu einer Schlange ohne Ende werden. Amalie stellte sich vor, daß dieses Ehepaar vielleicht Feketörök-Tinkocs-Szuproni-Sipos hieße und Kinder hätte, die dann erneut...

An diesem Punkt ihrer Überlegungen kehrte sie wieder in die Wirklichkeit zurück, sah den Klingelknopf und zögerte doch, ihn zu drücken. Am liebsten hätte sie kehrtgemacht und ihre Serie zu Hause mit einigen resümierenden Gedanken beendet. Vielleicht solchen, daß der Optimismus ihres Schwagers und die Freude ihrer Schwester ihr Urteilsvermögen so beeinflußt hatten, daß sie dort eine Idealverbindung sah, wo es nur eine normale Ehe gab. Wenn es überhaupt noch eine normale Ehe war.

Nach dem Klingeln fragte Szusa mit verschnupfter Stimme, wer dort sei. Der Türöffner schnurrte sofort.

Als Amalie im vierzehnten Stock die Fahrstuhltür öffnete, kam ihr Szusa in fliegender Eile entgegen, fiel ihr um den Hals und sagte: „Es ist schön, daß du kommst. Ich freue mich."

Auch ihr Schwager trat in offensichlicher Freude heran, er umarmte und küßte Amalie in einer Weise, die einem Schwager nicht ganz zustand, und sagte: „Ich freue mich, daß du kommst."

„Tritt ein", forderten sie beide fast gleichzeitig auf.

Sie ging ins Zimmer, es hatte sich nichts verändert. „Wolltet ihr die Schrankwand nicht umstellen?" fragte sie.

„Nein, ich hab's mir überlegt", erwiderte Szusa.

„So ist es praktischer", ergänzte Schwager Andras. „Möchtest du etwas essen?"

„Und ein Gläschen Wein?" fragte Szusa.

„Wein, sehr gern."

Beide erhoben sich, stockten einen Moment und sahen sich unwillig an. „Bitte", sagte der Doktor zu seiner Frau, deutete mit einer Handbewegung zur Küche und setzte sich wieder.

„Nein, wenn du gehen willst." Auch Szusa setzte sich, warf ihrem Mann einen undefinierbaren Blick zu und drehte sich zu Amalie. „Erzähl ein bißchen, was macht dein Miklos?"

„Dir darf man auch nichts verraten." Amalie lachte verlegen. „Wir waren nur zweimal aus – nichts weiter."

„Ich hole dann den Wein", sagte Dr. Feketörök.

„Und was machen eure Reitstunden?" fragte sie ihre Schwester.

Bei diesem Thema vergaß Szusa alles andere. Auch ihr Mann frönte diesem Hobby, und es verging kein Wochenende, an dem sie nicht mit dem Wagen zum Gestüt Föllibazsitukulüt hinausfuhren. „Die einzige Sache, die mir noch Freude macht", sagte Szusa. „Aber auch dabei wird es immer schlimmer mit Andras. Alles weiß er besser, sein Pferd ist schneller, er reitet es schonender..." In der Küche klirrte es. Szusa sprang auf und starrte zur Tür. „Jetzt hat er wieder etwas fallen lassen." Mit kurzen, heftigen Schritten stampfte sie in die Küche.

Amalie hörte einen leisen, zischelnden Wortwechsel, kurz darauf betrat ihr Schwager mit unsicherem Lächeln die Stube. Er stellte die geöffnete Weinflasche auf den Tisch und sagte: „Gläser kommen gleich." Dann machte er sich am Tonband zu schaffen. Mit den ersten Takten eines österreichischen Trinkliedes schrie Szusa in der Küche laut: „Aua."

Andras zuckte zusammen. „Ist es nicht schlimm, wenn beide so ungeschickt sind", sagte er.

Amalie machte eine abwehrende Bewegung und ging in die Küche. Szusa hockte am Boden und hielt sich einen Finger. Das Blut aus einer kleinen Wunde tropfte heftig auf einige Scherben. „Du scheinst ja immer noch zwei linke Hände zu haben", sagte Amalie scherzend, „genauso wie Andras."

„Wie meinst du das?" fuhr Szusa auf.

„Nun reg dich nicht gleich auf, niemand ist vollkommen. Einer hat diese, der andere jene Vorzüge."

„Schön wär's ja", erwiderte Szusa bissig.

Amalie nahm ein neues Glas aus dem Schrank und stellte es zu den anderen.

„Für mich keins", sagte Szusa, „mir ist der Appetit vergangen."

Als Amalie das Glas vor ihrem Schwager abstellte, wehrte er ab. „Danke, ich nicht. Ich habe keinen Durst."

„Ein Schlückchen, wenigstens anstoßen solltest du mit mir, Andras", bettelte Amalie. Er ließ sich umstimmen, Szusa nicht. Dann wartete die Reporterin auf eine günstige Gelegenheit, ihr Anliegen vorzutragen, doch die Stimmung blieb gespannt und voll unterschwelliger Gereiztheit. Schließlich sprach Amalie beide direkt an. „Nur noch diese eine Fortsetzung, ich muß doch einen richtigen Schluß finden", sagte sie.

„Einen richtigen Schluß..." Szusa schüttelte den Kopf. „Wir hätten uns lieber nicht darauf einlassen sollen."

Der Doktor nickte. „Es wäre besser gewesen."

„Die Veröffentlichungen, was haben die damit zu tun?"

„Womit?" fragten beide wie aus einem Munde.

„Mit eurer Situation", sagte Amalie entschlossen. „Ich habe eure Ehe länger als ein halbes Jahr verfolgt und darüber geschrieben, freundlich, ja, fast euphorisch. Aber je länger ich euer Zusammenleben beobachte, um so unsicherer werde ich, ob ihr ideal zusammenpaßt. Jedenfalls kenne ich andere Ehen, da geht es entschieden harmonischer, sagen wir liebevoller zu." Sie schwieg und betrachtete die beiden nachdenklich. „Dabei stimmt äußerlich alles, dieselben Ansichten, Interessen, manchmal sogar dieselben Worte. Trotzdem, ich weiß nicht..."

„Was weißt du nicht?" sagte Szusa.

„Was meinst du?" fragte ihr Schwager.

„Seid ihr glücklich?"

„Wir haben den größten Übereinstimmungsquotienten von..."

„... und wir haben den gleichen Geschmack, was Nahrung und Kleidung und Freizeit angeht", unterbrach Szusa ihren Mann. „Wir sind sogar gleich ungeschickt, wie du selbst festgestellt hast."

Amalie wollte ihre Äußerung abschwächen, doch warum.

Die Übereinstimmung bezog sich wirklich auf alle Lebensbereiche der beiden. Und das war ja Dr. Feketöröks Ziel gewesen. „Natürlich kann eine Ehe ohne gemeinsame Interessen und Ansichten nicht gut funktionieren, aber noch wichtiger ist meiner Meinung nach die Liebe. Alles andere kann man später erkunden, sich sogar einander anpassen. Auf jeden Fall sind ein bißchen Aufregung, Neugier und vielleicht sogar die Eifersucht belebend und anziehend für ein Ehepaar. Finde ich wenigstens."

„Und was würdest du vorschlagen?" fragte der Schwager. „Soll einer von uns einen Seitensprung machen? Findest du die alte Methode mit ihren unangenehmen Überraschungen besser? Wir sind aufeinander abgestimmt, zwei einander ähnliche Typen, und es würde überhaupt nicht klappen."

„Amalie weiß ja, wie es geklappt hat. Drei Jahre lang."

Die Reporterin blickte ihre Schwester betroffen an. Um Szusas Mundwinkel lag ein boshafter Zug, den auch ihr plötzliches, lautes Lachen nicht wegwischen konnte. Ebenso unvermittelt brach Szusa ab und starrte mit zusammengekniffenen Augen vor sich auf den Tisch. Das ist die Reaktion einer enttäuschten und unzufriedenen Frau, dachte Amalie erschreckt. So schnell der Ärger in ihr hochgestiegen war, so schnell war er verflogen. Was wußte sie denn wirklich über ihre Schwester außer den gemeinsamen Jugendträumen? Nun war sie eine reife Frau mit ganz anderen Wünschen und heimlichen Sehnsüchten. Mochten sie hochgeschraubt oder bescheiden sein, jahrelang hatte sie niemand erfüllt. Während Amalie geliebt und geweint hatte, war nichts passiert im Leben ihrer Schwester. Nur das Warten auf das Glück. War es trotz aller wissenschaftlichen Erkenntnisse nicht gekommen, oder ließen sich ihre Vorstellungen in der Wirklichkeit gar nicht erfüllen?

„Entschuldige, Szusa, ich wollte dich nicht kränken", sagte Amalie.

Szusa senkte den Kopf noch tiefer und schwieg. Ihr Mann betrachtete sie verwundert und richtete dann seine kindlichen Augen fragend auf die Schwägerin. „Es tut mir leid, Amalie, so etwas kann bei einer so unwissenschaftlich geschlossenen Ehe wie deiner jederzeit mit großer Wahrscheinlichkeit passieren."

Nun sah die Reporterin erstaunt auf. Andras hatte offensichtlich überhaupt nicht verstanden, worum es ihr ging. „Mit tut es nicht leid“, sagte sie fest, „ich möchte keine Stunde missen.“

„Nein?“ fragte der Doktor und überlegte. „Aber dieses Gefühl des Versagens, der Enttäuschung... Ohne Zweifel gibt es auch bei meinem System noch Mängel. Das ist immer so, wenn ein wissenschaftliches Programm neu angewandt wird. Das läßt sich durch die Berücksichtigung neuer Erfahrungen aus der Praxis...“

„Ich hatte mir unter einer Ehe noch etwas anderes vorgestell“, sagte Szusa mit leiser, fast gleichgültig klingender Stimme. „Damit meine ich nicht die sexuellen Dinge, da hatte ich sowieso keine Erfahrungen...“

„Selbstverständlich muß unsere Methode noch verfeinert werden, denn auch die Auswertung der sexuellen Erkenntnisse...“

„Laß mich doch auch mal zu Wort kommen“, sagte Szusa plötzlich scharf. Sie sah ihren Mann wütend an.

„Bitte, dann rede du ständig als erste.“

„Willst du mir vorschreiben, wann ich reden darf?“

„Keine Vorschriften, aber wir hätten dann ein System, mit dem beide zu Wort kommen.“

„Du mit deinen Systemen. Geht es nicht mal ohne bei dir?“

„Nichts geht in der Welt ohne System und Methode. Wenn man sie erkennt und sie befolgt, erreicht man immer sein Ziel.“

„Und du hast sie erkannt, als einziger.“ Szusas Stimme troff vor Ironie. „Und alle deine Ziele hast du erreicht.“

„Was schlägst du vor, wie sollten wir reden?“

„Vernünftig, wie normale Menschen“, schrie Szusa ihren Mann an. Sie atmete heftig und wahrte nur mit Mühe ihre Fassung. „Deine Systeme machen mich noch verrückt. Alles steht fest, ist geplant, wird wiederholt. Ständig nimmst du mir die Worte aus dem Mund oder bestätigst sie mir, als wärst du ein Papagei. Bevor ich manchmal etwas sagen kann, hast du es ausgesprochen. Ich frage mich, ob ich überhaupt noch eine eigene Meinung habe. Am liebsten würde ich dir ständig gegen meine Überzeugung widersprechen, nur um mal etwas anderes zu hören."

„Daß es mir genauso geht, ist dir wohl noch nie aufgefallen?" schrie der Doktor zurück. Er sprang auf, riß die Arme hoch und schüttelte sie in der Luft, als hätte er jemanden gepackt.

Gegen ihren Willen mußte Amalie lächeln, denn die unbeherrschten Gesten erschienen ihr künstlich übertrieben, theatralisch. Als ihr Schwager die Weinflasche ergriff und diese mehrmals erregt auf den Tisch stieß, begriff sie plötzlich, wie ernst es ihm war.

„Mach die nicht auch noch kaputt", kreischte Szusa und entriß ihm die Flasche. Ihr Mann setzte sich schweratmend. Ein bedrückendes Schweigen breitete sich aus.

„Ich glaube, ich komme ein andermal zu euch", sagte die Reporterin. Ihre Fragen nach dem schönsten Erlebnis des Monats erschienen ihr nun albern. Dafür hatte ihr die letzte Szene mehr Antworten gegeben, als sie an einem ganzen Abend hätte erfragen können. Überrascht war sie davon allerdings nicht.

Ihr Schwager ging wortlos in den Flur hinaus. Szusa saß immer noch mit gesenktem Kopf, und Amalie hatte einen Augenblick das Bedürfnis, ihrer Schwester über das Haar zu streichen. Doch da sah Szusa sie voller Zorn an, als mache sie Amalie für alles verantwortlich, was ihr Unglück brachte. „Wegen deiner Serie spiele ich den Leuten nichts mehr vor", sagte sie. „Ich halte das nicht mehr aus..."

„Wegen meiner Serie? Ich wußte doch gar nicht, wie es..." Amalie hob die Schultern und blickte Szusa fassungslos an.

„Dann weißt du es jetzt."

Die Reporterin drehte sich um und ging grußlos aus dem Zimmer. Ihr Schwager hatte seinen Trenchcoat übergezogen und half ihr in den Mantel. Während er ihr unten die Tür öffnete, räusperte er sich, als wolle er etwas sagen, blieb aber stumm.

Es war ein milder, diesiger Novemberabend. In der Luft hing eine feine, spürbare Nässe, und der Straßenbelag glänzte vor Feuchtigkeit. Im Moment regnete es nicht. Weit vor ihnen tauchte eine Gestalt im Lichtkegel einer Straßenlaterne auf und verschwand wieder in der Dunkelheit. Alles lag verlassen.

„Irgend etwas stimmt nicht“, sagte Dr. Feketörök heftig. Er blieb stehen. „Szusa und ich müßten das ideale Paar sein, in jeder Beziehung. Und was ist – wir gehen einander auf die Nerven und können uns nicht mehr ausstehen.“ Ohne die Stimme zu heben, fuhr er fort. „Dafür liebe ich dich. Seit jenem ersten Besuch denke ich an nichts anderes, als mit dir zusammen zu sein.“ Er drehte sich zu Amalie und hielt sie fest. Plötzlich schlang er die Arme um sie und küßte sie wild.

Die Reporterin war von diesem Ausbruch nicht so überrascht, wie sie es hätte sein müssen. Sie spürte eine unerklärliche, nicht einmal unangenehme Erregung in sich aufsteigen. Seit Wochen hatte sie mit keinem Mann mehr geschlafen. Hektische Stunden in der Redaktion, unregelmäßige Arbeitszeiten, anstrengende Dienstreisen waren abgelöst worden von viel zu kurzen geruhsamen Wochenenden in der Wohnung und Musik sowie Büchern als einzigem Ausgleich. Das alles hatte sie scheinbar ausgefüllt. Und nun merkte sie schon in der erstbesten erotischen Situation, daß es ihr schwerfiel, ihre Gefühle unter Kontrolle zu halten. Das geschah bei ihrem Schwager, den sie nicht einmal in ihren entferntesten Gedanken mit der Rolle eines Liebhabers in Verbindung gebracht hatte. Sie bog ihren Kopf zurück und faßte sein Gesicht mit den Händen. „Andras“, sagte sie leise, „Andras, bitte.“

Ihr Schwager löste sich ein wenig von ihr, hielt sie jedoch weiter umschlungen. „Es ist verrückt, nicht wahr, aber ich kann nicht anders. Hast du nicht selber einmal gesagt, Glatzköpfe sind Supermänner.“ Er lachte heiser auf. „Amalie, könnten wir es nicht miteinander versuchen.“

„Und Szusa? Wie denkst du dir das?“

„Das ist mir egal.“

„Aber dein Heiratscomputer, deine unfehlbare Methode. Man wird dich auslachen.“

„Das sind Anfangsschwierigkeiten, ich werde das System verbessern. Und dann kenne ich ja deine Daten gar nicht, du paßt vielleicht viel besser zu mir, noch besser, ja…“

„Nein, Andras. Laß mich los.“

„Amalie, ich bitte dich…“ Er stöhnte vor Erregung und

preßte sie erneut an sich.

Der Reiz der ungewohnten, ersten Berührung war vorüber, langsam wurde Amalie von Unbehagen erfaßt. Ihr Schwager, kaum so groß wie sie, hielt sie wie in einem Schraubstock gefangen und bedeckte mit seinem großen, feuchten Mund ihre Lippen und das Kinn. Ihr war kühl, und seine Aufdringlichkeit wurde lästig. Sie drehte den Kopf zur Seite und blickte an ihm vorbei. Im Schein der nächsten Laterne standen eine Frau und ein Mann und sahen her. Amalie versuchte, das Gesicht ihres Schwagers wegzudrücken, doch der verstärkte seine Bemühungen nur noch mehr. Gurgelnd rief sie, er solle sie freilassen.

„Ist etwas nicht in Ordnung?“ fragte der fremde Mann laut.

Dr. Feketörök erstarrte und fuhr dann herum.

„Danke, vielen Dank“, sagte Amalie hastig. „Es ist schon wieder alles in Ordnung.“

Jetzt erst schien Dr. Feketörök wieder zu sich zu kommen. Er räusperte sich. „Entschuldige, Amalie, ich...“

„Wirklich alles in Ordnung?“ fragte der Mann noch einmal.

„Ja, ich muß zur Bushaltestelle. Es ist... mein Bekannter.“ Sie nickte ihrem Schwager zu und lief eilig davon.

„Amalie“, rief der Doktor ihr nach. Mit einem verlegenen Lächeln starrte er seiner Schwägerin hinterher, bis ihre Gestalt von der diesigen Nacht verschluckt war.

Amalie richtete sich ruckartig im Bett auf und versuchte, in der Dunkelheit etwas zu erkennen. Das Herz dröhnte ihr mit Paukenschlägen in den Ohren. Sie spürte erleichtert, daß sie wieder Luft bekam und nicht unter einer rieselnden, erstikkenden Erdschicht lag. Nicht die Friedhofsglocke hatte sie gehört, es war das Telefon. Sie ließ es noch mehrmals läuten, bis das beklemmende Gefühl vollständig von ihr gewichen war und sie die Kraft fand, den Hörer abzunehmen. „Hier Tinkocs.“

„Guten Tag. Fräulein Tinkocs?“ erkundigte sich eine Stimme.

„Ja, Frau Tinkocs. Und wer ist dort?“ Sie konnte sich schon wieder darüber wundern, daß der Mann nach ihrem Namen fragte, obwohl sie ihn deutlich genannt hatte.

„Doktor Somogyi, Miklos. Es geht um eine wichtige Angelegenheit. Könnten Sie noch vormittags in das Institut kommen?“

„In das Institut?“ Amalie überlegte, wer Dr. Somogyi war und welches Institut er meinte.

„Professor Kesserü möchte Sie sprechen. Es ist wegen Ihres Schwagers. Geht es?“

Amalie fiel ein, daß Professor Kesserü Chef der Abteilung Verhaltensforschung im Psychologischen Institut war. Ihm hatte sie damals den Wunsch vorgetragen, eine Reportage über ein interessantes Problem zu schreiben. So war sie an den Leiter der Forschungsgruppe Ethometrie, Andras Feketörök, gekommen. „Warum, was ist los?“ fragte sie.

„Es geht um Doktor Feketörök. Einige private Auskünfte.“

„Weshalb ich? Rufen Sie doch seine Frau an.“

„Das ist nicht möglich. Beide sind ... Das ist ja unser Problem. Bitte beunruhigen Sie sich nicht. Könnten wir Sie um elf Uhr abholen lassen?“

„Ja, natürlich. Ich erwarte Sie.“

Einen Moment lag sie unbeweglich im Bett. Ihr fiel die Szene mit ihrem Schwager ein, und sie ahnte, daß dieser Anruf damit zusammenhing. Wahrscheinlich hätte sie ihre Schwester doch anrufen und sie informieren sollen. Aber gerade deswegen war sie in das nahe gelegene Café „Europa“ gegangen. Die angenehme Atmosphäre dort, das interessante und auch vergnügliche Geplauder mit den Kollegen und die galante Aufmerksamkeit, die Imre ihr schenkte, das alles hatte sie auf freundlichere Gedanken gebracht und davon Abstand nehmen lassen. Um zwei Uhr nachts hatte sich Imre von ihr vor der Haustür verabschiedet, doch nicht, ohne ähnliche Wünsche wie ihr Schwager zu äußern. Noch im nachhinein empfand sie den Reiz dieser prickelnden Situation, denn der gutaussehende Kollege wie auch die Variante seines Annährungsversuches waren ihr sehr angenehm gewesen. Die Sache mit ihm würde sie überdenken, denn das Alleinsein in letzter Zeit war auch nicht das, was eine Amalie Tinkocs glücklich machte.

Sie zog den Vorhang zurück und überlegte, ob sie erst ins

Bad gehen und dann ihre gymnastischen Übungen machen sollte oder nach den gymnastischen Übungen ins Bad gehen. Sie streifte ihr durchsichtiges Nachthemd über den Kopf und betrachtete ihre vom sommerlichen Nacktbaden noch immer braunen Brüste. Die Natur hatte ihnen eine volle, runde Form gegeben, nicht unbedingt das, was Amalie als ideal empfand. Doch den Männern schien sie zu gefallen.

Langsam begann Amalie mit dem Kopf zu kreisen, spürte sofort einen dumpfen Schmerz. Die Cocktails wirkten nach. Also zuerst ins Bad. Vorher schaltete sie das Radio ein und fand den Ansager amüsant, der mit beleidigter Stimme weiterhin trübes Wetter verkündete. Was erwartete der Mann denn vom November? Mit mehr Freundlichkeit in der Stimme nannte er die Zeit: zehn Uhr sechsunddreißig. Damit war für Amalie schlagartig die Frage nach der Gymnastik entschieden. Sie begann in rasendem Tempo das zu tun, wofür sie sich sonst Stunden Zeit ließ.

Als es Punkt elf Uhr klingelte, zog sie den letzten Lidstrich nach, allerdings nicht so sorgfältig wie sonst, steckte zwei Kopfschmerztabletten in die Handtasche und ging, nervös gemacht durch die Eile und die Ungewißheit der Situation, mit einem Gefühl kribbelnder Unruhe hinunter.

Nachdem schon Dr. Somogyi sie im Auto mit unverhohlener Bewunderung betrachtet hatte, empfing sie auch Professor Kesserü galant mit einem Handkuß. Seine anerkennenden Blicke bestätigten erneut, daß ein sorgfältiges kosmetisches Programm weniger für die Männer als für die kritischen Augen anderer Frauen wichtig war. Der Professor stellte ihr einen Mann in reifem Alter mit sorgfältig gekämmtem, graumeliertem Haar und gleichfarbenem Schnauzbart vor. „Kommissar Takacz“, sagte er.

Amalie sah den Kommissar erschrocken an, dann schoß eine heiße Welle der Angst zu ihrem Herzen. „Was ist passiert?“ fragte sie. „Wo ist meine Schwester?“

Die beiden Männer wechselten einen Blick. „Beunruhigen Sie sich bitte nicht, Ihrer Schwester und Ihrem Schwager geht es relativ gut“, sagte der Kommissar. „Sie sind verletzt, nicht schwer, Sie können sie nachher besuchen.“

Amalie preßte die Handflächen aneinander und versuchte, ihre Gedanken zu ordnen. Darum hatte sich also niemand bei Szusa gemeldet. „Aber was ist denn geschehen?"

„Eine Art Unfall, mehr können wir selbst noch nicht sagen", erklärte der Professor. „Möchten Sie eine Tasse Kaffee?"

Amalie nickte, und der Professor ging hinaus. Er kam gleich zurück und blickte dann den Kommissar an.

„Eigentlich ist es gar keine Angelegenheit für die Polizei, jedenfalls nicht in diesem, ich möchte mal sagen, vergleichsweise harmlosen Fall", erklärte Takacz. „Aus bestimmten Gründen müssen wir jedoch das Verhalten Ihrer Schwester und Ihres Schwagers zueinander, ihr Verhältnis miteinander untersuchen."

„Deshalb bitten wir erst einmal um Ihre Aussagen, ganz unbeeinflußt, unvoreingenommen", fügte der Professor hinzu.

„Welche Aussagen?"

„Aussagen ist vielleicht falsch, ich meine Ihre Beobachtungen, Ihre Erlebnisse und Eindrücke von der Ehe der beiden. Wir haben Ihre Artikelserie schon gründlich ausgewertet und viele Hinweise daraus entnehmen können." Der Professor klopfte auf einen Aktenordner, der vor ihm auf dem Schreibtisch lag. „Um so überraschter sind wir jetzt. Haben Sie auch nichts übersehen, eventuell unbewußt weggelassen?"

Eine ältere Frau brachte Kaffeetassen, füllte sie und stellte ein Zuckerschälchen vor Amalie. Die Reporterin süßte ihren Kaffee mechanisch, rührte ihn um und merkte, daß ihre Finger zitterten. Nur langsam beruhigte sie sich. Schließlich sprach der Professor wieder. „Die Beiträge sind interessant geschrieben, mit sehr viel Engagement. Vielleicht fehlt deshalb einiges. Nun möchte ich um Gottes willen nicht behaupten, Sie hätten absichtlich etwas unterschlagen, nein, wahrscheinlich in dem heimlichen Wunsch, nur das zu sehen, was der Titel ankündigt: ein modernes, ein schönes Märchen. Auch Doktor Feketörök hat nie kritische Ehesituationen erwähnt oder, sagen wir es salopp, von normalen Problemen gesprochen." Er sah Amalie freundlich an. „Wie sah Ihre Schwester ihre Ehe?"

„Geht es nur um das Zusammenleben der beiden?" fragte sie.

„Nur darum", erwiderte der Professor. „Wir haben das Verhalten der anderen Paare ebenfalls ausgewertet; es wich kaum von dem ab, was wir aus sonstigen Ehen kennen, sogar die Trennungsquoten waren gleich. Nur, Ihre Schwester und Doktor Feketörök hatten den höchsten Übereinstimmungsquotienten von allen."

Amalie nahm einen Schluck Kaffee und merkte, wie sich die Wärme durch den Hals in ihrem ganzen Körper ausbreitete und ihr ein Gefühl der Stärke gab. Am Morgen hatte sie es nicht mehr geschafft zu frühstücken. Das fehlte ihr. Sie trank langsam und mit Genuß.

Nachdem sie die Tasse geleert hatte, war sie sich über ihre Fehler klar geworden. Wie viele Kleinigkeiten, eigentlich unverkennbare Zeichen innerer Spannung und Gereiztheit, hatte sie nicht wahrhaben wollen und nur das aufgeschrieben, was in ihre Serie paßte. Aber hatte sie das nicht schon oft gemacht, und handelten nicht alle so? Fehler und Schwächen an Vorbildern, ja, sogar deutlich sichtbare Mängel an beispielhaft darzustellenden Personen ebenso wie an Häusern und Maschinen waren nicht gefragt. Wo der Lack glänzen sollte, dort übersah man die Roststellen.

Plötzlich wurde Amalie bewußt, wie lange und ohne Gewissensbisse sie bisher den Weg des geringsten Widerstandes gegangen war. Und das nur, weil man für den Hinweis auf Roststellen kaum einmal Anerkennung und noch viel seltener Dank bekam. Also wurde all das, was unangenehme Diskussionen und Ärger brachte, aus den Artikeln und aus dem Gedächtnis gestrichen. Wie gut das ging, und fast schon automatisch, hatte sie jetzt bemerkt. Kein Wunder, dachte Amalie, wenn der Arbeitsstil den Inhalt prägt.

„Sie verstanden sich beide", beantwortete sie die Frage endlich, „und sie verstanden sich nicht. Zuerst gab es nur eine Meinung, einen Geschmack, ein Interesse, in allem Harmonie und Übereinstimmung. Sie liebten die gleiche Musik, lasen die gleiche Literatur, bevorzugten die gleichen Gerichte, dieselbe Freizeitbeschäftigung, die gleiche Kleidung, daß ich ..." Amalie stockte und suchte nach dem richtigen Ausdruck. „Also, zuerst war ich begeistert, beeindruckt, ja direkt überwältigt. Allmählich wurde mir ihr Verhalten zu gleichförmig, oder sagen wir besser, langweilig, später sogar fast unheimlich. Das war zu jenem Zeitpunkt, da andere Menschen mit manchmal gegensätzlichen Ansichten sich zusammengerauft haben und ihre Gemeinsamkeiten verstärken. Jetzt begannen ihre Probleme. Es ist schwer, das genau zu erklären."

„Ich glaube, ich verstehe Sie. Dieses Programm der Abstimmung ist schon großartig, theoretisch fehlerlos." Professor Kesserü machte eine kurze Pause und seufzte leise. „Es schien wirklich die optimale Auswahlmethode für Menschen zu sein, die lange Zeit auf engem Raum miteinander leben müssen und aufeinander angewiesen sind. Das gilt auch für den Raumflug. Und darum geht es uns. Wir haben unsere drei Kosmonauten für den vierjährigen Flug zum Uranus nach einem System ausgewählt, das Doktor Feketöröks Erkenntnisse in, nun ja, recht großem Umfang berücksichtigt. Wir wollten alle Voraussetzungen für psychische Spannungen ausschalten, denn aufgestaute Emotionen können in entscheidenden Situationen Fehlreaktionen auslösen, die bei Kosmonauten lebensgefährdend sind."

„Und nun?" fragte Amalie. „Was machen Sie nun?"

„Seit heute morgen weiß ich, diese Methode hat versagt." Der Professor drückte den Knopf eines Aufnahmegeräts. „Das Ausbildungsprogramm ist leider schon angelaufen, das kompliziert alles. Doch sind, wie bei jedem Raumflug, noch genügend Sicherungen eingebaut. Trotzdem müssen wir die ganze Wahrheit wissen, jede Einzelheit, nur so können wir erkennen, welche Partner wirklich zueinander passen."

Amalie nickte. Der Kaffee hatte ihr gutgetan, die innere Unruhe war gewichen. Sie erzählte von all den vielen und erstaunlichen Übereinstimmungen der beiden, die bis zu denselben Worten und gleichzeitiger Rede gingen. Dadurch aber trat auch eine schon lange spürbare Unrast, eine unterschwellige Gereiztheit und eine immer deutlicher werdende Unausgeglichenheit zutage.

Je länger Amalie sprach, um so klarer erkannte sie, was in der Beziehung der beiden gefehlt hatte: das kleine Eckchen eigener Persönlichkeit und die zum Partner gehörenden reizvollen Eigenheiten und Fähigkeiten, die man selbst nicht besaß. „Gleich und gleich gesellt sich gern" bedeutete nur die halbe Wahrheit, genauso wichtig für eine echte Partnerschaft war „Gegensätze ziehen sich an". Auf andere Meinungen eingehen, sich mit ihnen auseinandersetzen und dadurch den eigenen Standpunkt prüfen, festigen oder auch korrigieren, das gehört zum Leben und damit zu jeder Ehe. Nur sich selbst verdoppeln hieße hier vor allem, die schlechten Eigenschaften zu verstärken. Und das war wohl alles andere als ein Rezept der Harmonie. Plötzlich sah sie die Situation vor sich wie einen See mit vielen Zuflüssen, der keinen Abfluß hatte. So mußte das, was sich langsam, leise und offenbar friedlich anstaute, zu einem bestimmten Zeitpunkt einen Ausweg suchen. Und da die sonst an vielen kleinen Hindernissen verbrauchte oder in andere Richtung gelenkte Kraft nun konzentriert wirkte, war das Ergebnis vorauszusehen.

Mit diesen Gedanken beendete Amalie ihren Bericht. Der Professor schaltete das Gerät aus und schien ihren Worten nachzulauschen. „Sie haben etwas sehr Wichtiges gesagt, Frau Tinkocs: Es ist der falsche Weg, Ehen nur nach einem möglichst hohen Grad der Übereinstimmung zu schließen. Das hieße ja auch, alle einander ähnelnden und identischen Eigenschaften zu verdoppeln. Dabei wissen wir, daß kein Mensch ideal ist. Nehmen wir beispielsweise eine große Nachgiebigkeit beider Partner, bedeutet das nach unserem Programm, daß sie doppelt nachgiebig und somit inkonsequent sind. Erweisen sich beide als sehr willensstark oder vielleicht starrsinnig, bedeutet das doppelte Sturheit. Wo bliebe in beiden Fällen der gesunde Ausgleich? Wo übernimmt ein Partner die Führung, wo und wie weit gibt der andere nach? Nein, das Eheglück aus dem Computer kann es nach diesen Kriterien nicht geben."

Der Professor nahm den Aktenordner und erhob sich. „Ich glaube, selbst die größte Rechenmaschine muß versagen, solange unser Gefühl, dieser eigenartige Funke der Liebe, wissenschaftlich nicht erfaßbar ist."

„Wäre das zu wünschen?" fragte Amalie.

Der Professor zuckte die Achseln und hielt ihr die Hand hin. „Wissen Sie, nach dem, was geschehen ist und was wir aufgrund unserer Untersuchungen ermittelt haben, ist eigentlich alles ganz logisch. Ich frage mich nur, warum Doktor Feketörök diese Entwicklung nicht voraussah."

„Und ich frage mich, ob Emotionen überhaupt berechenbar sind. Der Mensch verändert sich doch, nicht nur organisch, und so könnte er im Moment ganz anders reagieren als in einem Monat oder einem Jahr."

„Das ist richtig, trotzdem ergeben sich einige neue prinzipielle Erkenntnisse." Professor Kesserü hob lächelnd die Hand, als Amalie zu einer Entgegnung ansetzte, und fuhr fort: „Keine Angst, als Individuum wird sich der Mensch niemals vollständig kontrollieren lassen, und das nicht nur in seinen Liebesbeziehungen. Nun entschuldigen Sie mich bitte." Er deutete auf den Kommissar und verließ den Raum.

Amalie hatte den Kommissar fast vergessen, nun kehrte das Gefühl der Angst und Unruhe zurück. Sie ahnte inzwischen, was geschehen war, und fragte: „Ist es schlimm?"

Kommissar Takacz schüttelte den Kopf. „Ein Streit, bei dem sich beide immer mehr erregten. Beide haben zum selben Zeitpunkt die Kontrolle über sich verloren."

„Sie stimmten wirklich in fast allem überein", sagte Amalie bitter. „Dank dem Computer."

„Ihr Schwager hatte eine Weinflasche ergriffen, ihre Schwester eine Vase. Es besteht keine Lebensgefahr."

Amalie merkte, wie ihre Anspannung unaufhaltsam von Müdigkeit und Trauer verdrängt wurde und ihr Tränen in die Augen stiegen. „Ist es tatsächlich nicht schlimm?" fragte sie erneut.

„Nein, Ihre Schwester hat schon nach Ihnen gefragt. Ihr Schwager auch. Ich bringe Sie gern hin."

Amalie konnte nur nicken. Sie versuchte mit aller Macht, die Tränen zurückzuhalten. Doch dann stieg ein Schluchzen in ihr hoch, schüttelte sie gegen ihren Willen und ließ sie immer nur denken: Wir sind doch keine Computer, wir sind doch keine Computer!

Sie begann zu weinen.

Tizellis Reportage

Der Bildreporter Dino Tizelli wurde bei uns in der Redaktion nur „Schnellschuß“ genannt. Einen besseren Spitznamen hätte man für ihn nicht finden können. Selbst in den ausweglosesten Situationen erkundete er eine Möglichkeit, innerhalb kürzester Zeit doch noch ein Foto für die aktuelle Ausgabe zu machen. Tizelli, der oft von seinem italienischen Vater sprach, ohne zu verraten, wo der sich aufhielt, war ein kleiner, quirliger Mann. Von vorn sah ihm niemand seine zweiundvierzig Jahre an, und von hinten wirkte er durch seine schlanke Gestalt und die flinken, fast hastigen Bewegungen jünger als mancher Zwanzigjährige.

Für Schnellschuß gab es keinen unmöglichen Auftrag. Sollte er im März ein Einstimmungsfoto auf die neue Badesaison machen, dann schaffte er es, hübsche junge Mädchen an den Strand eines noch halb zugefrorenen Sees zu locken und sie in Minibadeanzügen zu knipsen, ohne daß eine Gänsehaut erkennbar war. Einmal brachte er zu einer Reportage von einem Spanplattenwerk die Übersichtsfotos des gesamten, riesigen Betriebsgeländes mit. Der Chef vom Dienst lehnte dieses gelungene Panorama jedoch ab, weil die Kontrollnummer für Luftaufnahmen fehlte. Er ließ die Veröffentlichung auch nicht zu, als Schnellschuß schwor, er habe die Aufnahmen nicht aus einem Flugzeug, sondern ganz normal von der obersten Plattform eines zweiundachtzig Meter hohen Schornsteins gemacht.

„Ganz normal nennst du das!“ hatte der Chef vom Dienst geschrien. „Du bist ganz normal verrückt, wenn du annimmst, das glaubt uns jemand. Da kriecht doch keiner freiwillig rauf.“

Nur einmal hatte Tizelli versagt: beim Besuch eines ausländischen Staatsmannes. Irgend jemand mußte seinen Antrag auf Akkreditierung nicht an die zuständige Stelle weitergeleitet haben. Trotzdem war Tizelli auf dem Flugplatz fast bis auf Armeslänge an den hohen Gast herangekommen, ehe die Sicherungskräfte entdeckten, daß der am Revers befestigte Sonderausweis für einen anderen Staatsbesuch zwei Monate zuvor ausgestellt worden war. Sie schritten sehr energisch ein, wogegen sich Schnellschuß ebenso energisch wehrte. Seine Kollegen machten von der prompt folgenden Rauferei, die er eindeutig verlor, eindrucksvolle Fotos. Später zeigte er sie stolz herum, weil zu erkennen war, daß der Staatsgast etwas verwundert, aber voller Interesse das Handgemenge beobachtete. „Womit bewiesen ist, daß er von allen anwesenden Fotoreportern mich als einzigen bewußt wahrgenommen hat.“ So Schnellschuß. Einen vom Chefredakteur ausgesprochenen Tadel, den dieser von noch höherer Stelle empfangen hatte, nahm Schnellschuß gelassener hin als die Tatsache, daß die Zeitung erstmals seit langer Zeit nicht sein Foto von solch einem Ereignis, sondern eins der Dutzendbilder einer Agentur veröffentlichte.

Obwohl der Begriff Schnellschuß aus diesen und vielerlei anderen Gründen zu einer Art Markenzeichen für Tizelli geworden war, hatte dieser ihn nur zögernd akzeptiert. Als Grund dafür nannte er eine zwanzig Jahre jüngere Kollegin aus dem Textarchiv, die überhaupt nichts mit seiner Reportertätigkeit zu tun hatte, außer daß sie ein Vierteljahr lang seine Freundin gewesen war. „Verstehst du, die hat nämlich fachlich keine Ahnung“, verriet er mir, als wir beide nach einer feuchten Geburtstagsfeier nachts noch allein in der Redaktion saßen.

„Na und“, erwiderte ich, „welche Rolle spielt das?“

„Aber sie hat doch den Namen erfunden. Nicht ohne Grund, oder? Dabei war sie Laie, fotografisch, meine ich.“ Er kicherte und sah mich an.

Noch im nachhinein mußte ich oft darüber nachdenken, ob ich ihn mißverstanden oder der Alkohol seine Wirkung getan hatte. Jedenfalls sah ich damals vier Augen vor mir und zwei Nasen, und zwei Münder erklärten mir verschiedene Dinge, die ich am anderen Tag vergessen hatte. Schnellschuß kam nie wieder auf dieses Thema zu sprechen und ich natürlich auch nicht. Bei einer Auszeichnungsfeier etwa ein Jahr danach saßen wir wieder als letzte einer großen Schar beisammen, und ich wollte Schnellschuß endlich die Frage stellen, die mir schon lange auf der Seele brannte, nämlich: Was hast du damals eigentlich gemeint?

Bevor ich den Mund aufmachen konnte, sagte er zu mir: „Weißt du, warum ich dich als Freund so schätze?"

Ich wußte es nicht.

„Weil du schweigen kannst", teilte er mir ernst mit. „Nicht ein Wort hast du verraten, wie mein Spitzname entstanden ist." Er hatte recht, denn solche unter dem Siegel der Verschwiegenheit weitererzählten Geheimnisse ließen sich in unserer Redaktion schnell an ihre Quelle zurückverfolgen. Ich vergaß also meine Frage endgültig und tröstete mich mit der Erkenntnis, daß es manchmal besser ist, wenn man nicht hinter jedes Geheimnis kommt.

Dieser Schnellschuß polterte nun plötzlich in das Zimmer, so daß wir erschrocken hochfuhren. Es war ein heißer Sommertag, über dreißig Grad Hitze, und vor den geöffneten Fenstern unseres Altbaus bewegten sich die Blätter der riesigen Linden träge in einem Luftzug, der den süßen Duft der Blüten zu uns in den Raum trug. Obwohl erst zehn Uhr vormittags, befanden sich schon alle Manuskripte für die Wirtschaftsseite in der Setzerei. Aktueller Dienst stand heute nicht auf dem Plan unserer Abteilung, so daß wir unseren Gedanken an Urlaub, Wasser, braune Mädchenkörper und im Zusammenhang damit an viele weitere angenehme Dinge nachhängen konnten.

„Kannst du nicht wie ein normaler Mensch hier reinkommen, bei der Wärme", schimpfte mein Kollege Gerd. „Ich dachte schon, es ist der Chef."

„Bei solcher Hitze bewegen sich auch die eifrigsten Chefs langsam", sagte ich und sah Schnellschuß strafend an.

Der ließ sich natürlich davon nicht beeindrucken. „Wer von euch Weizen-Mathematikern hat Lust, mit mir aufs Dorf zu fahren?" fragte er.

Der Blick meines Kollegen wurde nicht freundlicher, obwohl sich die Miene entspannte. Er ärgerte sich zweifellos wieder über Schnellschuß' Schlagwort. Besonders uns Mitarbeiter der Wirtschaftsabteilung bezeichnete Tizelli je nach Anlaß als Mähdrescher-Kommentatoren, Roggen-Rechner, Prozent-Jockeis oder Rüben-Götter. Hinzu kam Gerds natürliche Abneigung, die viele dicke und etwas phlegmatische Menschen gegenüber solchen unruhigen Typen wie Schnellschuß haben. Schon bei dienstlichen Aufträgen sträubte er sich mit Händen und Füßen gegen jede gemeinsame Fahrt mit ihm. Und nun erst freiwillig!

„Aufs Dorf, du mußt doch spinnen", sagte er deshalb. Ganz konnte er seine Neugier allerdings nicht unterdrücken, denn an originellen und später oft auch belobigten Ideen fehlte es unserem kleinen Fotoreporter nicht. „Was willst du denn da?"

Schnellschuß richtete die Antwort an mich. „Ich möchte ein paar schöne Fotos machen, so ein bißchen Frieden der Natur, Freude an der Landarbeit. Vielleicht beim Pflügen."

„Pflügen, jetzt im Juli", mein Kollege kicherte. „Oder verwechselst du diese großen Maschinen, die über die Getreidefelder fahren, mit den kleinen, blitzenden Scharen, die sich in die Erde bohren und den Boden pflügen?"

Schnellschuß setzte sich auf die Kante meines Schreibtisches und drehte dem Kollegen Gerd den Rücken zu. „Na, was ist? Zeit für einen Abstecher an einen schönen See bleibt bestimmt auch noch." Er zwinkerte mir zu.

Wenn Schnellschuß solche Zeichen gab, steckte mehr dahinter als einige beschauliche Fotos. Einen Moment kämpfte ich mit mir. Ich könnte hier im angenehm kühlen Zimmer schon über die Erlebnisse des Kühlschrankmonteurs schreiben, den ich auf einer Tagestour begleitet hatte. Der Beitrag war zum Wochenende vorgesehen und mußte übermorgen vorliegen. Lohnte es sich, statt dessen im Auto durch den heißen Tag zu kutschieren? Doch wie hieß es so schön im „Wilhelm Tell": „Es lächelt der See, er ladet zum Bade." Wenn man daran dachte, konnte man gar nicht nein sagen.

„Ich habe aber keine Badehose mit." Schnellschuß gegenüber kam mir dieses Argument sofort lächerlich vor. Sogar Gerd grinste.

„Also, alles klar. Informiere den Chef, kannst ihm ruhig sagen, er bekommt eine schöne Lesegeschichte für das Wochenende." Schnellschuß sprang von der Schreibtischkante, warf einen Blick auf seine Armbanduhr und ordnete an: „In zehn Minuten rauschen wir los. Ich pack nur noch ein paar Filme ein."

Im Hinausgehen sah er halb über die Schulter zu meinem

Kollegen zurück. „Und große Erfolge für dich, lieber Gerd. Verzähl dich nicht bei den Frühkartoffeln."

Im Auto war es noch heißer, als ich es mir vorgestellt hatte. Schnellschuß hatte zwar das Schiebedach seines Wagens zurückgeschoben, doch dadurch brannte die Sonne nun direkt auf unsere Köpfe, ohne daß wir etwas vom kühlenden Fahrtwind spürten.

„Wo fahren wir denn überhaupt hin?" fragte ich.

„Mal sehen."

„Erzähl nichts, du hast doch was im Sinn."

Schnellschuß redete undeutlich vor sich hin, zuckte mit den Schultern und murmelte dann lauter: „... auch noch nicht genau."

Ich kannte ihn viel zu gut und wußte nun, daß er ein festes Ziel ansteuerte.

Nach etwa sechzig Kilometern trat er plötzlich auf die Bremse, sah in den Rückspiegel und auf die Gegenfahrbahn der Autobahn. Weit und breit war nichts zu sehen. Er fuhr mit Vollgas durch den niedrigen Graben, holperte über einen abgeernteten Schlag und bog auf einen Feldweg. Am Waldrand sah ich drei Mähdrescher und einen Kübelwagen. Fünf Männer lagerten im Schatten der Bäume, aßen und tranken. Sie sahen uns schweigend entgegen, nur ein sechster Mann, der an den Messern eines der Ungetüme herummontierte, beachtete uns nicht.

Schnellschuß sprang fröhlich aus dem Wagen. „Guten Appetit, Männer!"

Sie nickten schweigend, was Schnellschuß als freundliche Aufforderung ansah, sofort loszufotografieren.

„Was soll denn das?" fragte einer mißtrauisch.

„Wir sind von der Zeitung. Hier!" Schnellschuß zückte seinen Presseausweis und hielt ihn so flüchtig in die Höhe wie ein Straßenbahnfahrgast, der seine Monatskarte zeigt. „Könnt ihr nicht ein bißchen enger zusammenrücken", forderte er sie auf. „Und dann da rüber. Ich will im Hintergrund die Mähdrescher drauf haben."

Die Männer rührten sich nicht. Schnellschuß lief um sie herum, duckte sich, kniff ein Auge zu, schüttelte den Kopf, blickte durch den Sucher, probierte es von der anderen Seite und spielte sein ganzes Repertoire durch. Einer der jüngeren Männer wurde unruhig, die anderen schien das nicht zu beeindrucken. Schließlich sagte Schnellschuß vorwurfsvoll: „Mensch, Kollege Baumann, mach mir die Sache doch nicht so schwer. Wie soll das denn aussehen: die vorbildliche Mähdrescherbrigade nur halb auf dem Bild, und dann teilweise von hinten."

„Was heißt hier Brigade Baumann. Wir sind die Moheits." Der Sprecher sah Schnellschuß überlegen an, seine Kollegen richteten sich interessiert auf.

„Was?" Schnellschuß erstarrte. „Wo mäht denn Baumann?"

„Weiß ich doch nicht", sagte der Mann.

„Mir persönlich ist dieser Baumann ja egal", erklärte Schnellschuß, „ja, eigentlich bin ich sogar dagegen, daß wir immer nur dieselben Leute für die Zeitung fotografieren. Ihr leistet doch jetzt alle erstklassige Arbeit. Oder nicht?"

Keiner widersprach. Die Männer reckten sich noch höher, einer stand sogar auf.

„Wenn ihr einverstanden seid, mach ich von eurer Brigade ein paar Fotos, ihr habt es genauso verdient. Oder seid ihr da anderer Meinung?" Er selbst schien nur darauf zu warten, jedem seinen Fotoapperat an den Kopf zu werfen, der damit nicht einverstanden war. Vielleicht wollte es keiner der Männer darauf ankommen lassen, denn sie nickten ihm wohlwollend zu. „Sollte einer von euch verfolgt werden, sagen wir mal: von einer jungen Mutter, die ihre Alimente haben möchte, den kann ich auch von hinten knipsen."

Die Männer lachten. Ein junger, braungebrannter Bursche konnte sich gar nicht beruhigen. „Junge, du kennst das Leben."

Schnellschuß übernahm sofort das Kommando. Er dirigierte die Männer in die richtigen Positionen, gab Anweisungen, wann sie zu trinken, zu essen oder miteinander zu reden hatten, und erklärte zwischendurch: „Sagt meinem Assistenten mal alle eure Namen, wo ihr her seid, wieviel ihr je Tag aberntet und wie viele Stunden ihr in diesem Jahr schon beim Mähen zugebracht habt."

Sein Assistent war ich, und genauso behandelten sie mich auch. Keiner war unfreundlich, doch die Angaben warfen sie mir lässig über die Schulter zu, während Schnellschuß angeregt mit ihnen plauderte und sie schließlich so weit hatte, daß sie ihm zuliebe sogar noch eine Ehrenrunde gefahren wären. Auch der Mechaniker kam heran und sagte: „Es ist alles in Ordnung."

„Na prima", lobte ihn Schnellschuß. „Und wie heißt du, Kollege?"

Der Mann nannte ebenfalls seinen Namen, und Schnellschuß machte auch von ihm mehrere Aufnahmen. Aus dem Wald kamen zwei Lkw mit Anhängern.

„Verdammt noch mal", sagte der Brigadier erschrocken, „die sind ja schon zurück. Nun aber los!" Er gab Schnellschuß die Hand und nickte auch mir gnädig zu. „Und laßt euch nicht erwischen, wenn ihr vom Feld auf die Autobahn fahrt."

Minuten später waren wir wieder unterwegs. Schnellschuß schaltete das Radio ein und pfiff die Melodie mit. Er sah auf die Uhr und nickte zufrieden. „Das hat ja prima geklappt."

„Ich denke, du wolltest die Brigade Baumann fotografieren", sagte ich.

„Mein Gott, Walter", stöhnte Schnellschuß. Das war sein Lieblingsausspruch, wenn er sich wunderte. Variierte er dieses „mein Gott" mit dem entsprechenden Vornamen, dann war er tief erschüttert. So schlimm schien es also noch nicht zu sein.

„Es hätte ja sein können, nicht wahr?" sagte ich ärgerlich.

„Wie lange bist du schon bei der Zeitung?" fragte Schnellschuß. „Die Brigade Baumann ist mir genauso unbekannt wie dem Kollegen Moheit. Kapiert?"

Ich bin kein Freund solcher Tricks, auch wenn man als Reporter manchmal darauf angewiesen ist. „Einige freundliche Worte hätten dasselbe bewirkt."

„Vielleicht. Viel wahrscheinlicher ist, daß wir dem lieben Kollegen Moheit immer noch erklären würden, warum wir gerade ihn fotografieren wollen. Und vielleicht hätte er erst die Genehmigung des Oberagronomen und die der Erlaubnis seines Hauptchefs einholen müssen."

„Korrekter wäre es aber gewesen."

Jetzt war es soweit. „Mein Gott, Max", sagte Schnellschuß

und sah mich mitleidig an. Wir fuhren schweigend weiter. Nach einiger Zeit senkte sich die Autobahn in schwungvoller Kurve zu einer Brücke hinab, die zwischen lichter werdendem Mischwald eine Straße und einen Fluß überspannte, der rechts in einen klaren See mündete. Kleine Wellen glitzerten einladend durch die Bäume.

„Hier ist es“, sagte Schnellschuß. Er fuhr auf einen Parkplatz, kletterte hinaus und warf einen Blick in die Runde. „Fällt dir was auf?“ fragte er und stieg wieder ein.

Während wir über einen wurzeldurchwachsenen Waldweg zum See hinabschaukelten, musterte ich die Umgebung. „Es ist schön hier, schön ruhig“, sagte ich. „Der Platz ist gut versteckt, nicht überfüllt.“

„Und weiter? Ich meine, auch am Parkplatz.“

„Weiter ...“ Wir fuhren zwischen Krüppelkiefern hindurch, einige Autos standen versteckt hinter Bäumen, und es sah alles sehr natürlich aus. „Weiter ..., mir fällt nur auf, daß es hier keinen richtigen Weg gibt, darf man denn überhaupt parken?“

„Andere Sorgen hast du nicht?“

Wir verließen den Wagen, und ich sah mich um. Die knapp fünfzig Meter entfernte Badestelle wirkte wie alle anderen Badestellen. Vor allem Jugendliche und Mütter mit ihren Kindern lagerten auf Decken, Mädchen und Jungen jagten kreischend hintereinanderher, bespritzten sich oder stießen sich gegenseitig ins Wasser. Lärm, Fröhlichkeit und dazwischen auch mal ein Weinen. Nein, ich konnte nichts Besonderes entdecken. „Das Wasser sieht sehr sauber aus“, sagte ich.

„Ja, und was noch?“

„Mein Gott, Schnellschuß“, sagte ich verdrossen, „mach es nicht so spannend.“

Einen Moment war Schnellschuß über diese Anrede verärgert. Er fing sich sofort und flüsterte dann fast. „Na, der Parkplatz, der Strand, das Ufer.“ Seine Hand beschrieb einen weiten Kreis. „Siehst du hier Papier, Büchsen, Perlontüten und den ganzen Dreck, den einige Schmutzfinken immer wieder liegenlassen?“

Tatsächlich, die Badestelle machte einen, man konnte schon sagen, frisch gefegten Eindruck. „Die müssen einen sehr aufmerksamen Schwimmeister haben“, sagte ich.

„Meinst du?“ Er begann sich auszuziehen. „Gesehen habe ich hier noch keinen.“

„Dafür kannst du gleich einen Mann ohne Badehose sehen.“

„Dann gehst du eben dahinten ins Wasser.“ Er zeigte auf das dichtbewachsene Ufer außerhalb der Badestelle. Büsche, Kuschelkiefern und Schilf umrahmten den See. „An den kleinen Badestellen gehen die meisten nackt ins Wasser“, erklärte er. „Aber vorher möchte ich mich noch etwas umsehen.“

Dazu verspürte ich nicht die geringste Lust. Das Hemd klebte am Körper, und die glitzernden Wellen lockten. Ich ergriff das Handtuch, das Schnellschuß zusammen mit einer Decke aus dem Kofferraum gekramt hatte. „Mach, was du willst, ich kühle mich erst ab“, sagte ich.

Etwas abseits fand ich eine kleine, unbesetzte Stelle. Die Schneise im Schilf, kaum einen Meter breit, genügte völlig. Das Wasser war herrlich. Ich tauchte, schwamm hinaus, kam wieder zurück, drehte mich auf den Rücken und schloß die Augen. Die Sonne leuchtete warm durch die Lider, und ein Gefühl der Schwerelosigkeit durchströmte mich. Träge Wellen wiegten den Körper, und es war, als sänken alle Zwänge, aller Ärger und auch die Schlaffheit langsam auf den Grund des Sees. Ich spürte eine schon lange nicht mehr empfundene Leichtigkeit. So muß ein Vogel auf den Luftströmen durch den Sommertag schweben. Die Müdigkeit verflog, und angenehme Frische machte die Gedanken wieder klar.

Ich überlegte, was unser kleiner Fotograf mit seinen Andeutungen wohl meinte. Er betrachtete Personen und Gegenstände anders als ein Mensch ohne Kamera. Für ihn kam es ständig darauf an, sofort das Wesentliche einer Situation zu erfassen und es auf einem Bild erkennbar zu machen. Deshalb stand für mich fest, daß er heute nicht zum erstenmal hier war. Und bei seinen Besuchen mußte ihm mehr aufgefallen sein als ein fleckenloser Strand und der saubere Parkplatz. Das aber konnte nur das Ergebnis einer Tätigkeit sein, die er beobachtet hatte.

Neben mir prustete plötzlich ein mittelgroßes Walroß, und eine Kaskade von Tropfen spritzte mir ins Gesicht. Ein Kopf mit kurzen schwarzen Haaren ragte aus dem Wasser, wurde wild geschüttelt, dann lachten mich tiefblaue Augen und ein großer, feuchter Mund an. „Ich dachte schon, ich schaff es nicht", sagte eine kurzatmige Stimme. „Es ist ein ganz schönes Stück, wenn man vom Ufer bis hierher taucht."

„Etwa dreißig Meter, nicht schlecht." Ich drehte mich vorsichtshalber auf den Bauch, denn das kristallklare Wasser vergrößerte auch jene Körperstellen, die sonst von der Badehose bedeckt waren. Ich bin zwar nicht so verklemmt, daß es mich besonders störte, aber bei einer Frau …

Es war eine Frau. In dem durchsichtigen Wasser hätte ich schon die Augen schließen müssen, um das zu übersehen. Sie trug die gleiche Badebekleidung wie ich.

„Wollen wir zum anderen Ufer schwimmen?" Sie war wieder zu Atem gekommen und hatte eine dunkle Stimme.

Es mochten etwa dreihundert Meter sein, eine Strecke, die ich mir zutraute. „Viel weiter schaffe ich es auch nicht."

„Wir können uns ja ein bißchen ausruhen."

Sie schwamm voraus, und ich folgte ihr, ohne mich zu verausgaben. Ab und zu drehte sie sich auf den Rücken und wartete auf mich. Offensichtlich dachte sie sich überhaupt nichts dabei, und je müder ich wurde und je näher das Ufer heranrückte, um so weniger dachte auch ich mir. Es war schon eine angenehme Sache, so nackend durch das Wasser zu gleiten. Sie steuerte eine schmale Schilflücke an. Der Boden davor fiel steil ab, und als sie so plötzlich vor mir aus dem Wasser hochstieg, mußte ich unwillkürlich an Aphrodite denken. Wenn die Göttin der Schönheit und der Liebe auch solch phantastische Figur besessen hatte, dann konnte ich die Verehrung der Griechen für sie verstehen.

Ich ließ meiner Badeschönheit etwas Zeit und überlegte, was das alles wohl sollte. Ist es normal, daß eine nackte Frau einen nackten Mann im See anspricht und ihm vorschlägt, zum anderen Ufer zu schwimmen? Doch so ungewöhnlich war das nun auch wieder nicht, denn Schnellschuß sprach ja von vielen Nacktbadern in diesem See. Vielleicht aber hatte sie sich auch in mich verliebt und wollte mich unbedingt kennenlernen? Möglich war alles, obwohl mir mein zwar gutgebauter, doch überall schneeweißer Körper nicht sonderlich für die Liebe auf den ersten Blick geeignet schien. Dann fiel mir eine andere Möglichkeit ein: Während sie mich hier an ein verschwiegenes Plätzchen lockte, würde ihr Komplize meine Hose mit dem Geld stehlen. Nach dem ersten Schreck grinste ich. Der würde sich wundern, denn ich selbst fand manchmal kaum mehr als zehn Mark in meinen Taschen. Ich wußte, daß beide Varianten ziemlich unlogisch waren, doch irgend etwas mußte wohl dahinterstecken.

„Schaffen Sie es nicht mehr, aus dem Wasser zu steigen, oder sind Sie ertrunken?" rief die dunkle Stimme.

Ich kletterte ans Ufer und folgte einem kleinen Pfad. Die junge Frau saß auf einer sonnigen Grasstelle, die Arme um die Knie geschlungen. „Es wäre nicht schlecht, wenn Sie mich dann retten würden", sagte ich.

„So schwächlich sehen Sie nun auch wieder nicht aus." Sie musterte mich lächelnd, und ich setzte mich. Wir schwiegen einige Zeit. Sie löste die Arme von den Knien und stützte sich nach hinten ab. Ich versuchte, sie möglichst unbefangen zu betrachten, doch die erhoffte Sicherheit und Ruhe blieben aus. Im Gegenteil. Ihre Haut schimmerte in einem gleichmäßigen warmen Braun ohne helle Stellen. Die runden, festen Brüste hoben und senkten sich im Rhythmus des Atems, und der junge, schlanke und gleichzeitig fraulichvolle Körper schien sich der Sonne entgegenzudrängen. Ein Bild weiblicher Schönheit und Natürlichkeit, wie ich es nicht zum erstenmal sah. Und doch verwirrte es mich diesmal auf eine eigenartige Weise, als gehe von dieser Frau ein unerklärlicher Reiz aus. Vielleicht waren es auch nur der warme, von angenehmen Düften durchwobene Atem des Waldes, die insektensurrende Stille unseres Platzes und der unbewußt hochsteigende Wunsch nach Zärtlichkeit, die diese Spannung in mir erzeugten. Am liebsten wäre ich aufgestanden und ins Wasser gesprungen.

Sie öffnete die Augen und sah mich ernst an. „Was haben Sie eben gedacht?"

„Ich wäre gern wieder ins Wasser gesprungen."

„Ins Wasser?" Sie war sichtlich überrascht. „Warum?"

Ich lachte. „Irgendwann müssen wir doch wieder zurück."

„Irgendwann schon. Ich dachte nur, Sie finden es hier auch so idyllisch wie ich."

„Das schon, solch einen schönen Flecken findet man heute kaum noch."

„Deshalb wollen Sie also schnell zurück."

„Nein, es ist nur ..." Mir ging es jetzt besser, ich sah die Dinge wieder klarer. Da saß eine hübsche junge Frau, wie es viele gab, und ihr fröhliches Gesicht mit der breiten Stupsnase und dem großen Mund wirkte sehr sympathisch. Direkt schön konnte man es aber wohl nicht nennen.

„Ach so, deshalb", wiederholte sie spöttisch.

„Ich fühlte mich vorhin ein bißchen eigenartig", erklärte ich. „Wissen Sie, ich bin es noch nicht gewohnt, solch eine Strecke hastig zu schwimmen. Es war mein erster Badetag in diesem Jahr, keine Zeit, weil ich beruflich viel unterwegs bin. Und dann hier mit einer fremden und nackten und dazu noch hübschen Frau allein. Da kamen mir ein paar angenehme ..., nein, unangenehme Gedanken, ich meine, freche ..."

Sie lachte freundlich. „Aber das ist doch natürlich."

„Ja? Und wenn ich Sie nun einfach geküßt hätte?"

„Und warum haben Sie es nicht?"

Dazu fiel mir nichts anderes ein als die Entschuldigung: „Aber ich kenne Sie doch gar nicht."

„Das ist ein starkes Argument. Donnerwetter!" Sie wurde immer fröhlicher und kicherte sogar. „Wollen Sie es denn wirklich?"

„Natürlich, ich kann es Ihnen sofort beweisen."

„Jetzt will ich es aber nicht."

„Und wenn ich Gewalt anwende?"

Ihr Körper spannte sich, und das Gesicht wurde ernst. „Sie können es ja mal versuchen."

Das Gespräch hatte die Atmosphäre etwas gelockert. Außerdem war ich alles andere als jemand, der sich bei Frauen irgend etwas mit Gewalt holte. Umgekehrt hätte ich in diesem Fall aber nichts dagegen gehabt.

Die Sonne stach herab, Vögel zwitscherten müde in den Zweigen, und nur einige Bienen summten aufgeregt heran, kreisten über dem Kopf der Frau.

„Das war doch nur ein Scherz", sagte ich.

„Schade." Die Frau ließ sich wieder zurücksinken, und sogar die Bienen flogen zögernd davon.

Was sollte das? Ich wurde nicht richtig schlau daraus. Natürlich redete man immer ein bißchen merkwürdig herum, wenn man jemanden kennenlernte. Doch die Frau verhielt sich irgendwie provozierend. Ihre Aufforderung klang nicht nach leichter Konversation, es schien, als liege in allem eine tiefere Bedeutung. Und wenn ich sie doch beim Wort nähme?

„Sie sind das erstemal an diesem See, nicht wahr", sagte sie.

„Ja."

„Ihr Freund war aber schon öfter hier."

„Vermutlich."

„Dreimal war er hier, das letztemal am Montag."

„Und das wissen Sie so genau?" fragte ich verwundert.

„Sehr genau. Ich habe nicht nur ein ausgezeichnetes Gedächtnis, Ihr Freund ist auch ein Typ, der auffällt."

Da hatte sie recht. Trotzdem versetzten mir ihre Worte einen kleinen Stich. Sie hatte mich demnach nicht zufällig angesprochen. „Führen Sie über jeden Badegast so genau Buch?" wollte ich wissen.

„Dann hätte ich viel zu tun. Ihr Freund interessiert mich eben."

„Aha, und warum sprechen Sie dann nicht mit ihm?" Im Ton meiner Frage mußte wohl verletzte Eitelkeit mitgeklungen haben.

Die Frau schüttelte den Kopf. Ihr großer Mund zog sich in die Breite, und zwischen den vollen Lippen erschienen schöne weiße Zähne. Sie fuhr mit den Fingern durch die fast trockenen Haare, schüttelte sie locker und betrachtete mich mit schief gelegtem Kopf. Ihr Gesicht bekam einen weichen Ausdruck. „Ich wurde nur neugierig, weil er so geschäftig mit seiner Kamera herumhampelte."

Das Wort „herumhampelte" erfreute mich. So etwas sagte eine Frau wohl kaum, wenn ihr Interesse dem Mann galt. Ich hatte plötzlich das Gefühl, sie gern zu haben. Es kam unverhofft und war nicht zu vergleichen mit der oft unkontrolliert aufsteigenden männlichen Begehrlichkeit, wie sie einem schönen Frauenkörper oder auch nur bestimmten erotischen Bewegungen gelten konnte. Mir war einfach klar, daß man diese Frau lieben mußte.

„Sie sind ein netter Kerl", sagte sie leise und drehte sich etwas ab. „Sind Sie beide tatsächlich Freunde?"

„Das auch. Aber vor allem Kollegen."

„In welchem Beruf?"

„Journalisten, bei der Tageszeitung." In den meisten Fällen machte ich Eindruck mit dieser Eröffnung, und das mindeste, was darauf folgte, war gesteigertes Interesse.

Die junge Frau dagegen schien unangenehm berührt. Sie musterte mich ablehnend und beugte ihren Körper leicht zur Seite, als wolle sie zwischen uns einen größeren Abstand legen. „Von der Zeitung. Und was suchen Sie hier?"

Ich ärgerte mich über ihre Reaktion. „Erholung. Ein bißchen Spaß im Wasser. Oder ist der See tabu für Journalisten?"

„Nein, nein, wie kommen Sie darauf?" Sie lachte gequält. „Machen Sie eine Reportage? Weil Ihr Kollege andauernd fotografiert ..."

„Das hat bei ihm nichts zu sagen. Vielleicht hat er schöne Motive entdeckt. Ich möchte jedenfalls ausspannen, schwimmen, ein wenig plaudern. Wie heißen Sie überhaupt?"

„Ella. Eigentlich Elena." Sie sah zu Boden. „Und Ihr Freund sucht nichts Bestimmtes?"

„Keine Ahnung. Der sucht immer etwas."

„Ich möchte zurückschwimmen. Würden Sie vorgehen?"

„Natürlich." Ich erhob mich und lief voraus. Vor der Mitte des Sees hatte sie mich erreicht. Sie schwamm sauber und kraftvoll. Ein Weilchen blieb sie neben mir und beobachtete mich. Sie gefiel mir, und ich wollte sie wiedersehen. „Treffen wir uns am Ufer?" fragte ich.

„Vielleicht. Zuerst muß ich aber nach Hause." Sie erhöhte das Tempo, und ich hatte Mühe mitzuhalten. Das letzte Stück zog sie los wie einst Kornelia Ender. Ich konnte zwar noch etwas zulegen, der Abstand wurde trotzdem größer. Nun war mir alles egal, ich wühlte mich wie ein überhitzter Schaufelraddampfer durchs Wasser, prustete, verschluckte mich und holte das letzte Quentchen Kraft und Luft aus meinem Körper. Noch nie waren mir fünfzig Meter so lang vorgekommen. Kurz vor dem Ufer wäre ich vor Erschöpfung fast ertrunken. Ich lief auf weichen Knien in den Wald, doch die Frau war schon verschwunden.

Ich brauchte eine halbe Stunde, um mich von dem Kraftakt und Ellas Verschwinden zu erholen. Ich lag im Schatten neben dem Auto und versuchte zu schlafen. Schnellschuß war noch nicht da, der Wagen verschlossen, und ein gesunder Hunger meldete sich. Ab und zu döste ich ein und träumte, daß Ella mich suchte. Jetzt hörte ich sie nach mir rufen.

„Sie stechen, Hilfe, Hilfe!"

Wer stach Ella? Ich sprang auf und sah eine Frau, wie von der Tarantel gestochen, zwischen den Kiefern herumrennen. Ella war es nicht, es sei denn, man hätte zwei Ellas zu einer zusammengefügt. Und Tarantel stimmte auch nicht; es waren braungelbe Insekten mit scharfem Stachel. Ich ging näher und rief der Frau zu, sie solle keine hastigen Bewegungen machen, das reize die Tiere noch mehr.

„Aber sie stechen, sie stechen", schrie sie zurück. Es sah wirklich nicht mehr friedlich aus, wie sie um die Frau herumschwirrten.

„Versuchen Sie, ins Auto zu kommen und die Türen zu schließen", sagte ich.

„Sie lassen mich ja nicht, die Biester. Haut ab, haut ab!" Ein Mann und ein Junge kamen herangetrabt. „Konrad, hilf mir, die Bienen", schrie ihnen die Frau entgegen.

Ihr Mann und der Junge hielten sich in achtbarer Entfernung. „Es sind Wespen, Elfchen, keine Bienen", antwortete der Mann.

Elfchen hieß die Frau also, die dort rumtrampelte, und es waren Wespen. Geändert hatte sich dadurch noch nichts an der Situation. Der Mann kratzte sich ratlos den Kopf und kam dann zu demselben Schluß wie ich: „Du mußt dich ruhig verhalten, Elfchen, ganz ruhig."

„Tu doch endlich was!"

Bisher hatte anscheinend noch keine Wespe zugestochen. Es sah so aus, als wollten sie die Frau in eine bestimmte Richtung drängen.

„Paß auf, da liegt Abfall. Und Glas. Paß auf!" rief der Mann.

„Ich weiß, das habe ich selbst hingeworfen. Hilf mir, Männe!"

Männe nahm sein Handtuch von der Schulter und stürzte sich wild wedelnd auf die Wespen. Der Angriff endete damit, daß Männe und seine Frau nun gemeinsam von den erregten Tieren mal nach links und mal nach rechts getrieben wurden. Dabei mußten sie immer wieder über ihren Abfallhaufen. Eine leichte Schadenfreude erfaßte mich bei dem Gedanken, daß sie sich an ihren eigenen Scherben die Füße aufschneiden könnten. Die Wespen als Ordnungshüter des Waldes.

Der Junge schien ähnliche Überlegungen anzustellen, vielleicht nicht ganz so gehässige wie ich. „Nehmt doch das Zeug auf, damit ihr euch nicht verletzt", rief er.

„Womit denn?"

Der Junge suchte aus der großen Kühltasche einen leeren Plastbeutel hervor und kroch unterhalb der Angriffslinie der Wespen zu dem Abfall. Hastig sammelte er zwei leere Obstgläser, eine Brauseflasche, Eierschalen, Papierreste und ein stanniolumwickeltes Päckchen auf.

„Doch nicht den ganzen Mist, Junge!" rief der Vater.

„Wir dürfen doch nichts im Wald liegenlassen, Papa."

Der Vater richtete seine Aufmerksamkeit auf die Wespen, die zwei Meter entfernt einen Birkenstamm umkreisten. „Los, wirf den Dreck wieder weg, und dann schnell ins Auto", ordnete er an.

Der Junge zögerte und schaute unentschlossen auf die Tüte.

„Nun mach schon, Jens", schrie die Mutter und rannte zur Decke.

Der Junge ließ den Beutel auf den Boden fallen. Als hätten sie auf dieses Zeichen gewartet, stürzten sich die Wespen mit erregtem Gesumm auf die ganze Familie. Ihr Verhalten war jetzt viel aggressiver, sie flogen schneller und stießen immer wieder wütend auf Arme und Schultern der drei hinab.

„Ins Auto, ins Auto!" kreischte die Frau.

Ehe die drei im Wagen waren, schwirrten dort fünfzig, sechzig Wespen herum. Gemeinsam stürzten alle wieder ins Freie, schrien, schimpften, schlugen um sich. Doch wie eine Herde Schafe von den Hütehunden wurde die Familie durch die Wespen nur in eine bestimmte Richtung gedrängt: zu dem Plastbeutel mit dem Abfall.

„Packen Sie Ihren Müll doch mal ins Auto, vielleicht hilft

das“, rief ich.

Männe und sein Elfchen stutzten einen Moment und warfen mir einen wütenden Blick zu, soweit das ihre Angst zuließ. Der Junge hob den Beutel auf. Die Wespen beruhigten sich und zogen sich etwas zurück.

Ich saß acht Meter daneben. Mir war, als träumte ich. Mein Zuruf war mehr als bitterer Witz denn als ernster Ratschlag gedacht gewesen. Hätte ich nicht mit eigenen Augen gesehen, was daraufhin passierte, ich hätte es niemandem geglaubt. Männe und sein Elfchen starrten auf die Tüte in der Hand ihres Jungen. Nach einiger Zeit drehten sie die Köpfe langsam in meine Richtung. Der Ausdruck, der in ihren Gesichtern stand, hätte den Darstellern eines leicht beschränkten Ehepaares in jedem beliebigen Lustspielfilm den Oscar gebracht. Der Mann fing sich zuerst. „Was soll denn das?“ fragte er mich. „Haben Sie die Biester dressiert?“

„Leider nicht. Dann wäre der Wald überall sauber.“

Ein sauberer Wald, kein Abfall am Strand – mir fiel es wie Schuppen von den Augen. Ich glaube, in diesem Moment sah ich ebenfalls nicht sehr klug aus.

„Nicht schlecht“, sagte Schnellschuß hinter mir. „Dann spinn ich also doch nicht.“ Wenn der pfiffige kleine Fotoreporter schon an sich selbst zweifelte, dann durfte ich das auch. Er hielt die Kamera in der Hand und beobachtete kopfschüttelnd die Wespen, die sich wieder zu dem Birkenstamm zurückgezogen hatten.

Das Ehepaar packte schweigend seine Sachen zusammen. „Soll ich den Beutel in den Kofferraum legen?“ fragte der Junge. Der Vater warf den Wespen einen mißtrauischen Blick zu und nickte.

„Das war es wohl“, sagte Schnellschuß. Wir gingen zum Wagen und setzten uns leicht schockiert auf die Decke. Sogar meinen Hunger spürte ich nicht mehr.

„Demnach hast du das heute nicht zum erstenmal gesehen“, stellte ich nach einer Weile fest.

„Sagen wir mal, so was Ähnliches.“ Schnellschuß nahm den Fotoapparat und drehte den Film zurück. „Bisher nur mit Krähen, Staren und Spatzen. Aber die haben keine Menschen angegriffen, sie haben Papier, Plastabfälle, Zigarettenstummel und Flaschenverschlüsse eingesammelt.“

„Was ..., wie eingesammelt?"
„Als wenn sie Nester bauen wollen, verstehst du, dann suchen sie doch auch Grashalme, Federn und so was zusammen. Deshalb ist mir das auch zuerst nicht aufgefallen. Aber als dann neulich abend ..."
„Montag abend?"
„Ja, Montag. Als da so hundert oder sogar zweihundert Vögel anflogen, den Strand absammelten und mit dem Zeug verschwanden, da kam mir die Sache unheimlich vor." Er schüttelte wieder den Kopf. „Doch das mit den Bienen ..."
„Wespen", sagte ich. „Es waren Wespen."
„Ist mir egal. Mich ärgert nur, daß die Bienen so klein sind. Entweder man hat sie deutlich drauf, dann ist der Hintergrund verschwommen und sagt nichts aus, oder man fotografiert die ganze Szene, dann sehen sie auf den Fotos wie Schmutzflecken aus. Als Beweis kann man das überhaupt nicht verwenden."
„Und die Vögel?"
„Überleg mal, ich hätte dir heute vormittag Fotos von den hundert Vögeln am Strand gezeigt. Was hättest du dann gesagt?" Er beantwortete die Frage gleich selbst. „Na und, hättest du gesagt, das sind hundert Vögel am Strand. So was ist doch nicht ungewöhnlich. Im Herbst kommen Tausende zusammen. Und wie soll ich beweisen, daß sie nicht nur so am Strand herumpickten, sondern ihn säuberten? Als wenn sie dressiert wären."
„Du meinst auch, sie sind dressiert?" fragte ich.
„Klar, oder meinst du, die machen das von sich aus?" Schnellschuß nahm den Film aus der Kamera und packte ihn in den Kofferraum.
„Warum nicht? Es gibt viele Dinge zwischen Himmel und ..."
„Jaja, Schulweisheit, die reicht natürlich nicht aus, das gebe ich zu. Aber Fachleute müßten das erklären können – wenn die ganze Sache nicht sogar von ihnen arrangiert ist." Schnellschuß sah mich bedeutungsvoll an. „Es gibt hier nämlich eine Außenstelle eines Forschungsinstituts, das Verhaltensweisen von Tieren auf Umweltveränderungen untersucht."
„Das könnte es sein. Neulich habe ich gelesen, daß zum

Beispiel verschiedene Vogelarten ihr Verhalten in den letzten zwanzig Jahren grundlegend geändert haben. Dazu gehören Stare, Krähen und Elstern. Sie sind in Städte gezogen, nisten in Häusern, suchen ihr Futter in Abfalltonnen und fliegen teilweise nicht mal im Winter in den Süden."

„Was hat das hiermit zu tun?"

„Versteh doch, vielleicht ist das auch solch eine Verhaltensänderung. Sie wehren sich damit auf ihre Weise gegen die Menschen, die Umweltverschmutzung."

„Sag mal, wie lange hast du in der Sonne gelegen?" fragte Schnellschuß.

„Demnach hältst du deine Variante für ein Ergebnis kühler Überlegung", sagte ich spöttisch. „Hunderte dressierter Krähen und Spatzen. Und dressierte Wespen. Sehr logisch."

Schnellschuß grinste. „Kommst du mit essen?"

Die Sonne war fleißig weitergewandert und stand nun über dem anderen Ufer des Sees. Die Hitze flimmerte fast noch wie zur Mittagszeit durch den Wald, kein Lufthauch brachte Kühlung. Nach dem Essen hatte ich Schnellschuß zu einem Verdauungsspaziergang überredet, in der heimlichen Hoffnung, Ella wiederzusehen. Ich entdeckte sie weder am Strand noch an einer der Badestellen zwischen dem Schilf.

Unterwegs hatte Schnellschuß mir seine Theorie über das rätselhafte Verhalten der Vögel und Insekten vorgetragen. Seiner Meinung nach mußten sie tatsächlich abgerichtet sein. Er war sich allerdings nicht sicher, ob dieses Institut etwas damit zu tun hatte. „Das ist bloß eine kleine Zweigstelle mit drei Mitarbeitern, zwei Männern und einer Frau. Die Vögel sind aber nicht dorthin, sondern zu irgendeinem Ort am Ende des Dorfes geflogen. Bevor ich ihren Landeplatz erreicht hatte, waren sie schon alle verschwunden."

Schnellschuß hatte sich fleißig umgeschaut. Kein Wunder, wenn das aufgefallen war. Damit kam ich wieder auf Ella. Wenn sie hier wohnte, mußte sie das Schauspiel auch beobachtet haben. Und Schnellschuß bei seinen Ermittlungen.

Wir saßen auf der Decke und dösten vor uns hin. Ich wollte gerade vorschlagen, wieder ins Wasser zu gehen, als Schnellschuß aufsprang. „Der ist wohl mit dem Kopf gegen einen Baum gelaufen", sagte er laut.

Ich folgte seinem Blick. Dort, wo vorhin das dicke Elfchen den Wespentanz gezeigt hatte, saß ein junger Mann auf der Decke. Er hatte sich eine Zigarette angesteckt und das Streichholz lässig zur Seite geworfen. Ein Motorrad und zwei Sturzhelme zeigten, wie er hergekommen war.

Schnellschuß, die unvermeidliche Kamera in der Hand, eilte mit langen Schritten auf den Raucher zu. Ich schlenderte hinterher.

„Junge, drück die Zigarette aus, oder willst du hier ein großes Lagerfeuer machen?" sagte Schnellschuß.

Der Junge war gut zwanzig Jahre alt und von einer Figur, hinter der sich Schnellschuß im Wintermantel bequem hätte verstecken können. Er blickte irritiert hoch, musterte Schnellschuß und sagte: „Meinst du mich, Kumpel?"

„Ja, sonst raucht hier glücklicherweise keiner in dem trokkenen Wald. Also, mach keinen Unsinn."

„Mann, hau ab", sagte der Bursche.

So durfte man Schnellschuß nicht kommen. „Passen Sie auf, junger Freund, ich sage es Ihnen in aller Ruhe: Machen Sie die Zigarette aus!"

Ich bin sicher, der Ton hätte seine Wirkung nicht verfehlt, wenn in diesem Moment nicht ein junges Mädchen herangekommen wäre, das sogar im Vergleich zu Schnellschuß klein und schmächtig erschien. Der junge Mann stand auf und sagte in einem Ton, den die Revolverhelden in Wildwestfilmen anschlagen, bevor sie die Colts ziehen: „Mann, verpiß dich!"

Schnellschuß ging einige Schritte zurück und sagte: „Du kriegst großen Ärger, Jugendfreund."

Der Jugendfreud grinste, steckte die Zigarette genüßlich in den Mund und paffte in heftigen, kurzen Zügen.

Auf den Moment hatte Schnellschuß gewartet, er riß die Kamera hoch und machte eine Aufnahme. Dann postierte er sich so hinter dem Motorrad, daß er sowohl die Nummer des Fahrzeugs als auch den Besitzer auf sein nächstes Foto bekam.

Irgend etwas schien im Kopf des jungen Mannes zu arbeiten, wenn auch nicht sehr schnell. Er stellte sein Grinsen ein und beobachtete Schnellschuß mit dümmlichem Gesichtsausdruck. „Was soll denn das, eh?" fragte er.

„Das werden Sie schon sehen, wenn der Strafbescheid kommt“, verkündete Schnellschuß.

Während die kleinen grauen Zellen im Kopf des Muskelmannes sich mühten, hinter den Sinn dieser Worte zu kommen, sagte das kleine, dünne Mädchen bestimmt: „Damit kriegen sie deine Adresse über die Motorradnummer raus. Also mach die Scheißzigarette aus.“

„Moment mal.“ Der Hüne hatte begriffen, daß Schnellschuß ihn überlisten wollte. Er ging langsam auf ihn zu.

„Keine Dummheiten, Jugendfreund“, sagte ich. Es war besser, wenn er wußte, daß er es mit zwei Mann zu tun hatte.

„Hörst du nicht, mach die Zigarette aus!“ sagte das Mädchen scharf.

Das gab den Ausschlag. Brummend warf er sie auf den Boden und drückte sie mit der nackten Sohle bockig in den Sand. Plötzlich riß er seinen Fuß hoch und schrie: „So ’ne Scheiße, verdammt!“

Ich wollte keinen ernsthaften Streit und unterdrückte deshalb ein Grinsen. Schnellschuß lief einfach davon.

„Vielen Dank“, sagte ich nach einiger Zeit, „die Sache mit den Fotos ist damit erledigt.“

„Können Sie mir nicht ein Foto schicken?“ fragte der Mann. Ich ließ mir seine Adresse geben, versprach aber nichts, weil das mein Kollege entscheiden müsse.

„Ich dachte, der sucht bloß Streit“, sagte er entschuldigend. „Und so was bringt mich hoch.“

Allein schon die Vorstellung, ein kleiner und kaum halb so breiter Mensch könne ihn provozieren, bewies das naive Gemüt des Muskelmannes. Wenn der losgelegt hätte, wären wir beide ohne Wespen verloren gewesen. Wo waren die überhaupt geblieben, oder reagierten sie nur auf Abfall?

Ich ging Schnellschuß suchen. Hundert Meter weiter grinste er mir entgegen. Auch wenn mir der Zwischenfall mit den jungen Leuten bestätigte, daß Freundlichkeit mehr bewirkt als Frechheit, wollte ich meinen Kollegen loben. „Tizelli als Naturfreund, du entwickelst dich zum verantwortungsbewußten Menschen.“

„Quatsch, ich hab bloß keine Freude dran, wenn mein Wagen ausbrennt. Was denkst du, wie schnell das geht. Im vorigen Jahr habe ich einen Waldbrand fotografiert, mein lieber

Mann. Wenn ich das noch mal machen muß, dann nur mit Teleobjektiv.“ Er sah auf seine Kamera. „Kommst du mit, ich schau mich noch ein bißchen um.“

Ich schüttelte den Kopf. „Laß mir die Autoschlüssel hier. Übrigens, mach mir doch bitte zwei Abzüge von den Fotos vorhin. Ich habe dem Burschen versprochen, ihm Bilder zu schicken.“

„Mein Gott, Walter! Du mußt doch nicht glauben, daß ich wirklich fotografiert habe.“ Er warf mir den Zweitschlüssel zu. „Heute abend wird es spät. Du hast doch nichts vor?“

So unrecht hatte der Muskelmann gar nicht: Dieser Fotograf mit dem italienischen Namen Tizelli besaß manchmal eine Art, die provozierend wirkte. Hätte er mir das nicht schon vormittags sagen können. „Natürlich habe ich etwas vor“, sagte ich ärgerlich. Das stimmte zwar nicht, beruhigte mich aber. „Dir macht es doch nichts aus, wenn du einmal mehr allein hierherfährst. Dann kannst du dir Zeit lassen, soviel du möchtest.“

Schnellschuß stutzte. „Das wollte ich sowieso noch fragen: Woher weißt du, daß ich am Montag hier war?“

„Das ist doch Dorfgespräch.“

„Rede keinen Unsinn. Wer hat dir das erzählt?“

„Ein kleiner Junge, der sich zum Spaß Autonummern notiert. Nach seinen Unterlagen müßtest du heute zum viertenmal an diesem See sein.“

„Ein Junge.“ Schnellschuß überlegte einen Moment. „Ist auch möglich. Und du verwechselst ihn nicht mit einer jungen Frau: kurze schwarze Haare, nicht allzu hübsch, aber gute Figur? Auf ein oder zwei Fotos muß ich sie drauf haben.“

Ich sah ihm unzufrieden hinterher, wie er pfeifend davonging. Um ihn reinzulegen, mußte man wohl raffinierter sein als ich.

Eine halbe Stunde später hatte ich mir einen Plan zurechtgelegt. Ich lief alle Badestellen ab, schwamm einmal über den See, klapperte das gesamte Ufer mit allen verborgenen Plätzen hinter den dichten Kiefernbüschen ab und schreckte einige nackte Männer und Frauen auf; die meisten ließen sich allerdings nicht stören. Nur Ella sah ich nicht.

Dann durchsuchte ich die große Bildertasche von Schnellschuß, die er ständig im Wagen mitführte. In den über zwanzig Fächern und den vier Kuverts fand ich Fotos von Tieren und Menschen auf dem Lande bei der Arbeit, von Verkehrsunfällen und Krankenhäusern, von Empfängen mit gewichtigen Persönlichkeiten und von Rathausansichten vieler Kleinstädte. Nur Vogelscharen am Strand oder angreifende Wespen konnte ich nirgends entdecken. Ein Kuvert war verschlossen. Zögernd drehte ich es in der Hand, doch dann fragte ich mich, wie mein erfahrener älterer Freund Tizelli an meiner Stelle handeln würde.

Ich holte einen Becher Wasser, legte das Kuvert in die Sonne und tröpfelte vorsichtig Wasser auf den Klebestreifen. Es war etwas komplizierter als über dem Dampfbad, und die Mühe lohnte sich auch nicht, wenn ich von den gesuchten Fotos ausging. Es waren Aktbilder. Als kleinen Trost empfand ich, daß sie ebenso wie die abgebildeten Modelle von ausgezeichneter Qualität waren. Schnellschuß entpuppte sich also auch auf diesem Gebiet als Meister. Und kein Wort hatte er mir davon gesagt. Erschüttert hätte mich diese Entdeckung aber nur, wäre auch Ella darunter gewesen.

Ich klebte das Kuvert, so gut es ging, wieder zu. Dann suchte ich weiter. Im Kofferraum fand ich eine Pappschachtel, in der lagen die gesuchten Fotos und einige Kassetten unentwickelter Filme. Natürlich, vorhin hatte Schnellschuß den belichteten Film auch im Kofferraum verstaut. Den Bildern konnte man wirklich nicht viel entnehmen. Eine Strandidylle mit einer Schar eifrig pickender Vögel. Einige Kinder und Erwachsene gaben am Rande der Fotos nur Statisten ab, doch waren ihre Gesichter zu unscharf, um sie zu erkennen. Ich hatte vorgehabt, ein Foto mit Ella den Jungen und Mädchen aus dem Dorf zu zeigen und sie zu fragen, wo sie wohnte. Nun mußte ich es ohne Bild versuchen.

Selbstverständlich klappte das nicht so wie in Kriminalromanen. Die meisten Badegäste stammten nicht aus dem Ort, und die Jugendlichen aus dem Dorf, die ich fragte, konnten mit dem Vornamen allein nichts anfangen. Einige Mädchen von sechzehn, achtzehn Jahren nahmen an, ich suche nur einen nicht mal sehr originellen Vorwand, um mit ihnen anzubändeln. Schließlich ging ich einfach in das erstbeste Haus und fragte nach einer Elena, die sich Ella nannte. Das wiederholte sich siebenmal ohne Erfolg, bis ich den Hof eines Hauses betrat, das etwas außerhalb des Dorfes lag.

Das Gebäude samt Garten war von einer undurchdringlichen Hecke umgeben. Ich wollte mich schon lautstark bemerkbar machen, als mir das von einem großen, kräftigen Hund abgenommen wurde. Dunkelbraun gestromt und knurrend, machte er einen gefährlichen Eindruck. Zum Glück kam er nicht allzu schnell um die Hausecke, so daß ich mit einem Blitzstart zur Hoftür eine nähere Bekanntschaft vermeiden konnte.

Draußen sah ich eine Klingel neben der hölzernen Pforte. Ein Schild: Bissiger Hund! fehlte. Auf dem Lande war es selbstverständlich, daß Hunde ihren Hof zu beschützen hatten. Ich drückte auf den Knopf, und der Hund schlug sofort an, als sei er mit der Anlage verbunden. Nach dem dritten Klingeln öffnete sich die Tür, und Ella kam heraus. Ich war nicht einmal überrascht. Sie hielt den Hund am Halsband und lächelte. Von wegen, sie wäre nicht allzu hübsch.

„Wollten wir heute nicht noch einmal schwimmen gehen?“ sagte ich mutig.

„Sie sind ganz schön hartnäckig.“

„Wenn mein Interesse geweckt ist, kann mich nicht einmal Ihr Boxer-Halbblut abschütteln.“

Sie schüttelte nachsichtig den Kopf. „Eine Kreuzung zwischen Boxer und Schäferhund. Wenn Sie mich nicht anfassen, tut er Ihnen nichts.“

„Nicht mal guten Tag sagen darf man?“

„Deshalb sind Sie doch nicht hergekommen.“

„Nein, um schwimmen ...“

„Ich weiß, ich weiß. Vor halb neun geht es nicht. Ich habe zu tun.“

„Wohnen Sie hier?“

„Ja, wohnen und arbeiten.“ Sie ließ den Hund los. Er setzte sich und sah mir mit hellbraunen, innen bläulich schimmernden Augen so aufmerksam ins Gesicht, als sei er sich noch nicht im klaren über mich.

„Der scheint mir nicht zu trauen“, sagte ich.

„Dann ist er nicht der einzige, dem es so geht.“

„Sie kennen mich doch gar nicht. Oder ist es immer noch

mein Beruf?“ Ella zuckte mit den Schultern. „Ich komme auch vom Lande“, fuhr ich fort, „aus einem Dorf in Mecklenburg. Eigentlich wollte ich wieder dorthin zurück, aber wie das so ist. Ich habe Tiere gern. Arbeiten Sie mit Tieren?“

Sicherlich hätte ich noch mehr Weisheiten dieser Art von mir gegeben, wäre nicht ein mit Tarnfarben gestrichener Schnelltransporter herangekommen. Ein älterer Mann mit einem seriös-weißen Vollbart beugte sich aus dem Fenster und nickte freundlich. Ella öffnete das Tor und schloß es sofort hinter dem Wagen. Der Hund hatte mich währenddessen nicht aus den Augen gelassen. Als Ella wieder durch die kleine Pforte zurückkam, hatte ich gerade das Blickduell mit dem Hund gewonnen, der den Kopf leicht verlegen zur Seite drehte.

„Wie heißt er?“

„Argon.“

„Argon, wie das Edelgas, farb- und geruchlos?“

„Genau.“

Wir sahen beide auf den Hund hinab. Ich hüstelte, mehr fiel mir im Moment nicht ein.

„Kommen Sie doch rein“, sagte Ella plötzlich und zog mich hastig auf den Hof. „Wollen Sie mir ein bißchen helfen?“

Welche Frage. Sie hätte von mir verlangen können, ich solle eine Quarzuhr reparieren oder mit dem Vorschlaghammer fünf große Steinblöcke zertrümmern, in jedem Fall hätte ich mich voller Eifer an die Arbeit gemacht. Ella bat mich nur, die einhundert Kaninchen in den Buchten vor dem Stall zu füttern und ihr dann später beim Ausmisten der Schweineställe zu helfen. Keine schwierige Aufgabe, wenn man auf dem Lande groß geworden ist.

„Und Argon?“ fragte ich.

„Den binde ich an.“ Sie zeigte mir, wo ich Mohrrüben und Gras holen konnte, und sagte, falls ich Fragen hätte, brauchte ich nur zu rufen. Ich hatte gerade meinen ersten Korb mit Möhren gefüllt, als es wieder klingelte. Ein ganz schöner Betrieb hier, dachte ich. Es klingelte zwei-, dreimal, dazu Argons Gebell. Niemand öffnete, und ich wollte Ella schon suchen, da sah ich sie aus der Haustür treten. Dem leisen Gemurmel an der Eingangspforte konnte ich nichts entnehmen, doch mir schien, als sei es Schnellschuß' Stimme. Bevor ich mich vergewissern konnte, kamen Ella und Argon zurück.

„Schon fertig mit den Kaninchen?“ fragte sie.

„Nein, ich wollte Sie suchen. Wegen der Klingelei.“

Sogar Argon sah aus, als glaube er mir nicht.

„Hat sich erledigt“, sagte Ella. „Ich werde Ihnen wohl doch lieber helfen.“

Es dauerte nicht lange, bis wir die Arbeit erledigt hatten. Zusammen mit Ella machte sie mir doppelten Spaß. Wie lange hatte ich nicht mehr das neugierig-aufgeregte Geschnupper der Kaninchen gesehen, ihnen über das weiche Fell gestreichelt, das Grunzen der Schweine gehört und gespürt, wie sie beim Stallsäubern ihre Schultern vertraulich-frech gegen die Gummistiefel drückten. Allerdings kam mir auf diesem Hof einiges ungewöhnlich vor. So sah ich zum Beispiel nirgends Hühnerdreck. Wer einen Bauernhof kennt, und sei der noch so sauber, wird überall die kleinen Kothaufen finden, wenn das Federvieh nicht in Gatter gesperrt ist. Hier entdeckte ich eine einzige Stelle, an der sich alles konzentrierte – wie auf einer Hühnertoilette. Manchmal kamen Hennen wie vom Fuchs gejagt heran, um sich zu entleeren, manchmal schlenderten sie pickend vorüber und legten das, was sie bedrückte, so ganz nebenbei ab.

Dann sah ich Schwärme von Staren in eine abgeteilte Ecke des Gartens hinter dem Stall einfallen und nicht einen abbiegen zu den mit großen saftigen Kirschen übersäten Bäumen. Und unter den Bäumen, zu denen auch Pflaumen, Äpfel und Birnen gehörten, befanden sich acht Ameisenhaufen. Es waren große Nadelburgen der Roten Waldameise, die streng unter Naturschutz steht und die man in Kiefern- und Tannenwäldern findet.

„Dann können wir“, sagte Ella. „Ich will nur noch meinen Badeanzug anziehen.“ Mein Gesichtsausdruck verriet wohl einiges. Sie sah mich überlegend an und fügte hinzu: „Nun gut, also ohne. Aber auf Ihre Verantwortung.“

Die übernahm ich gern, wenn ich auch noch nicht wußte, wofür. Und damit Ella nicht falsch von mir dachte, erwiderte ich: „Ich habe überhaupt keine Badehose mit. Nur deshalb.“

„Nur deshalb“, wiederholte sie.
„Deshalb auch“, sagte ich leise.

Es war genau der Augenblick, da der zweite Funken übersprang. Er blitzte nicht so kurz und hell auf wie der erste vorhin, aber er glühte nach, drang prickelnd durch die Haut in meine Blutbahnen und strömte heiß wie Glühwein zu meinem Herzen. Doch bevor dieses schöne und seltene Gefühl ganz von mir Besitz ergriffen hatte, passierte zweierlei: Die Klingel schrillte mehrmals, und die Stimme des Mannes mit dem Bart drang laut aus der abgeteilten Ecke des Gartens: „Ella, wie viele Blaubeeren brauchst du heute?“

„Ein halber Zentner wird reichen“, rief Ella zurück.

Die Klingel schrillte noch einmal, da hatte ich mich gefangen. Blaubeeren, diese Delikatesse, die man in den Städten nicht mehr sah oder nur durch Beziehungen und mit Glück zu horrenden Preisen erwerben konnte, wurden hier in Zentnermengen bestellt. War ich vielleicht um hundert Jahre zurückversetzt worden, in eine Zeit, als die Wälder noch voller Blaubeeren und Pfifferlinge standen? Meine Reaktion entsprach jedoch unserer Zeit: „Könnte ich vielleicht ein, zwei Pfund mitbestellen?“

Ella sagte ganz nebenbei: „Aber natürlich, soviel Sie wollen.“

Die Klingel, von Argons Gebell verstärkt, gellte weiter.

„Was ist denn heute nur los“, sagte Ella. „Soviel Besuch haben wir sonst in Wochen nicht.“

Sie ging nach vorn, und dort stand Schnellschuß. Natürlich sah er mich sofort. „Du hier“, stellte er nicht gerade begeistert fest. „Was hast du denn rausbekommen?“

„Wieso rausbekommen? Ich habe eine Bekannte getroffen, habe ich dir das nicht erzählt?“ Natürlich hatte ich nichts davon berichtet. „Das ist Ella, sie wohnt hier, und das ist Schnell…, ich meine, unser Fotograf Dino Tizelli.“

Die beiden nickten sich reserviert zu. „Das ist mir wirklich neu. Deine Bekannte also. Wenn ich das gewußt hätte!“ Tizellis Stimme troff vor Ironie, er gab sich gar keine Mühe, mir irgendwie zu helfen. Takt war allerdings noch nie seine Stärke gewesen. „Dann hast du bestimmt auch erkundet, ob sie in der Ornithologischen und Tierpsychologischen Versuchsstation arbeitet, zu der sie mich vorhin schickte.“

Zu meiner Überraschung nickte Ella. „Sie haben nach dieser Station gefragt und nicht nach bestimmten Mitarbeitern. Hat Sie mein Kollege nicht informiert?“

„O doch. Nur über die Dinge, die mich interessieren, könnten mir Doktor Baudell und seine Assistentin Fräulein Habert viel besser Auskunft geben. Und diese beiden sollen hier wohnen.“

„Das stimmt. Und was wünschen Sie?“

„Es ist ganz privat und läßt sich nicht zwischen Tür und Angel besprechen. Wenn Sie nichts dagegen haben, würde ich gern nähertreten.“

„Ich habe gerade Besuch.“ Ella sah mich an und lächelte. Mir schien es wie eine Belohnung dafür, daß ich mit der Detektivarbeit von Schnellschuß nichts zu tun hatte.

„Wir kennen uns, nun sag schon einen Ton, Max.“ Schnellschuß wandte sich mir zu. „Mich ärgert nur, daß ich tagelang hier herumsuche und du die Sache gleich herausfindest. Ganz schön pfiffig, mein Lieber.“

„Welche Sache?“ fragte ich. Ellas Blick wurde mißtrauisch, so daß ich schnell fortfuhr: „Was meinst du damit? Du hast mir doch nicht mal gesagt, warum du mich hergeschleppt hast. Das mit den Vögeln hast du mir erst vorhin erzählt.“

„Das mit den Vögeln und dem sauberen Strand. Und nun habe ich herausbekommen, daß die Leute von der Versuchsstation damit zu tun haben, das heißt, besonders Doktor Baudell soll mir dazu was sagen können. Und der wohnt hier.“ Schnellschuß sah mich ärgerlich an. „Zu wem hältst du eigentlich?“

Darauf hätte ich ihm jetzt keine klare Antwort geben können.

„Nun gut, was wünschen Sie? Solche Experimente sind unsere Aufgabe“, sagte Ella endlich.

„Auch, daß Bienen den Menschen Sauberkeit beibringen?“

„Wespen“, sagte Ella.

„Von mir aus Wespen. Sagen Sie bloß, das ist normal. Ich finde sogar, es ist eine ganz tolle Sache, eine Sensation. Darüber hat noch nie jemand etwas veröffentlicht.“

„Richtig, und das wird vorläufig auch keiner tun. Unsere Versuche stecken noch im Experimentierstadium.“

Die Stimme dröhnte wieder aus dem Garten: „Ella, bring bitte die Schüsseln. Es ist gleich soweit."

„Wir haben Besuch, Onkel Gert."

Kurze Zeit war es still. „Ist es wichtig?"

„Er sagt ja. Ein Fotograf, er kommt wegen der Versuche."

Wieder eine lange Pause. Aus den Kirschbäumen scholl plötzlich hundertfaches Stargezänk. „Und er will zu uns?"

„Er war schon in der Station. Nun will er zu dir."

„Bring ihn her!"

Schnellschuß warf mir einen triumphierenden Blick zu, und ich bat Ella stumm um Verständnis. Sie neigte den Kopf ganz sachte und zog einen Mundwinkel nach oben. Schweigend gingen wir in den Garten.

Hinter dem langgestreckten Stallgebäude stand der tarnfarbene Transporter, daran schloß sich die mit einem Bretterzaun abgeteilte Ecke des Gartens an. Ella öffnete vorsichtig die Tür und ließ uns eintreten. Das Viereck maß etwa zehn mal acht Meter. Dr. Baudell saß an der rechten Wand vor einem flachen Holzschrank, dessen Oberteil wie das Schaltpult einer Disko-Kompaktanlage aussah. Der Plasthelm auf seinem Kopf war durch ein Kabel mit einer Art rundem Radarschirm verbunden.

Schnellschuß blieb ebenso überrascht wie ich am Eingang stehen. Zahllose Stare huschten ohne Scheu über den Bretterzaun, jeder mit einer dunkelroten Kirsche im Schnabel. Sie hielten die Früchte am Stiel und ließen sie in einen der vier Eimer fallen, die in der Mitte des Gevierts standen. Dieses Bild mußte sogar Schnellschuß tief erschüttert haben, denn es verging einige Zeit, ehe er sein „Mein Gott, Walter" stöhnte und die Kamera ans Auge hob. Zehn-, zwölfmal klickte der Verschluß, bis der Strom der kirschenschleppenden Stare endete. Die Eimer waren voll.

Dr. Baudell nahm den Helm vom Kopf und kam auf uns zu. Er war der Fahrer des Wagens. „Sie wollten zu mir?" fragte er und deutete streng auf den Fotoapperat. „Was hat das zu bedeuten?"

„Ich bin Fotoreporter, aber ganz privat hier. Es ist wegen der Sache..." Schnellschuß schwenkte den Arm im Halbkreis. Er fand keine Worte, eine Situation, die ich bei ihm noch nie erlebt hatte. „Ein tolles Ding, wirklich, einfach verrückt. Deshalb wollte ich Sie sprechen."

„Gut, aber ich möchte nicht, daß Sie hier fotografieren."

„Aber sonst glaubt mir das doch keiner. Und am Strand, die Vögel beim Saubermachen, das habe ich alles schon."

„Wir müssen uns beeilen, Onkel Gert", sagte Ella. Wir hatten gar nicht bemerkt, daß sie inzwischen einen Stapel bunter Plastschüsseln geholt hatte und am Boden verteilte.

Dr. Baudell ergriff zwei Eimer, sah mich an und deutete mit dem Kopf auf die beiden anderen. „Würden Sie mir bitte helfen."

Wir brachten die Eimer in die Waschküche. Der Doktor musterte mich, erst auf dem Rückweg brach er das Schweigen. „Woher kennen Sie Ella?"

„Vom See. Wir waren schwimmen."

„Der Fotograf, ist das Ihr Freund?"

„Ja, und mein Kollege."

„Demnach interessieren Sie sich aus beruflichen Gründen für unsere Versuche?"

„Nein – das heißt: ja. Ich wußte gar nichts davon. Mein Kollege hat mir nichts gesagt. Wirklich." Doktor Baudell zog die Augenbrauen hoch, und ich setzte etwas leiser hinzu: „Ich wollte eigentlich nur Ella wiedersehen."

Als wir zurückkamen, stülpte sich Dr. Baudell den Helm wieder über. Ich wartete gespannt, sogar Schnellschuß sah andächtig zu.

Es begann ganz unauffällig. Zuerst waren es vier, zehn, zwanzig Libellen, die heranschwebten. Es wurden immer mehr. Wie unter geheimnisvollem Drang schwirrten die zierlichen Insekten dann zu Hunderten und Tausenden über den Bretterzaun. Ich glaubte meinen Augen nicht zu trauen. Unter jedem der roten oder braunen Körper mit den durchsichtigen, von einem feinen Netzwerk durchzogenen Flügeln hing eine Blaubeere. Wie ein winziger Hubschrauber hielt sich jede Libelle einen Moment bewegungslos über einer Schüssel, ließ die Last herabplumpsen und sauste eilig davon. Der Strom riß nicht ab. Im Schein der Abendsonne sah es aus, als schlängele sich ein durchsichtig blitzender, die Form und Farbe wechselnder phantastischer Körper auf uns zu. Erst dicht über den Schüsseln teilte er sich in viele Arme auf.

Schnellschuß begann abermals zu fotografieren und hörte widerwillig auf, als Dr. Baudell ungehalten abwinkte. Ich hätte diesem Schauspiel stundenlang zuschauen können und war überrascht, wie schnell die Schüsseln gefüllt waren. Einige hatte Ella sogar mehrmals in Eimer entleert. Ich glaube, das alles dauerte nicht einmal zwanzig Minuten. In zwanzig Minuten ohne Mühe einen halben Zentner Blaubeeren ernten, und was noch schwieriger war: sie erst einmal finden!

„Nun haben Sie das Wichtigste gesehen, was wir zu bieten haben", sagte Dr. Baudell.

Schnellschuß hatte sich wieder gefangen und zeigte auf die gefüllten Schüsseln. „Ist das schon einmal veröffentlicht worden?"

„Nein, und wir werden vorläufig auch nichts darüber in die Zeitungen bringen."

„Sie können diese Sensation doch nicht für sich behalten."

„Was heißt ‚Sensation'?" Dr. Baudell schüttelte erbost den Kopf. „Damit geht es doch schon los. Ist es eine Sensation, wenn ein Hund einen Stock holt oder auf bestimmte Kommandos einen Angreifer abwehrt, wenn ein Pferd auf Befehle reagiert, ein Huhn seine Eier in ein besimmtes Nest legt?"

Schnellschuß lachte. „Wollen Sie mich verkohlen! Das ist doch wohl ein Unterschied, ob man Pferde in Jahrtausenden dazu bringt oder wilde und dazu noch dumme Tiere wie Vögel und Libellen in ein paar Jahren."

Baudell wurde immer wütender. „Wer sagt Ihnen, daß diese Tiere dumm sind. Nur weil sie nicht fotografieren können?" Er schnaufte verächtlich. „Wenn wir einer Kuh die Milch nehmen, nutzen wir ihre natürliche Veranlagung. Nicht mehr und nicht weniger geschieht hier, auf ganz natürliche Weise, ohne Züchtung oder Domestizierung. Wir beeinflussen die Tiere auf einer Ebene, auf der sie sich auch untereinander verständigen. Entscheidend ist jedoch die Anwendung bestimmter Impulse in Frequenzbereichen, die ein Mensch nicht wahrnehmen kann. Dazu benötigen wir einen leistungsstarken Sender." Er zeigte auf die Antenne.

„Aber das ist doch das Sensationelle. Das muß unbedingt veröffentlicht werden!"

„Warum muß!" Einen Moment überlegte Dr. Baudell.

Dann streckte er die Hand aus und sagte in bestimmtem Ton: „Geben Sie mir bitte den Film!"

„Das ist ..., nein, das mache ich nicht. Diese Sache ist von öffentlichem Interesse, die Presse ist verpflichtet..."

„Und was von öffentlichem Interesse ist, das entscheiden Sie natürlich", unterbrach ihn Dr. Baudell trocken.

Hätte Schnellschuß jetzt nachgedacht, wäre er sicherlich still gewesen. Aber das war nicht seine Art. Er war es gewohnt, daß die meisten Menschen bei dem Wort Presse freundlich reagierten. Im Gegensatz zu den Fotografen mußten wir Wortjournalisten immer viel fragen, ohne manchmal das Interessanteste wirklich zu erfahren. Dabei ließ sich nicht selten feststellen, daß öffentliche Bereitwilligkeit und persönliches Entgegenkommen oft zwei ganz verschiedene Dinge waren.

„Sie sind doch Angestellter einer staatlichen Versuchsstation", sagte Schnellschuß, „und bestimmt nicht befugt, die Ergebnisse Ihrer Forschungen aus irgendwelchen persönlichen Gründen der Öffentlichkeit vorzuenthalten. Oder soll ich mir erst eine Genehmigung von Ihrem Vorgesetzten holen?"

Dr. Baudell sah den Fotografen so an wie der Kapitän eines Düsenriesen in zwölftausend Meter Höhe einen aufgeregten Passagier, der von ihm verlangte, er solle sofort umdrehen, weil er zu Hause den Fernseher nicht ausgeschaltet habe. Die Reaktion war ähnlich; sein Gesicht zog sich in die Breite. „Aber natürlich, wenn Sie es wünschen." Er begann glucksend zu lachen. „Erstaunlich, daß Sie genau so reagieren, wie ich es erwartet habe. Sie sind wie eine Elster und ein bißchen wie ein Kolkrabe – ja, genau. Wissen Sie, wie diese Vögel sind?"

Schnellschuß schüttelte erbost den Kopf, und der Doktor fuhr fort: „Brauchen Sie auch nicht. Sie wissen ja, wie Sie sind, und so sind diese Vögel auch." Er lachte herzhaft. Nach einem Blick in das verblüffte Gesicht von Schnellschuß hatte ich Mühe, meine Heiterkeit zu bezähmen, ich grinste nur. Ella kicherte leise.

„Ich kriege das schon raus", sagte Schnellschuß. „Nun erst recht, darauf können Sie sich verlassen."

„Ich bin Ihnen dabei sehr gern behilflich", sagte Dr. Baudell ernst werdend. „Die Forschungsstation der Humboldt-Universität liegt fünfhundert Meter entfernt, ihr Leiter heißt Gert Baudell, das bin ich. Sie können mich morgen vormittag besuchen. Sollte ich Ihnen nicht das sagen können, was Sie wissen wollen, wenden Sie sich an den Leiter der Forschungsabteilung, Sektion Biologie, Spezialgebiet Verhaltensbiologie, Professor Doktor Memrock."

„Das werde ich."

Ein sanfter Wind fuhr in die Blätter und füllte das kurze Schweigen aus. Schnellschuß starrte wütend auf die Tür, und Dr. Baudell räusperte sich leise. „Ich möchte Ihnen eine Enttäuschung ersparen", sagte er. „Seit rund fünfunddreißig Jahren beschäftigen sich bei uns Biologen und Ornithologen mit der Tierstimmenforschung und Verhaltensweise von freilebenden Tieren. Seit über dreißig Jahren bin ich dabei. Wir haben in Zusammenarbeit mit ausländischen Kollegen beachtliche Erkenntnisse zum Schutz der Natur und der Tiere gewonnen. Um ein Beispiel zu nennen: Statt chemischer Gifte wenden wir zum Schutz der Kulturpflanzen akustische Signale gegen Schädlinge an. In Obstplantagen werden artspezifische Warnrufe vom Tonband abgespielt. Oder es geht so vor sich, daß erst ein Gewehrschuß ertönt und kurz darauf die Angstrufe eines verletzten Vogels zu hören sind. Diese Laute lösen einen ganzen Schwarmverband von Staren auf, die Tiere zerstreuen sich in alle Richtungen. Auf ähnliche Art werden Flugplätze und damit die Vögel geschützt, junge Enten in Mastanlagen vor den räuberischen Kolkraben ..."

„Na und", sagte Schnellschuß störrisch. Vielleicht dachte er an den Vergleich mit dem Kolkraben. „Das ist nichts Neues."

„Richtig, aber es ist unser offizielles Forschungsgebiet. Was ich hier seit mehr als zwanzig Jahren tue, geht weit über den Forschungsauftrag hinaus, es ist so eine Art Hobby von mir." Dr. Baudell sah Schnellschuß listig an. „Es ist etwa das gleiche, als wenn Sie Fotos von Bestarbeitern, von Staatsempfängen und der Getreideernte für Ihre Redaktion machen und außerdem nach Dienstschluß, sagen wir mal, mit dem Teleobjektiv schöne, nackte Mädchen am Strand knipsen."

Das Argument paßte wie eine blitzschnelle Rechte auf die

Kinnspitze. Schnellschuß zuckte verwirrt zusammen. „Und wenn ich verspreche, daß ich Ihre Fotos nicht veröffentliche? Oder erst, wenn Sie es erlauben."

„Bitte den Film."

„Freiwillig gebe ich den nicht raus."

„Nein?" Dr. Baudells Tonfall klang frostig. Er nickte Ella zu. Sie öffnete die Tür, und Argon kam schwanzwedelnd herein. Dieser Schäferhund-Fehltritt mit der breiten Boxerschnauze, den braunen, geknickt herunterhängenden Ohren und einem langen, buschigen Schwanz erweckte unter normalen Bedingungen eher Verwunderung als Furcht. Schnellschuß sah das anders. Für ihn war das hier keine freundliche Situation und für Argon wohl auch nicht. Aus seinem breiten Boxerbrustkasten kam ein leises, eindrucksvolles Knurren.

„Ist gut, ist gut", sagte Schnellschuß hastig. „Ich bin mir zu schade als Raubtierfutter." Er drehte den Film zurück, nahm ihn aus der Kamera und klopfte ihn wie den höchsten Buben beim Grandspiel auf den Tisch.

Ella gab ein leises Kommando, und Argon setzte sich. Seine Augen verfolgten aufmerksam jede Bewegung meines Kollegen.

Dr. Baudell zog den Film aus der Kassette, zerknüllte ihn und steckte ihn in die Tasche seines dunkelgrünen Kittels. „Tut mir leid, eine andere Möglichkeit sehe ich nicht. Unsere Methode ist noch nicht gründlich genug erforscht, viel weniger überall anwendbar. Wenn wir soweit sind, denke ich an Sie." Es tat mir gut, daß Dr. Baudell dabei mich ansah. „Für den Film möchte ich Ihnen beiden einen Ausgleich anbieten. Wie wäre es mit fünf Pfund Blaubeeren für jeden und Kirschen?"

Schnellschuß nickte mürrisch, und ich blickte zu Ella. Sie lächelte mir warm zu.

„Natürlich liegt es in Ihrer Entscheidung, wann und was veröffentlicht wird", sagte ich. „Aber dürfte ich Sie etwas fragen, aus persönlichem Interesse?"

„Bitte." Dr. Baudell schaute auf die Uhr und sagte, daß er eine halbe Stunde Zeit habe, bis das Sammelexperiment mit den Vögeln beginne. „Davon haben Sie doch genügend Bilder, Herr Fotograf."

„Wollen Sie die auch noch haben?“ fragte Schnellschuß aggressiv. „Übrigens heiße ich Tizelli.“ Er streckte dem Wissenschaftler die Hand hin und zuckte zusammen, als Argon warnend knurrte.

„Draußen können Sie fotografieren, was Sie wollen. – Und was möchten Sie wissen?“ fragte mich Dr. Baudell.

„Sind Ihre Experimente nicht eine Fortsetzung der offiziellen Versuche, wird man später einmal Vögel, Libellen und andere Tiere ganz gezielt für bestimmte Arbeiten einsetzen?“

Dr. Baudell wurde verlegen. „Ich weiß es nicht, jedenfalls müssen wir da sehr behutsam vorgehen. Und was unsere offizielle Zielstellung betrifft, die habe ich Ihnen bereits erklärt. Meine Nichte Ella, ein weiterer Kollege und ich, wir beschäftigen uns ausschließlich mit den natürlichen Verständigungsmöglichkeiten.“

„Sie lernen also ihre Sprache und geben ihnen dann einfach Befehle. Damit!“ Schnellschuß zeigte auf den runden Radarschirm. Sein Groll war ungewöhnlich schnell verflogen.

„Das auch, aber so einfach ist die Sache natürlich nicht. Insekten verwenden ebenso wie Vögel bestimmte Töne und Zeichen, um Informationen auszutauschen. Bleiben wir bei den Elstern. Sie kennen Warnrufe, Lockrufe, Futterrufe, Richtungsrufe und viele andere. Jede dieser Rufgruppen ist wiederum unterteilt, wenn sie Junge locken, den Partner, zur Sexualerkennung und so weiter. Doch allein zwischen Stadtelstern und denen auf dem Lande, zwischen Elstern in unseren Wäldern und jenen in Frankreich bestehen Unterschiede, ja, es existieren sogar Dialekte und Gesangsvarianten wie bei den Goldammern, wo sich eine akustische Grenze quer durch Mecklenburg zieht.“

„Das gibt's doch nicht“, sagte Schnellschuß.

„Doch, das ist schon seit Anfang der achtziger Jahre wissenschaftlich erwiesen. Mücken und Fliegen sind in dieser Beziehung etwas unterentwickelt. Libellen und noch viel besser Ameisen und Bienen lassen sich dagegen verhältnismäßig leicht durch Zeichen und Töne lenken. Ja, man kann sich sogar mit ihnen verständigen.“

Ich sah wieder die Bienen um Ellas Kopf tanzen, als ich

am Vormittag kühn ankündigte, ich werde sie küssen. Ich drehte meinen Kopf zu ihr, und sie wich meinem Blick nicht aus. Ihr Gesicht hatte einen weichen Zug angenommen, die vollen Lippen waren leicht geöffnet. „Gehen Bienen nicht mit dem letzten Sonnenstrahl schlafen?“ fragte ich. „Das würde mich sehr interessieren.“

„Es sind ausgesprochen anhängliche Tiere“, sagte Ella lächelnd.

„Forschen Sie auch mit den Mörderbienen aus Südamerika, die aus Afrika eingeführt wurden?“ fragte Schnellschuß. Das war typisch für ihn, ein Stück Sensation mußte immer dabeisein.

Dr. Baudell verzog das Gesicht und erklärte, daß man sich mit der einheimischen Tierwelt und dort noch mit der Grundlagenforschung befasse. Dabei sei er einen großen Schritt weitergegangen, er setze die Tiere entsprechend ihrer Veranlagung, wie dem Freßtrieb, dem Verteidigungstrieb, der Vorratswirtschaft, dem Nestbautrieb, also entsprechend ihren natürlichen Möglichkeiten und Gewohnheiten ein. Durch eine Art Richtstrahler könne er einige Spezies direkt über ihr Nervensystem zu bestimmten Aktionen veranlassen. Vorhin bei den Libellen und Staren sei so der Futtertrieb gezielt ausgenutzt worden. Die Sammelaktion sei der eigentlich nur beim Nestbau zum Ausdruck kommende Trieb. „Bald ist es soweit.“ Dr. Baudell schaute wieder auf die Uhr. Er mußte sich einen deutlichen Ruck geben, um das Thema zu beenden. „Ich habe Ihnen alles gesagt und hoffe, daß Sie meinen Wunsch respektieren.“

„Das habe ich geahnt, das mit den Vögeln am Strand und auf dem Autobahnrastplatz“, sagte Schnellschuß begeistert. Er schien vergessen zu haben, daß sein Film mit den eindrucksvollen Beweisen, unbrauchbar gemacht, in Dr. Baudells Kitteltasche steckte. „Ich seh das schon: Tausende von Vögeln halten alles sauber, die Parks, die Strände, die Raststätten, die Straßen... Mein lieber Mann!“

Dr. Baudell stöhnte leise auf. „Begreifen Sie denn immer noch nicht, was ich meine? Wir Menschen zerstören manchmal mit einer erschreckenden Gleichgültigkeit die Natur. Wir haben ganze Tierarten ausgerottet und ihren Lebensraum zerstört, und dafür sollen die Tiere noch unseren Zivilisationsabfall wegräumen? Das wollen Sie? Haben Sie sich einmal in den Wäldern umgesehen, selbst abgerichtete Wildschweine würden sich ekeln vor dem Müll, der dort herumliegt. Nein, mein lieber Herr Tizelli, schon deshalb würde ich unsere Methode niemals in fremde Hände geben. Davon einmal abgesehen, daß wir ohne gründliche Untersuchungen gar nicht wissen, welche Auswirkungen solch ein Einsatz auf die Tiere, die gesamte Fauna hätte."

„Aha, Sie sind ein Moralist, ein Träumer", sagte Schnellschuß. „Aber die Entwicklung können Sie doch nicht aufhalten."

„Entwicklung, Entwicklung", sagte Dr. Baudell erregt. „Die Entwicklung will ich auch nicht aufhalten. Aber was Sie meinen, das ist nur unkontrolliertes Wachstum. Zur Entwicklung gehört auch die Erhaltung der Umwelt, der ganzen Natur, ohne deshalb noch mehr Wälder abzuholzen, die Luft weiter zu verschlechtern, das Wasser stärker zu verschmutzen. Und eine umwelt- und menschenfreundliche sozialistische Entwicklung, die braucht keine neuen Tierscharen, die ihr zum Beispiel den Dreck wegräumt. Nein, die Aufgabe einer fortschrittlichen Gesellschaftsordnung ist es erst einmal, den Menschen zu entwickeln. Traurig, daß Wesen mit solch großem Gehirn noch in unserer Zeit von kleinen, wehrlosen Tieren mit Minihirnen mehr Sauberkeit und Anstand erwarten, als sie selbst aufbringen. Das will mir nicht in den Kopf. Nein."

Schnellschuß, der sich als eins dieser Wesen mit großem Gehirn ansah, reagierte prompt. „Und warum machen Sie dann solche Experimente?"

Es bereitete Dr. Baudell sichtlich Mühe, einen sachlichen Ton anzuschlagen. „Aber ich sagte doch schon, es geht um Grundlagenforschung. Verändert sich dadurch das Verhalten der Tiere? Vernachlässigen sie ihre Jungen, magern sie selbst ab, stellen sie sich von der Insektenjagd beispielsweise auf das Futter um, das wir ihnen als Ausgleich für die geleisteten Dienste vorsetzen? Erst danach kann entschieden werden, ob beispielsweise Eichhörnchen als Nüssesammler, Ameisen als Schädlingsbekämpfer, vielleicht sogar als Arbeitskräfte in der Elektroindustrie eingesetzt werden, ob Vögel in der Ernte helfen sollen und was es da noch so gibt. Aber Vogelkolonnen als Abfallsammler in den Städten? Nein!“ Er hob eine Hand und streckte den Daumen heraus. „Das würde erstens eine umfangreiche Apparatur erfordern, zweitens haben diese Sender nur eine begrenzte Reichweite, drittens würde innerhalb einer Woche die Hälfte aller Vögel von Autos überfahren sein, und viertens, zur Beseitigung größerer Abfälle müßten doch Menschen und Maschinen eingesetzt werden.“

„Es ist gleich soweit“, sagte Ella.

Dr. Baudell stülpte sich wieder den Helm auf, und Ella öffnete die vier Mülltonnen, die an der Bretterwand standen. Wir sahen schweigend zu, wie der Doktor zwei Hebel umlegte, eine Taste drückte und auf etwas wartete. Nach einigen Minuten wurden wir wieder Zeugen eines ungewöhnlichen Vorgangs.

Aus dem dämmrigen Abendhimmel drang ein schwaches Rauschen zu uns. Dann flatterten Spatzen und Raben heran, dazwischen flogen Elstern und Krähen mit kräftigen Flügelschlägen. Keiner der Vögel nahm von dem anderen Notiz, jeder schien nur eine Aufgabe zu kennen: seinen im Schnabel befindlichen Gegenstand möglichst schnell in eine der Tonnen zu bringen. Aus Tausenden Papierfetzen, Scherben, Zigarettenstummeln, Plaststückchen, Drähten, Blechstreifen, Flaschenverschlüssen, Cremetuben, Kämmen, Holzteilchen und sogar Geldstücken wuchs ein Berg Unrat, der in den Tonnen nicht zu übersehen war. Das alles dauerte etwa zehn Minuten, dann trat plötzlich Stille ein. Mit den letzten Flügelschlägen hatte sich auch der Wind gelegt. An der Giebelseite des Stalls glänzte rot der Widerschein der sinkenden Sonne. Es war so ruhig nach dem Rauschen der Vogelfedern, dem Zwitschern, Tschilpen und Krächzen, daß mir richtig feierlich zumute war.

„Das wäre also das Ende unseres heutigen Programms“, sagte Dr. Baudell. Er klappte die Deckel der Mülltonnen zu und lachte ein wenig nervös. „Ich verlasse mich auf Ihre Diskretion. Und vergessen Sie die Blaubeeren und Kirschen nicht.“ Er gab uns die Hand, was Argon gar nicht gern sah. Dieser knurrte allerdings nur bei Schnellschuß, wodurch meine heimliche Überzeugung bekräftigt wurde, daß Hunde recht gute Menschenkenner sind. Dr. Baudell sah mich an und fügte hinzu: „Sie können uns gern wieder einmal besuchen."

Ella füllte je einen Plasteimer mit Blaubeeren und Kirschen. „Die müssen Sie sich zu Hause teilen. Ich bringe Sie noch zum See hinunter."

„Das Wasser ist abends am schönsten", sagte ich.

Sie nickte. „So war es ja verabredet."

Schnellschuß hielt sich diskret abseits, sowohl am See als auch am Ufer. Es war schon dunkel, als er schließlich ungeduldig rief. Ich war verdammt sauer auf ihn, denn wer läßt sich gern in dem Moment stören, da dieses einmalig prikkelnde Gefühl sich von den Lippen über die ganze Haut ausbreitet und das Herz in höchste Schwingungen versetzt. Gerade begann sich mein Körper wie mit Vogelschwingen vom Boden abzuheben. Zum Glück war ich noch nicht allzuweit oben, so klappte die Landung ohne große Probleme.

Ella schwieg dazu. In der Dunkelheit sah ich nur den glitzernden Widerschein des hellen Nachthimmels in ihren Augen.

Schnellschuß rief abermals. Ich hatte das sichere Gefühl, daß Ella ihn jetzt noch weniger leiden konnte als ich.

Tizelli saß schon im Auto. Während ich mich von Ella verabschiedete, tröstete ich mich mit dem Gedanken, daß unerfüllte Wünsche die Freude auf ein Wiedersehen manchmal gewaltig steigern. Ich hätte jede Wette gehalten, daß es Ella ebenso erging. Ihr Abschiedskuß ließ gar keine andere Deutung zu.

Die Rückfahrt auf der Autobahn verlief zuerst schweigsam. Schnellschuß starrte verkniffen in die Dunkelheit, und ich ging in Gedanken immer wieder die Ereignisse des Tages durch. Der hatte es in sich gehabt, und dabei dachte ich nicht einmal so sehr an die Versuche Dr. Baudells.

„Ich müßte doch blöd sein, wenn ich mir den Knüller durch die Lappen gehen lasse", sagte Schnellschuß plötzlich. „Welches Recht hat er überhaupt, solche Dinge geheimzuhalten?"

„Was meinst du damit?" fragte ich müde.

„Die Story mit den kirschenpflückenden Staren und den blaubeersuchenden Libellen."

Ich richtete mich beunruhigt auf und schob die Gedanken an Ella beiseite. „Vielleicht bekommen wir Ärger mit den Leuten von der Universität?"

„Ja, wenn das die Ergebnisse der offiziellen Forschungsgruppe wären." Schnellschuß lachte, und das klang nicht sehr freundlich. „Dieser Doktor hat uns doch dreimal versichert, es ist eine ganz private Sache, sozusagen Eigenmächtigkeit."

„Das spielt doch keine Rolle, wir haben ihm unser Wort gegeben. Ich schreibe jedenfalls keine Zeile darüber."

„Und die Lesegeschichte am Wochenende, die wir dem Chef versprochen haben?"

„Du hast sie ihm versprochen, Schnellschuß. Außerdem dürfte es wohl nicht schwerfallen, dafür etwas anderes zu finden."

„Du bist gut – was anderes. So was finden wir in zwanzig Jahren nicht wieder, das ist der absolute Knüller. Libellengeschwader auf Blaubeersuche – na, ist das eine Überschrift?"

Ich schmunzelte vor mich hin. Mir hatten die grazilen Geschöpfe mit den Tausenden blauen Kügelchen unter ihren kleinen Körpern auch am meisten imponiert. „Zum Glück war Doktor Baudell clever. Vielleicht durchschaut jemand, der sich mit dem Sozialverhalten der Tiere beschäftigt, auch Menschen besser", sagte ich anzüglich.

„Meinst du den Film?"

„Genau. Der ist wohl nicht mehr zu gebrauchen."

„Quatsch." Schnellschuß ließ ein durchdringendes Lachen ertönen. Er drückte seinen Körper hoch und suchte in der Hosentasche. „Glaubst du, ich hätte diesen Film rausgerückt! So was fotografiert man nur einmal im Leben als erster. Während ihr beschäftigt wart, habe ich rasch einen neuen eingelegt. Diese Kassetten lassen sich in Sekundenschnelle auswechseln, reine Übungssache." Er hielt mir eine Kassette vor das Gesicht und warf sie mit der ausholenden Geste eines Zauberkünstlers auf das Armaturenbrett. „Das, mein Lieber, ist der Film mit den Libellenfotos!" Wenn es um Bilder für die Zeitung ging, machte Schnellschuß keine Scherze. „Und was die Beschäftigung mit Tieren angeht, die reicht noch lange nicht aus, um einen klugen Menschen wie mich aufs Kreuz zu legen."

Jetzt war ich hellwach, doch meine Gedanken drehten sich im Kreise. „Das wäre eine miese Sache. Du hast dein Wort gegeben."

„Ich hab überhaupt nichts gegeben. Außerdem hat er uns genötigt."

„Mich nicht." Ich wußte, welche panische Angst Schnellschuß vor dem Schreiben hatte. „Jedenfalls kannst du den Bericht auch gleich machen."

„Bei diesen Bildern erübrigt sich fast jeder Text", sagte er. „Und das bißchen Bildunterschrift schaffe ich schon allein."

„Mach doch, was du willst", sagte ich ärgerlich. „Darf ich den Liegesitz zurückstellen, ich bin müde."

„Kein Wunder." Schnellschuß kicherte anzüglich.

Ich drückte die Lehne tiefer und legte mich so nach hinten, daß ich gerade noch über das Armaturenbrett blicken konnte, auf dem die Filmkassette lag. Natürlich war ich alles andere als müde. Ich überlegte krampfhaft, was sich tun ließ. Nur über eine Möglichkeit brauchte ich erst gar nicht nachzudenken: Schnellschuß die Veröffentlichung der Bilder auszureden.

Das Auto sauste durch die Nacht. Falter klatschten gegen die Frontscheibe, hin und wieder huschte ein Hase oder ein Wiesel über die Fahrbahn, oder die Augen einer sich im Gras duckenden Katze leuchteten auf. Ich grübelte, wie ich unbemerkt an den Film herankommen konnte. Schnellschuß hatte ihn zwar nicht direkt im Blick, doch eine Hand neben dem Lenkrad würde er kaum übersehen. Ich legte die Arme über den Kopf zurück und stieß gegen seine Kameratasche auf dem Rücksitz. Vorsichtig tastete ich herum, bis ich einen gleichen Film gefunden hatte.

„Kannst du nicht mal halten, ich muß pinkeln", sagte ich.

„Es ist nicht mehr weit", erwiderte er. Ich suchte verzweifelt nach einer anderen Ausrede, als er nach einiger Zeit sagte: „Wenn einer anfängt, dann steckt das an. Meine Blase drückt jetzt auch."

„Da ist 'ne Abfahrt", rief ich laut und richtete mich ruckartig auf. Schnellschuß bremste so heftig, daß ich mich mit der linken Hand am Armaturenbrett abstützen mußte. Als ich sie zurücknahm, lag der Film aus seiner Kameratasche dort.

„Bist du verrückt!“ fuhr Schnellschuß mich an. „Jagst mir einen Schreck ein. Du bist wohl kurzsichtig, was.“

Ich stierte freudig in die Nacht. „Entschuldige. Habe mich getäuscht.“

Die Parkstelle lag zwei Kilometer weiter. Ehe Schnellschuß ausstieg, griff er sich den Film vom Armaturenbrett und steckte ihn wieder in die Hosentasche.

Ich blieb im Auto sitzen und dachte an Ella. Ihre wer weiß wodurch entstandene schlechte Meinung über Journalisten würde nun sicherlich bald in das Gegenteil umschlagen.

„Ich denke, du mußt auch“, rief Schnellschuß.

„Jaja“, brummelte ich.

„Nimm die Sache nicht so tragisch“, sagte er hinter einem Busch hervor. „Die kleine Enttäuschung werden die beiden schon überstehen. So ist das Leben nun mal.“

„Und Ella, was soll die denken?“

„Wahre Liebe zerbricht daran nicht.“

„Wahre Liebe“, sagte ich. „Bei der wahren Liebe bin ich mir sicher. Aber gilt das auch für wahre Freundschaft?“

„Aber natürlich, mein Junge, keine Sorge.“ Er lachte väterlich, so wie jemand einem fünfzehn Jahre Jüngere zulacht.

„Dann ist ja alles in Ordnung“, sagte ich und lachte ebenfalls.

Der zweite Tod

„Den Weg zu Slater hätten wir uns schenken können", sagte Lieutenant Bratt. „Der Kerl ist ja so glatt, daß sogar die Blicke an ihm abrutschen."

Inspektor Ron Wetger, zweiunddreißig Jahre alt, ein schlanker, elegant gekleideter Farbiger, der seit mehr als drei Jahren mit Bratt zusammen ein Team bildete, nickte nur. Er lenkte den Wagen und drehte sein linkes Handgelenk mit der Uhr in Blickrichtung. „Eine halbe Stunde, dann haben wir's geschafft. Fahren wir noch zum Präsidium?"

„Hast du einen besseren Vorschlag?"

Im Autolautsprecher knackte es. „Achtung! An alle Wagen im Quadrat sieben! Ich wiederhole: Quadrat sieben. Positionen durchgeben."

„Wollen mal sehen, wo sieben heute liegt", sagte Bratt. Er gab die Zahl sieben in den Armaturencomputer, und auf dem gut buchseitengroßen Bildschirm vor ihm erschien das Gebiet um Montebello. „Hab ich mir doch gedacht", schimpfte er. „Achtundzwanzig Möglichkeiten gibt es – aber wir ziehen natürlich wieder den Haupttreffer. Da haben wir den besseren Vorschlag."

Die Polizei von Los Angeles hatte schon vor Jahrzehnten ihr Gebiet in Planquadrate aufgeteilt, wie das überall in der Welt in Großstädten üblich war. Doch während die Ziffern früher unverändert blieben und die mithörenden Reporter durch den Polizeifunk sofort wußten, wo etwas passierte, hatte sich das seit knapp zwei Jahren geändert. Nach endlosen Gerichtsverhandlungen, Einsprüchen, Vertagungen und Neuaufnahmen war gegen die Proteste der drei großen Fernsehgesellschaften ein Gesetz verabschiedet worden, das der Polizei des Staates Kalifornien das Recht gab, alle „... Informationen über Gewalttaten vorübergehend geheimzuhalten, wenn sie Grund zu der Annahme hat, daß deren öffentliche Verbreitung oder Bekanntgabe die effektivste Verbrechensbekämpfung nicht zuläßt oder die Ermittlungsarbeit sowie die Fahndung nach den Tätern behindert, erschwert oder unmöglich macht".

Es war das erste Gesetz, das fast alle Kriminalbeamten der Mordkommission um Captain Kumnick trotz juristischer Verklausulierung mit Begeisterung auswendig lernten. Zwei Beamte, die weiter jedes Ermittlungsergebnis an die Reporter verrieten und Fernsehinterviews einer stillen und erfolgversprechenderen Arbeit vorzogen – wahrscheinlich sogar gegen eine großzügige Vergütung, was sich allerdings nicht beweisen ließ –, wurden schnell auf Außenreviere versetzt.

Aufgrund des neuen Gesetzes hatten Computerfachleute einen Katalog von Kodes ausgearbeitet, darunter auch die täglich wechselnden Nummern für die achtundzwanzig Planquadrate, für alle Delikte, für Übermittlung von Kennzeichen, Daten und die eingeleiteten Maßnahmen. Dies geschah recht unkompliziert: Die Besatzungen aller Polizeifahrzeuge erhielten im Vierundzwanzigstundenrhythmus anders programmierte Chips, die sie einfach gegen die alten in ihrem Computer auswechselten. So wurden die ständig geänderten Kodenummern automatisch entschlüsselt und das Ergebnis auf dem Bildschirm ausgedruckt. Wer die Chips nicht besaß, wußte also weder Ort noch Art des Delikts.

Hartnäckige Burschen wie die beiden Fernsehreporter Ken Driver und Walter Shoulder von NAC-aktuell kamen manchmal im Laufe des Tages durch Gesprächsfetzen und bestimmte Schlußfolgerungen dahinter, wo wann was geschah; allerdings mußten sie dann am nächsten Tag von vorn anfangen. Sie waren die einzigen Kriminalreporter, die diese Art der Berichterstattung noch nicht aufgegeben hatten und schon vor den offiziellen Pressemitteilungen etwas zu ermitteln versuchten.

Der Lieutenant drückte die Verbindungstaste. „Hier Wagen neunzehn, Lieutenant Bratt. Unser Standort ist Whittier Boulevard, wir haben gerade den Rio Hondo in Richtung Zentrum überquert."

Fast sofort kam die Anweisung: „Wagen neunzehn, erste Abfahrt links einbiegen. Suchen Sie Straße Kodenummer sieben-vierundzwanzig, Hausnummer neunzehn auf. Dort Einsatz, Kode eins-null-acht. Ich wiederhole ..."

Während die Anweisung von der Zentrale wiederholt

wurde, tippte Bratt bereits die Zahlen in den Computer. Dann antwortete er: „Verstanden. Wir beginnen Einsatz.“

Wetger gab Gas, und das Auto schoß davon. Er schaltete die Sirene ein, und Bratt stellte die Rundumleuchte mit dem Rotlicht auf das Dach.

„Eins-null-acht – das ist doch heute Tötung ...“

„Ja“, erwiderte Bratt. „Ich kann zwar noch mal nachsehen, aber was sollte es schon anderes sein, so kurz vor Feierabend.“ Zuerst schrieb er die Adresse in sein Notizbuch. „Es ist Florence Avenue neunzehn“, informierte er seinen Partner. Die Zahlen und Buchstaben krochen wie hektische Raupen über den Bildschirm: 21. September, 4 Uhr 10, nachmittags, Kode 108, gewaltsame Tötung eines Menschen, Mord, Totschlag. „Na, wenigstens keine Schießerei“, fügte er hinzu.

Als sie die nächste Kreuzung erreichten, wurden die Ampeln durch das Sirenengeheul automatisch auf Rot geschaltet.

Plötzlich klang eine andere Stimme aus dem Lautsprecher. Beide erkannten sie trotz der leichten Störgeräusche sofort, es war Captain Kumnick. „CiDi, ich glaube, heute kommt unsere Nummer Null-Zwei zum Einsatz“, sagte er. „Sie sind doch bereit?“

Vor Überraschung schwieg Bratt einige Sekunden. Nummer Null-Zwei, dieses geheimnisvolle, etwa handkoffergroße und vierzig Zentimeter hohe Gerät. Seit über sechs Wochen fuhren sie es schon spazieren, ohne eine passende Gelegenheit für die Anwendung zu finden. Er hatte es fast vergessen.

„Alles okay, Sir“, erwiderte Bratt. „Demnach kommen Sie auch?“

„Natürlich, CiDi.“

Im selben Moment schreckte Ken Driver im Reporterwagen von NAC hoch. Er stieß seinen Kollegen an und sagte aufgeregt: „Hast du gehört, Walter, Null-Zwei kommt zum Einsatz. Was ist denn das wieder für eine Teufelei?“

Obwohl Driver von ihm wohl zuletzt eine Antwort erwartete, richtete sich Shoulder auf und sagte: „Bin ich Jesus? Aber CiDi hängt mit drin, und wenn sogar einer vom Präsidium kommt ...“

„Sag ich doch“, erwiderte Driver eifrig. In der Regel verliefen die Einsatzgespräche völlig neutral: Kodenummern, Wagennummern und eventuell mal ein Vorname wie Ken, Jack oder Fred. Davon gab es viele. Doch CiDi – das war etwas anderes.

Lieutenant Bratt von der Mordkommission gehörte zu den zwei momentan erfolgreichsten Kriminalisten von Los Angeles. Er war nicht allzu pressefreundlich, doch sachlich und immer fair. Wenn er in eine Sache eingeschaltet wurde, dann lohnte sich die Mühe meistens – und jetzt war er unzweifelhaft im Einsatz. Es gab nämlich nur einen CiDi, Cassidy Draughlaw Bratt.

„Ich fahr das Band noch mal zurück“, sagte Driver. Doch die Sendungen aus Bratts Wagen kamen so schwach an, daß nur Wortfetzen zu verstehen waren. Er drehte verärgert am Verstärker, das Rauschen wurde lauter. „Wo liegt denn heute dieses verdammte Planquadrat sieben“, rief er wütend.

Shoulder zuckte die Achseln. „Hättest ja das Schmiergeld für den Kode investieren können.“

„Aber wir haben Bratt auf Band, also muß er sich im Umkreis von drei Kilometern befinden.“

„Ja, doch in welcher Richtung?“ Shoulder ließ sich wieder zurücksinken. „Diese Scheiße bringt doch nichts mehr ein. Ach, was hat das damals für Freude gemacht, als wir alle Gespräche direkt mithören konnten. Weißt du noch, vor vier Jahren im Winter, die drei Rauschgifttoten. Sah das aus in dem Zimmer, und wir konnten alles in Ruhe filmen, ehe die Bullen da waren.“

Er seufzte und jammerte dann das hundertstemal darüber, welcher Strich ihnen durch ihre Reporterfreiheit gemacht worden war. Er konnte es immer noch nicht fassen, daß sich damals über zwei Drittel der Bewohner von Los Angeles bei der Abstimmung für das neue Gesetz ausgesprochen hatten. Und da nicht einmal die verschlagenen Anwälte der Fernsehanstalten sich hatten durchsetzen können und dann auch die Zeitungen auf die Linie des Oberbürgermeisters und Polizeichefs eingeschwenkt waren, würde er sich wohl bis an sein Lebensende ärgern. „Reiner Futterneid“, sagte er. „Diese veralteten Informationsmethoden auf Papier, diese

Waldvernichter – weil sie immer hinterherhinken und nach unseren Tatortberichten nur den zweiten Aufguß bringen können, sind sie uns in den Rücken gefallen."

„Halt doch mal die Klappe", fuhr Driver ihn an. Er teilte Shoulders Meinung, doch half ihnen dieser Ärger jetzt nicht weiter. Ihm war eine Idee gekommen. „Paß auf", sagte er und ließ das Band zum drittenmal ablaufen.

Der Pegel war so hoch, daß das Rauschen und Knattern schmerzhaft in die Ohren drang, doch dann hörte auch Shoulder eine Stimme: „Whittier ... Rio Hondo ... Zentrum ..."

„Na, sagt dir das etwas?" fragte Driver.

„Heute scheint Montebello Quadrat sieben zu sein ..."

„Richtig."

Shoulder lebte auf. „Dann wollen wir mal sehen." Er gab die Daten in den Computer, und fast augenblicklich leuchtete dieselbe Straßenübersicht wie kurz zuvor in Bratts Wagen auf dem Bildschirm.

Sie beugten sich dichter heran, und Driver folgte mit dem Finger der Linie des Whittier Boulevard. „Entweder in Richtung Zentrum oder aus Richtung Zentrum sollte das wohl heißen."

Shoulder nickte eifrig, die Sache sah nicht schlecht aus.

„Also", fuhr Driver fort, „hin zur Peripherie würde das die Gegend um den Rose Hill Park bedeuten – in Richtung Stadt ..." Sein Finger glitt in die andere Richtung. „Die Ecke Bell Gardens. Na, was meinst du?"

„Rose Hill Park, da ist oft etwas los." Shoulder kniff die Lippen zusammen und neigte unschlüssig den Kopf. „Aber wir sind näher an Bell Gardens, vornehme Gegend. Wenn da etwas passiert ..."

Sie sahen sich an, und dann gab Driver Gas. „Fahren wir erst mal die Garfield Avenue entlang", sagte er. „Irgendwann quatschen die vielleicht wieder."

Bratt und Wetger jedoch schwiegen, auch untereinander erübrigten sich jetzt die Worte. Außerdem hatten sie schon nach kurzer Zeit ihr Ziel erreicht. Vor der Nummer neunzehn stand ein Streifenwagen, der Motor lief, aber ein Polizist ließ sich nicht sehen. Bratt zog den Schlüssel ab und steckte ihn ein. Er hatte schon einmal erlebt, wie ein flüchtender Einbrecher mit dem Streifenwagen davongefahren war. Sie traten durch den Eingang in eine kleine Halle, die dem Empfang eines gediegenen mittleren Hotels ähnelte. Einen Portier konnten sie nicht entdecken.

„Ziemlich teures Pflaster", sagte Wetger.

Bratt nickte. „Was machen die denn alle da oben?" sagte er ärgerlich. „In der Zeit können hier hundert Leute unbemerkt rein- und rauslaufen."

„Warum oben?" fragte Wetger.

„Oben ..." Bratt sah sich um. „Natürlich auch unten. Sieh doch schnell mal nach!"

Wetger probierte die Türen der Reihe nach durch, bis auf zwei waren alle verschlossen. Hinter einer befand sich eine Kammer voller Bohnermaschinen, Staubsauger, Eimer, Lappen und Büchsen mit verschiedenen Reinigungsmitteln, hinter der anderen ein spärlich eingerichteter, kleiner Aufenthaltsraum. „Nichts", sagte er.

„Behalt den Eingang im Auge, bis ich dir einen Mann runterschicke – von oben." Bratt grinste.

Sie befanden sich in einem der älteren Häuser, in denen sich die Treppe um den Fahrstuhlschacht zog. Ehe Bratt den ersten Treppenabsatz erreicht hatte, schwebte hinter den Milchglasscheiben ein Schatten herab. Bratt kehrte um und kam fast gleichzeitig mit ihm unten an.

Ein älterer Mann in bunter Portieruniform trat heraus, musterte sie mißtrauisch und drehte sich dem jungen Polizisten zu, der ihm folgte. Der griff zur Pistolentasche und baute sich drohend vor Bratt auf. „Wo kommen Sie her?"

Fehlt nur noch, daß er den Revolver zieht, dachte Bratt und sagte: „Ich bin Lieutenant Bratt, Mordkommission. Sie kennen mich anscheinend nicht..."

„Nein, Sir." Die Hand zuckte vom Revolver weg, der Polizist nahm Haltung an.

„Also?"

„In Appartement sechs liegt ein Mann, zweiter Stock. Er weist drei Schußwunden in Brust und Hals auf. Sergeant Williams sichert den Tatort."

„Also, wenn jemand am Tatort auftaucht, den Sie nicht kennen, dann hat er sich auszuweisen. Das wollte ich von Ihnen hören." Bratt holte seinen Dienstausweis heraus und deutete auf seinen Kollegen. „Das ist Inspektor Wetger. Und jetzt sorgen Sie dafür, daß kein Unbefugter mehr rein- oder rauskann."

„Ist klar, Sir."

Er wollte sich wegdrehen, doch Bratt hielt ihn am Arm zurück. „Hier, Ihr Wagenschlüssel. Ich hoffe, daß Ihnen das nicht noch einmal passiert." Der Polizist nickte verlegen und eilte hinaus.

Bratt sah den Portier an und deutete auf den Fahrstuhl. „Zum zweiten Stock." Dann zuckte er zusammen. „Verdammt, die Null-Zwei." Er lief noch schneller als der junge Polizist aus der Halle.

Wetger zog sein Notizbuch aus der Tasche. „Wer ist der Tote?"

„Der Tote ..., vielleicht ist der Mann gar nicht tot, jedenfalls vorhin, als ich ihn fand, lebte er noch."

„Name des ... Mannes."

„Gregory Whyler. Er ist der Besitzer dieses Hauses."

„Whyler, der ehemalige Richter?" fragte Wetger überrascht. Es war jener Mann, der zweimal gegen das neue Gesetz entschieden hatte und schließlich vorzeitig in Pension gehen mußte, weil sich der Verdacht der Bestechung immer mehr gegen ihn verstärkte.

„Ja, genau der", sagte der Portier und nickte. Sein Gesicht blieb unbewegt.

„Seit wann gehört ihm dieses Haus?"

Die Antwort kam höflich und exakt. „Seit zwei Jahren, elf Monaten."

Wetger blickte den Mann prüfend an, doch der zuckte mit keiner Miene. „Wer hat die Polizei benachrichtigt?"

„Ich ..., er hat sich über den Hausapparat gemeldet, das heißt, eher geröchelt. Man verstand nichts ..."

„Man?"

„Entschuldigung, ich verstand nichts. Da bin ich hoch."

Bratt keuchte mit dem Koffer heran, und sie fuhren hinauf.

„Sind heute fremde Personen ins Haus gekommen?" erkundigte sich Wetger.

„Nein, jedenfalls nicht durch die Halle." Als er den fragenden Blick des Inspektors bemerkte, fügte er hinzu: „Man kommt nur hier hinauf. Oder über die Feuerleiter." Oben wies er auf die zweite Tür im rechten Gang.

Ehe Wetger den Koffer greifen konnte, war Bratt davongeeilt. Der Inspektor wies den Portier an, unten in der Halle zu warten. Dann folgte er dem Lieutenant, der schon geklopft hatte und vor der Tür wartete.

„Kommen Sie rein", ertönte eine Stimme.

Sergeant Williams stand neben dem Fenster und atmete erleichtert auf. Ehe Bratt fragen konnte, wo der Mann liege, deutete er in eine Ecke.

Bratt mußte erst um den großen Schreibtisch herumgehen, ehe er hinter einem wuchtigen, umgestürzten Sessel den Körper sah. Daneben lag ein herabgerissener Telefonapparat am Boden.

„Mir war so, als hätte der Mann vorhin noch gelebt", sagte der Sergeant fast flüsternd. „So vor gut drei Minuten."

„Hm." Bratt setzte unschlüssig den Koffer ab. „Wie lange haben wir noch Zeit?"

„Höchstens vier Minuten", sagte Wetger und stellte seine Armbanduhr.

Der Lieutenant nickte. Er hob den Koffer auf den Tisch, zog eine Verlängerungsschnur aus dem Kasten und drückte sie in eine Steckdose. „Erzählen Sie, Sergeant."

„Wir waren nur zwei Minuten entfernt, als der Einsatzbefehl von der Zentrale kam. Der Portier führte uns hoch. Er sagte, daß der Besitzer niedergeschossen worden sei, ihn aber noch mit letzter Kraft habe anrufen können. Wie Sie sehen, ist der Mann von drei Schüssen getroffen, zwei in der Brust, einer im Hals. Ich bückte mich, hob sein Augenlid, und das zuckte. Ich schickte die beiden wieder runter, Officer White sollte sofort einen Bericht durchgeben, der Portier seinen Platz in der Eingangshalle einnehmen. Das war's."

„Haben Sie im Haus irgend etwas bemerkt, irgendeine Person?" fragte Wetger.

„Nein Sir, nicht mal eine Tür ging auf. Es war, als ob das Haus leer sei."

Bratt kniete sich hin und betrachtete den Mann. Er erkannte ihn. Es war Richter Whyler, sein hartes Gesicht sah noch kantiger aus, doch nun war es leicht verzerrt und trug einen boshaften Zug. Die Brille hing schräg auf der Nase, und die kurzen, borstigen Haare standen ab. Bratt erfaßte vorsichtig die Hand, sie war warm und schlaff wie bei einem Schlafenden. Er legte sie in dieselbe Stellung zurück. Dann holte er einen Spiegel heraus, hielt ihn vor den leicht geöffneten Mund des Richters. „Nichts", sagte er. Er zog das Augenlid hoch und legte die Hand an die Halsschlagader. „Wahrscheinlich ist er tot. Wieviel Zeit haben wir noch, Ron?"

„Eine Minute zehn."

„Verdammt, ich bin doch kein Arzt ..." Er blickte auf den Koffer und schüttelte den Kopf. „Williams, behalten Sie mal den Gang im Auge und führen sofort den Arzt her, wenn er kommt."

Als der Sergeant das Zimmer verlassen hatte, schimpfte Bratt: „Wenn wir ihm mit diesem Ding hier den Rest geben, sind wir nachher dran. Und dann noch bei Whyler."

„Das würde mich nicht stören", sagte Wetger.

Ehe Bratt antworten konnte, heulte ein Krankenwagen heran. Der Lieutenant trat ans Fenster und fluchte. „Verdammt, da fährt doch tatsächlich ein Reporterwagen hinterher, die beiden von NAC-aktuell."

„Ich sag Williams Bescheid." Wetger ging hinaus und befahl dem Sergeant, die Reporter nicht hinaufzulassen. Er wartete auf den Arzt und trieb ihn zur Eile. „Schnell, Doktor, vielleicht lebt er noch."

Der Arzt brauchte nur zwanzig Sekunden. „Er ist tot. Ich würde sagen, höchstens zehn, mindestens aber drei Minuten."

Die Uhr an Wetgers Handgelenk piepte.

„Danke", sagte Bratt. Er warf Wetger einen Blick zu, der Inspektor nickte zurück. „Ich bitte Sie alle, sofort den Raum zu verlassen. Es handelt sich um eine neue Methode der Spurensicherung, mehr kann ich Ihnen dazu im Moment nicht sagen."

Wetger schob den Arzt und die beiden Krankenträger hinaus. Er schloß die Tür von außen und zuckte die Schultern. „Tut mir leid, Doktor, doch die Leiche wird sofort zu einer Spezialuntersuchung in die Pathologie überführt. Ich danke Ihnen für Ihren Einsatz. Wenn Sie mir jetzt noch den Totenschein geben würden ..."

Während der Arzt schrieb, kamen drei Männer eilig die Treppe herauf. Sie trugen kleine Koffer, und der längste der Kriminaltechniker, ein rothaariger Hüne, fragte: „Hi, Ron, hast du angeordnet, daß der Fahrstuhl stillgelegt wird?"

„Nicht direkt, McIllroy. Aber wartet mal einen Moment." Wetger überflog den Totenschein und bedankte sich bei dem Arzt. „Bitte sprechen Sie nicht über unsere Anordnung, wenn die Reporter Sie fragen. Erklären Sie nur, daß der Mann erschossen wurde."

Der Arzt nickte kühl und entfernte sich.

„Was bedeutete denn das?" fragte McIllroy.

„So ganz genau kann ich dir das auch noch nicht sagen. Aber wir mußten die Leiche ein wenig verändern. Ich denke, für eure Spurensicherung genügt es noch."

McIllroy warf ihm einen undefinierbaren Blick zu, doch Wetger ging schon voraus.

Bratt stand mit gekreuzten Armen in der Ecke und starrte auf den Boden. McIllroy murmelte etwas wie einen Gruß und lief auf den Lieutenant zu. Als er den Toten sah, blieb er ruckartig stehen. Seine beiden Kollegen traten neben ihn, und ihre Gesichter nahmen den gleichen verstörten Ausdruck an. Einen Moment war es still im Raum, von draußen drang das Geräusch eines abfahrenden Autos herein.

„Braucht ihr uns denn überhaupt noch?" fragte der rothaarige Kriminaltechniker, ohne den Blick von dem Toten abzuwenden. Dessen Hals war von Gummimanschetten umschlossen, und den Kopf umschloß der dunkle Koffer. „Wollt ihr ihn konservieren?"

„Du hast das Wesentliche erfaßt", knurrte Bratt.

„Und warum dann nicht den Brustkorb mit den Wunden?"

„Die kommen auch dran. Aber nicht nur vom Fisch heißt es: Zuerst fängt der Kopf zu stinken an."

McIllroy räusperte sich, dann machten sich die drei schweigend an ihre Arbeit. Nur der Fotograf fragte: „Soll ich den Toten nun mit der Kiste auf dem Kopf fotografieren?"

Bratt zögerte kurz. „Ja!" antwortete er dann.

„Ich werde mich um die anderen Mieter kümmern", sagte Wetger. „Oder hast du hier noch etwas entdeckt?"

Bratt schüttelte den Kopf. „Ich hatte mit diesem Kasten

genug zu tun."

Als Wetger die Tür öffnete, stieß er fast mit Captain Kumnick zusammen. Der grüßte flüchtig und trat zu dem Toten.

„Ich fühl mich nicht sehr wohl dabei", sagte Bratt.

Kunmick zuckte energisch die Schultern, als wolle er etwas abschütteln. „Unsere Medizinmänner sind schon unterwegs, sie werden ihn mitnehmen. Wie lange war er denn tot?"

„Wahrscheinlich weniger als sieben Minuten."

„Gut." Kumnick nickte. „Und wie läuft es bei Ihnen?"

„Wir haben noch gar nicht richtig angefangen."

„Das macht nichts. Jedenfalls arbeiten Sie so wie immer, CiDi, nichts hat sich geändert. An die zweite Variante denken wir vorläufig überhaupt nicht." Er schwieg einen Moment. „Und wie kommen die Reporter hierher?"

„Zufall, sie waren wahrscheinlich in der Nähe. Vielleicht haben sie auch etwas vom Funkverkehr aufgeschnappt."

„Wollen wir nicht hoffen, gerade bei Richter Whyler. Na, ich übernehme die beiden, werde sie ein wenig anfüttern. Natürlich kein Wort darüber ..." Er zeigte auf den Kasten. „Wenn Sie hier fertig sind, melden Sie sich bei mir."

„Es wird spät ..."

„Da bin ich sicher. Ich warte im Präsidium auf Sie." Kumnick murmelte etwas vor sich hin, was man mit einigem guten Willen als Verabschiedung auffassen konnte, und verließ das Zimmer.

„Muß ja ein wichtiger Mann gewesen sein, das Opfer", sagte McIllroy.

„Diesmal hast du nicht ganz das Wesentliche erfaßt", erwiderte Bratt. „Hier ist nämlich nicht nur der Mann wichtig, hier ist alles wichtig."

„Das ist ja noch schlimmer."

„Wem sagst du das."

Eine Stunde nach Mitternacht fuhren Bratt und Wetger zum Präsidium. Sie hatten intensiv gearbeitet, vielleicht noch gründlicher als sonst, doch keine der acht Personen hatte angeblich die Schüsse gehört, niemand von den sieben Mietern engere Kontakte zu Whyler gepflegt.

Jetzt lenkte Bratt den Wagen, Inspektor Wetger hatte sich im Liegesitz zurückgestreckt und schien zu schlafen. Der Lieutenant kannte diese kurze Zeit der Konzentration bei seinem Kollegen und störte ihn nicht dabei. Wetger ließ sich in solchen Minuten die ersten Ermittlungsergebnisse durch den Kopf gehen, und nicht selten war er dabei auf neue Fragen gestoßen oder auf Widersprüche.

Diesmal aber hätte Bratt ihn am liebsten angesprochen. Nichts hatten sie erreicht, und wie es im Moment aussah, gab es weder für das ältere Ehepaar noch für die beiden Witwen sowie die zwei Pensionäre ein Mordmotiv. Allein Krystle Dodgers, eine dunkelhaarige und vollbusige Frau, angeblich Fotomodell, schien leicht verdächtig. Das allerdings nur, weil der Beruf Fotomodell ein wenig anrüchig klang und ihr von all den anwesenden Mietern kräftemäßig am ehesten die Belastung einer solchen Tat zuzutrauen war. Doch seit wann genügten allein Alter und Beruf als Verdachtsmomente, fragte sich Bratt. War die Ausbeute ihrer rund siebenstündigen Arbeit wirklich so mager, daß es keinen anderen Verdächtigen gab? Den Abzug einer Pistole konnte schließlich auch ein Greis drücken.

Jedenfalls ließ sich nach den ersten Befragungen noch kein Motiv erkennen, und das erforderte neue Arbeit. Automatisch erweiterte sich der Kreis der Verdächtigen damit auch auf den Portier und die Mieter der beiden restlichen Appartements, von denen einer augenblicklich in Kanada und einer in Europa war. Das alles ließ sich nachprüfen, versprach jedoch nicht viel. Und dann blieb immer noch der Unbekannte.

Bratt fühlte sich unbehaglich. Er sah kurz zu Wetger, der sich nicht regte. Dann mußte er an den eigenartigen Blick denken, mit dem McIllroy sich von ihm verabschiedet hatte, und an das Gespräch mit dem Captain vor sechs Wochen.

Damals hatte Kumnick ihn und Wetger in sein Büro gerufen, auf zwei Stühle und auf Gläser gedeutet und gesagt: „Sie haben heute doch nichts Wichtiges mehr vor – dienstlich meine ich."

„Wenn kein dringender Einsatz kommt ..."

Kumnick winkte ab. „Das ist geklärt. Ich möchte mich mit Ihnen einmal ungestört unterhalten, sozusagen ganz locker, halb persönlich. Sie trinken doch ein Glas?“

Dies war keine Frage, denn Kumnick stand bereits da mit der Flasche in der Hand und schenkte ein. Sie wußten, daß der Captain ein Weinkenner und -liebhaber war, doch bis auf solche Feiern wie Weihnachten oder zur Pensionierung eines Kollegen keinen Tropfen Alkohol in der Dienststelle anrührte. Und nun diese feierliche Aufforderung. Wer wollte da nein sagen.

„Es ist sowieso gleich Dienstschluß“, setzte Kumnick hinzu und goß ein. Er hob das Glas, sah sie bedeutungsvoll an und sagte: „Auf Sie beide. Sie sind mein bestes Team.“

Da kommt bestimmt was, dachte Bratt. Er nahm vorsichtig einen kleinen Schluck und dachte an das Wort von der Wahrheit, die im Wein liegen soll. Auf welche Wahrheit wollte Kumnick hinaus? Bratts Geschmack war hin und wieder ein harter Whisky, doch erstaunlicherweise schmeckte der Wein besser, als der Lieutenant gedacht hatte.

„Das ist kein leeres Kompliment“, fuhr Kumnick fort. „Sie wissen das. Aber gerade weil Sie besonders hohe Aufklärungsquoten haben, möchte ich Sie fragen: Was könnte man bei der Ermittlungsarbeit noch verbessern, kriminaltechnisch, bei der Fahndung, dem Verhör, beim Einsatz spezieller Mittel?“

„Oh, ist unser Etat aufgestockt worden?“ fragte Wetger.

Bratt glaubte schon, der Captain würde wie meist bei solchen ironischen Bemerkungen mit einem unwilligen Blick reagieren, doch er zog nur bedeutungsvoll die Augenbrauen hoch und erwiderte: „Gehen wir mal ruhig davon aus, doch denken Sie dabei nicht an finanzielle Mittel oder mehr Leute, denken Sie nur an die Sache, an neue Möglichkeiten, Ideen.“

Es wurde ein langes Gespräch. Kumnick machte sich Notizen, nickte zu einigen Vorschlägen und lenkte das Gespräch in eine andere Richtung, wenn zu große Erwartungen geäußert wurden. Auf ein Thema ging er schließlich ausführlich ein, als Wetger nämlich sagte: „Am besten wäre natürlich, wenn wir überall Videokameras installiert hätten. Dann brauchten wir nach einer Tat nur noch das Band ablaufen zu lassen.“

„Da ist was dran“, sagte Kumnick, „aber es hieße gleichzeitig, jeden Schritt bis in die Intimsphäre zu überwachen. Das verstieße gegen das Gesetz."

„Und wenn solche Kassetten nur mit Einwilligung der jeweiligen Person abgespielt werden dürften?"

„Oder wenn die Person tot ist", ergänzte Kumnick.

Bratt nickte ebenso wie Wetger dazu. Im selben Moment aber kam ihnen zu Bewußtsein, daß ihre Phantasie sich nun wohl zu weit von der Wirklichkeit entfernt hatte.

Über zwei Stunden redeten sie schon über ihre Arbeit und neue Möglichkeiten zur Verbrechensbekämpfung, hatten die ihnen bekannten und schon am Rande der Realität liegenden Varianten und denkbaren Entwicklungen erschöpft. Ihre Gedanken waren aufgewühlt auf eine Weise, wie sie es noch nie in einer Diskussion über dienstliche Probleme erlebt hatten. Sicherlich trug auch der Wein einen Teil Schuld daran. Er hatte sie innerlich gelöst und eine Leichtigkeit hervorgerufen, die Gedanken beflügelt und Gesten beschwingt.

Bratt ergriff sein Glas und stellte fest, daß es leer war. Auch in der Flasche befand sich kein Tropfen mehr, es war die zweite. „Nein, nein", sagte er und stellte das Glas auf den Tisch zurück. „Jetzt fangen wir an zu spinnen."

„Oder auch nicht." Kumnick straffte sich. „Wir sollten unserem Affen ruhig hin und wieder ein wenig Zucker geben. Ich muß sagen, mir ist es zuerst auch nicht leichtgefallen, aber Sie waren schon auf dem richtigen Weg, CiDi. Es gibt eine Möglichkeit, fast jeden Tathergang zu wiederholen. Aber nicht durch die Kassetten einer Videokamera ..."

Jetzt richtete sich auch Wetger auf, und Bratt begriff plötzlich, daß Kumnick sie sehr geschickt dorthin gebracht hatte, wohin er sie haben wollte. Ein raffinierter Hund. Obwohl er sich zusammennahm und die leichte Trunkenheit zu unterdrücken versuchte, war ihm völlig schleierhaft, wie sich solch eine phantastische Möglichkeit verwirklichen lassen sollte.

„Auch in der Kriminalistik bleibt die Wissenschaft nicht stehen", fuhr Kumnick fort. „Den letzten großen Ruck gab es mit der Einführung der Computertechnik, doch das ist schon ziemlich lange her. Inzwischen wurden neue Erfindungen gemacht, ganz unwahrscheinliche Möglichkeiten ergeben sich da ... Ja, ja, es ist erstaunlich, was auf uns zukommt." Er hatte seine Rede mit temperamentvollen Gesten begleitet, die weder Bratt noch Wetger sonst von ihm sahen. Auch bei ihm hatte der Wein seine Wirkung hinterlassen.

Der Captain erhob sich, ging einige Schritte hin und her und blickte schließlich ernst auf sie hinab. „Sie sind die ersten, die eine völlig neue Ermittlungsmethode anwenden sollen. Ich brauche Ihnen nicht zu sagen, daß Sie darüber Stillschweigen zu bewahren haben. Im Einsatzfall sprechen Sie nur von einer neuen Methode der Spurensicherung an der Leiche." Er machte eine Pause und sagte mit Nachdruck: „Es handelt sich dabei sozusagen um eine Konservierung des gesamten Gehirns durch eine Art Kälteschock."

Der Captain war mit der Wirkung seiner Worte zufrieden, denn Bratt und Wetger warfen sich einen Blick zu, in dem Ratlosigkeit stand. Dann setzte er sich wieder und nickte. „Es hört sich phantastisch an, doch dadurch soll das Gehirn funktionstüchtig bleiben und später wieder so weit zum Leben erweckt werden, daß man die letzten Minuten oder Stunden des Toten wie auf einer Kassette abrufen kann. Der Vorgang entspricht der normalen menschlichen Erinnerung – auf diese Weise läßt sich der Tathergang rekonstruieren und der Täter ermitteln. Ja, soweit sind die Eierköpfe heute schon."

Bratt und Wetger sahen sich erneut an und schüttelten gleichzeitig die Köpfe. „Also eher wie eine Gehirnkassette", sagte der Lieutenant.

„Genau. Ich weiß nicht, wie sie das machen, doch es ist die Wahrheit. Morgen bekommen wir dieses Konservierungsgerät, eine spezielle Kühltruhe, ähnlich einem Koffer."

„Und wer soll die Leiche da hineintun?" fragte Wetger.

„Sie. Und nicht die Leiche, nur den Kopf."

„Wäre das nicht eine Sache für den Arzt oder die Kriminaltechniker?" warf Bratt ein.

„Normalerweise ja, doch gibt es hier einen Haken."

„Es gibt immer einen Haken bei solchen Sachen", sagte Wetger.

Kumnick verzichtete auch diesmal auf einen mißbilligenden Blick. „Das Gehirn beginnt sich etwa sechs Minuten nach dem Tod eines Menschen zu zersetzen, weil ihm kein

Sauerstoff mehr zugeführt wird. Das heißt, damit ist es nicht mehr fähig, normal zu funktionieren. Menschen, die klinisch tot waren und später als sieben oder acht Minuten danach zum Leben erweckt wurden, erlitten inzwischen oft irreparable Hirnschäden. Das Gedächtnis, sogar automatische Verhaltensweisen, die Steuerung des Bewegungsapparats, das vegetative Nervensystem – einiges, vieles oder sogar alles versagte. Uns nutzt aber nur ein voll funktionstüchtiges Gehirn etwas, der Eintritt des Todes darf nicht länger als sieben Minuten zurückliegen, wenn der Kälteschock angesetzt wird."

Die drei Kriminalisten schwiegen. Bratt fühlte ein Unbehagen, fast ein Grauen in sich aufsteigen. Dabei hatte er schon so schlimm zugerichtete Leichen gesehen, daß sogar die größten Skandalblätter auf eine Veröffentlichung der Fotos verzichtet und die abgebrühtesten Fernsehreporter sich auf ein kurze Beschreibung des Tatortes beschränkt hatten. Doch jetzt war es der Gedanke an die Negierung des Todes, an dieses Eindringen in die letzten verzweifelten, grauenvollen Minuten eines Menschenlebens, der Bratt so verwirrte.

Kumnick beobachtete die beiden. „Mir ging es genauso. Man muß sich erst daran gewöhnen."

„Daran gewöhnen – das bezweifle ich", sagte Wetger. Er sah den Lieutenant an. „Mir ist nicht wohl bei der Sache, das ist ... Dann muß der Tote doch praktisch für kurze Zeit wieder zum Leben erweckt werden."

„Ich denke, ja", erwiderte Kumnick.

„Und dann dieselben schrecklichen Augenblicke noch mal. Das ist wie ein zweiter Tod."

Die Männer schwiegen, alle Weinseligkeit war verflogen. Hinter der dünnen Wand von Kumnicks Büro hörten sie eine Tür klappen, Telefongeklingel und Stimmengemurmel der Nachtdienstbeamten.

Einmal sterben war schlimm genug. Und das nun zweimal.

Bratt räusperte sich. „Außerdem, wer weiß, ob wir überhaupt Erfolg haben. Wann kommen wir schon mal zu einem Opfer, das nicht länger als sechs, sieben Minuten tot ist, dessen Kopf keine Verletzungen aufweist."

„Deshalb müssen Sie das Gerät ständig mitführen. Wir haben nur eins, und Sie sind oft die ersten am Tatort.“

„Wie wird es eingesetzt?“

„Das ist einfach, dafür genügt eine kurze Einweisung. Entscheidend ist, daß alle geforderten Bedingungen erfüllt werden. Nur wenn die Voraussetzungen stimmen, erhalten wir ein korrektes Resultat. Deshalb ist der erste Einsatz so wichtig, er entscheidet darüber, ob diese Methode genehmigt wird.“ Kumnick senkte seine Stimme, sie wurde eindringlich und beschwörend. „Denken Sie daran, wie viele Morde sich dadurch später vielleicht aufklären lassen. Der Täter kann ruhig verschwinden, wir haben ihn immer wie auf einem Film im Kopf des Opfers.“

„Und wie soll er da rauskommen?“ fragte Wetger.

„Das weiß ich nicht genau. Es ist ein ziemlich kompliziertes Verfahren – nicht unser Job. Aber wenn es soweit ist, sind wir dabei.“

Sechs Wochen waren vergangen, ehe sich nun alle erforderlichen Bedingungen für den Einsatz des Geräts erfüllt hatten. Rund zwanzig gewaltsame Todesfälle gab es wöchentlich in Los Angeles, nur zu einigen der Opfer waren Bratt und Wetger gerufen worden. Ein Teil von ihnen hatte Schädelverletzungen, und in den meisten Fällen lag der Zeitpunkt des Todes zehn, zwanzig Minuten oder sogar Stunden zurück. Nur einmal war ein Gangster, der zu den größeren Rauschgifthändlern gehörte, während einer Schießerei durch Kugeln in Brust und Unterleib getötet worden. Bratt und Wetger waren dabeigewesen und hatten sich später über die versäumte Gelegenheit geärgert. Doch in jenen aufregenden Minuten des Schußwechsels hatten sie das Gerät einfach vergessen. Außer einem vorwurfsvollen Blick hatte Kumnick kein Wort darüber verloren. Später waren Bratt und Wetger in ihrem Wagen alle Möglichkeiten durchgegangen, wie man mit dem Wissen des Gangsters vielleicht die Spur zu den höchsten Bossen hätte zurückverfolgen können.

„Wenn sich die Gedanken überhaupt so weit zurückverfolgen lassen“, hatte Wetger gesagt.

„Nehmen wir mal an, du bekommst raus, wer der Oberganove ist“, hatte Bratt erwidert. „Du stehst also da mit dem Namen und mit dem Wissen eines Toten. Und welche Beweise hast du? Was meinst du, ob der Staatsanwalt einer Verhaftung zustimmt, und wenn ja, wie der Anwalt des Chefdealers die Anklage auseinandernimmt."

„Das heißt, wenn wir öffentlich überhaupt darüber reden dürfen, woher wir alles wissen."

Damit war dieser Fall für sie erst einmal erledigt gewesen.

Nun steuerte Bratt den Wagen in die Tiefgarage des Präsidiums und bremste scharf. Doch Wetger hatte sich schon aufgerichtet. „Ich bin gespannt, wie es weitergeht", sagte er.

„Ich auch", erwiderte Bratt und wußte, daß der Inspektor dasselbe meinte wie er.

Zuerst ging es so weiter wie immer. Kumnick fragte: „Wie weit sind Sie?"

„Wenn wir eine Stadionrunde laufen müßten, dann wären wir gerade aus den Startlöchern", erklärte der Lieutenant. „Gibt es schon Ergebnisse für uns?"

Kumnick schob ihm eine Mappe hin. „Der erste Teil des kriminaltechnischen Berichts." Während Bratt sich darin vertiefte, ging der Captain in den Dienstraum. „Es war eine Smith & Wesson, Kaliber siebenfünfundsechzig", informierte der Lieutenant Wetger. „Die Sandspuren auf dem Teppich stammen wahrscheinlich von Whyler selbst, sie stimmen mit dem Schmutz an seinen Schuhen und der Erde vor dem Haus überein. Neben den Fingerspuren des Opfers und des Portiers gab es noch drei nicht identifizierbare. Ziemlich dünn, was."

Kumnick kam mit Inspektor Hopner herein. „Einer der beiden verreisten Mieter, Joseph Baeker, hält sich zur Zeit in Würzburg auf. Die Polizei sprach mit ihm beim Frühstück im Hotel ‚Zum Schwarzen Rappen'." Hopner brach sich fast die Zunge, als er die Worte „Schwarzer Rappe" aussprach. „In Europa sind sie schon etwas weiter, da ist jetzt bald Mittag", fügte er hinzu. „Von der kanadischen Polizei kam noch keine Antwort, die suchen den zweiten Mieter, Georg Stiles, in Pickle Crow, zum Glück ist das nur eine Kleinstadt. Hier die anderen Unterlagen." Er legte eine Mappe mit ausgedruckten Computerbogen in verschiedenen Farben vor Bratt hin und fragte: „Braucht ihr mich heute noch?“

„Sind alle Fälle Whylers aus den letzten zehn Jahren dabei?“

„Nein, dafür war es zu spät. Das Gerichtsarchiv ist nur bis neun Uhr abends geöffnet, ich habe hinterlassen, daß sie uns morgen sofort die Liste überspielen.“

„Gut, dann hau dich erst mal hin. Können wir morgen ..., ich meine heute, noch einen Mann dazubekommen, Captain?“

Kumnick verzog das Gesicht. „Nur wenn's unbedingt sein muß.“

„Ich denke, es muß wohl sein – bei Richter Whyler. Ron wird Ihnen eine Übersicht über den Stand der Ermittlungen geben.“ Er nickte dem Inspektor zu und begann, sich mit den Personalunterlagen der Mieter zu beschäftigen. Nach einiger Zeit sah er hoch, unterbrach seinen Kollegen mit einer Ruhe heischenden Handbewegung und sagte lebhaft: „Das ist interessant, hier, hört mal zu. Hilary Scott, dreiundsechzig, war Inhaber eines Waffengeschäfts am Wilshire Boulevard. Vor drei Jahren wurde sein Geschäft überfallen und der Sohn, damals zweiunddreißig und Juniorchef, als Geisel von den Gangstern mitgenommen. Wahrscheinlich hätten sie ihn in der Nacht oder am nächsten Morgen freigelassen, doch zwei ganz pfiffige Fernsehleute hatten Fotos von Scott junior und von einem der Gangster ausfindig gemacht und sie von ihrer Station mit dem Bericht über den Überfall ausstrahlen lassen.“

„Obwohl wir damals ausdrücklich verlangt hatten, daß sie bei ihren Sendungen auf Personenbeschreibungen und Fotos verzichten sollten“, sagte Wetger. „Jedenfalls, solange die Geisel noch nicht frei war.“

„Mit einer Ausnahme haben sie sich wohl auch daran gehalten, wenn ich mich richtig erinnere“, meinte Kumnick. „Aber das steht doch nicht alles in den Personalunterlagen.“

„Nein“, sagte Bratt, „aber Ron und ich haben damals den Fall zusammen bearbeitet. Hier heißt es nur, daß Richard Scott bei der Schießerei getötet wurde.“

Wetger fuhr fort, mit einer Stimme, die sachlich, doch etwas tiefer als sonst klang. Für Bratt ein untrügliches Zeichen, daß die Wut in seinem Partner aufstieg wie immer, wenn über dieses Thema geredet wurde. „Der Besitzer der Tankstelle oben in Big Pines hatte aufgrund der Fernsehübertragung einen der Gangster erkannt und sich auch den hinten im Auto sitzenden Scott etwas genauer angesehen. Das bekamen die Gangster natürlich mit, zerrten den Mann ebenfalls ins Auto, seine Frau alarmierte die Polizei, die baute Straßensperren, und da passierte es dann."

„Hm", machte Kumnick. „Drei Tote damals, nicht wahr. Der Gangster, Scott und ein Polizist. Zwei Polizisten, der Tankstellenbesitzer und der zweite Gangster schwer verletzt. Und nun meinen Sie ..."

„Nur ein Gedanke", erwiderte Bratt. „Wir müßten wissen, warum und wie lange Scott in dem Haus wohnt."

„Scott wohnt genau zwei Jahre und sechs Monate in dem Haus. Und seit zwei Jahren und elf Monaten heißt der Besitzer Richter Whyler."

Die beiden Kriminalisten sahen Wetger an, dann schüttelte Kumnick den Kopf. „Wenn es so einfach wäre. Warum sollte Scott zu Whyler ziehen und ihn dann erschießen? Es wäre doch viel unverdächtiger, ihm irgendwo in einem Park aufzulauern und dann spurlos zu verschwinden."

„Mit Waffen konnte Scott jedenfalls umgehen", sagte Bratt. „Aber Whyler ging nur selten spazieren. Und wenn, dann ausschließlich am Tag und mit zwei Mann als Begleitschutz. Den engagierte er immer bei Privatdetektiv Buck Wilbur, einem ziemlich guten Mann. War einige Jahre in unserer Kriminalabteilung."

„Ist mir bekannt. Haben Sie schon mit ihm gesprochen?"

„Er kommt heute her", sagte Wetger.

„Auf den ersten Blick sieht das gar nicht so schlecht aus", meinte Kumnick. Er gähnte verstohlen und sah auf die Uhr. „Keine Waffe zu finden ..."

„Übrigens besaß Whyler eine Smith & Wesson siebenfünfundsechzig", unterbrach ihn Bratt. „Mit Waffenschein. Gekauft bei Scott."

„Das sagt noch nichts. Aber kein Fremder im Haus, das grenzt den Täterkreis ein, und offensichtlich kein Raubmord ... Nur, das Motiv? Whyler war doch lediglich indirekt für den Tod des jungen Scott verantwortlich, will man seine beiden Gerichtsentscheide gegen das neue Informationsgesetz überhaupt als Grund anerkennen. Getötet wurde Scotts Sohn durch die Kugeln der Gangster.“

„Oder der Polizei“, fügte Wetger hinzu. „Es war ein Schußwechsel, und die zweideutigen Befunde kennen Sie ja, weil angeblich keine Kugel im Körper des Polizisten zu finden war.“

Kumnick nickte unwillig. „Aber das weiß der alte Scott nicht. Gibt es sonst noch Verdächtige?“

Bratt faßte in kurzen Worten zusammen, daß theoretisch jeder im Haus als Täter in Frage käme. Die zweiundsiebzigjährige Witwe Amalie Wolfe, die neben Whyler im zweiten Stock wohnt, habe John Mainer die Treppe hochgehen sehen. Kurz zuvor seien dumpfe Geräusche aus der Nebenwohnung gedrungen, es könnte der Zeitpunkt der Schüsse gewesen sein, doch wollte sie das nicht beschwören. Übrigens hätten die Kriminaltechniker einen Probeschuß abgegeben, den man nicht einmal in Frau Wolfes Zimmer richtig hörte. Außerdem benutze die alte Frau ein Hörgerät. Alles sehr vage bei den dicken Mauern, Doppeltüren und Thermofenstern ...

„Das kenne ich schon aus dem ersten Teil des kriminaltechnischen Berichts“, sagte Kumnick, der seine Müdigkeit nicht mehr zu verbergen suchte. „Die Burschen waren diesmal ja ungewöhnlich schnell, haben Sie sie angetrieben?“ Bratt schüttelte den Kopf, und Kumnick schaute auf die Uhr. „Wenn es nichts weiter gibt, könnten wir uns in etwa sechs Stunden wieder hier treffen.“

Wetger legte sein Protokollgerät auf den Tisch und räusperte sich. „Vielleicht hören Sie nur noch in die Aussage von Krystle Dodgers rein, vierundzwanzig, Fotomodell, zur Zeit ohne festen Vertrag. Sie spricht da einiges aus, was auch andere Mieter über Whyler dachten.“ Er drückte die Taste, hörte in das Gespräch, schaltete kurz auf Schnellauf und stoppte. „Hier, diese Passage dürfte interessant sein.“

Aus dem Apparat erklang Wetgers Stimme: „... nicht das erste Angebot von Mister Whyler.“

Dodgers: „Nein, ich sagte es schon. Zweimal hat er es versucht. Als ich das erstemal ablehnte, hat er die Miete erhöht, angeblich, weil es ein einmaliges Angebot für mein Apparte-

ment gäbe. Zwei Monate danach kam er gegen zwei Uhr nachts in mein Appartement ..."

Wetger: „Wieso? Hatte er einen Schlüssel?"

Dodgers: „Wahrscheinlich hatte er einen, ebenso wie der Portier. Aber er klopfte und wollte angeblich etwas Wichtiges mit mir besprechen. Ich mußte also aufmachen!"

Wetger: „Sie mußten? So spät in der Nacht."

Dodgers: „Mußte, mußte ... Er war der Hausbesitzer, ich kannte ihn, und er sagte, daß er mich vorher nicht erreicht hätte. Stimmte ja auch. Der Gierknochen hatte genau aufgepaßt, wann ich nach Hause kam, und sich den Zeitpunkt ausgerechnet, zu dem ich unter der Dusche stehen würde. Jedenfalls drängte er mich mit seinen Knochengriffeln gleich rein, die Finger sofort auf der Haut ..."

Wetger: „Waren Sie nackt?"

Dodgers: „Sie spinnen wohl, er fuhr mir unter den Bademantel. Ich fauchte ihn an, wenn er seinen Blutkreislauf nicht allein unter Kontrolle kriege, würde ich das Haus zusammenschreien. Da wurde er ein bißchen ruhiger und kam gleich zur Sache. Ich wäre doch Fotomodell, und ob ich gegen gutes Honorar bei ihm Modell stehen wollte, auch wenn er keine Kamera habe." Sie schniefte empört, und es war nicht zu erkennen, ob aus ehrlicher Entrüstung oder nur gespielt.

Wetger: „Was bot er denn?"

Dodgers: „Er habe schon wieder ein gutes Angebot für das Appartement, doch für eine monatliche Sitzung würde er die Miete nicht mehr heraufsetzen, dieses Schwein. Wenn ich da an die alte Mistreß Hutgenborg denke, die nahm nur so viel, daß sie selbst davon leben konnte ..."

Wetger: „Sie schickten ihn also weg."

Dodgers: „Und ob. Wir wollen uns doch nichts vormachen, alles hat seinen Preis, und ich bin nun mal in diesem Job. Da ist man nicht unbedingt prüde. Doch dieser Griesgram hätte schon mindestens den doppelten Tarif ausspukken müssen, in bar."

Wetger: „Hatten Sie keine Angst, daß er Ihnen kündigt?"

Leises Lachen klang aus dem Apparat. Dodgers: „Ich kenne solche Typen, die werden immer gieriger. Und da wäre er mich ja ganz los gewesen ... Nein, aber mir ging er auf den Keks, und ich überlegte, wie ich ihn mir vom Halse ..., also, nicht so, wie Sie jetzt vielleicht denken, um Himmels willen ... Ich meine, daß ich meine Ruhe ..." Eine Pause, die Frau schien verwirrt. „Ich quatsch mich noch um Kopf und Kragen, aber Sie scheinen okay zu sein, wissen, wie ich das meine. Ich wollte nur meine Ruhe haben vor ihm, oder er sollte eben richtig bezahlen. Ein klares Geschäft: Da Geld – hier das Modell. Das ist mein Job."

Wetger: „Verstehe, aber das sagten Sie schon. Machte er Ihnen denn nun ein richtiges Angebot?"

Dodgers: „Es muß vielleicht 'ne Stunde vor dem Lärm draußen gewesen sein, also bevor ihn einer gekillt hat. Ich war gerade mit dem Essen fertig, wollte mich so langsam für die Arbeit fertigmachen, da klingelte das Telefon. Der alte Whyler. Ich möchte doch mal runterkommen, er habe ein interessantes Geschäft vorzuschlagen. Na, ich konnte mir schon denken, welches. Damit er noch mal sah, daß ich meinen Preis wert bin, hab ich mir 'nen Bikini angezogen und nur den Bademantel drüber. Er saß in seiner Ecke hinter dem Schreibtisch, war sehr förmlich und bat mich, Platz zu nehmen. Dann fragte er, ob ich mir das Angebot überlegt hätte. Ich tat erst mal erstaunt: Welches Angebot oder ob er die Drohung mit der Kündigung meine? Keine Drohung, sagte er, es sei ein klares Geschäft, er müsse seine Appartements auch nach Angebot und Nachfrage vermieten. Und die Nachfrage sei im Moment sehr groß. Soweit er informiert sei, wäre das bei mir wohl nicht der Fall. Dieser Sexverschnitt wollte durch mich seine eingetrockneten Triebe in Bewegung bringen und kam dabei auf so eine miese Tour. Solche Typen liegen mir, haben Geld wie Heu und sind geizig wie 'ne Ziege, die zum fünftenmal an einem Tag Milch geben soll. Bei mir geht's nach Tarif, sagte ich, ich bin in der Gewerkschaft, und wenn Sie noch so dumm grinsen, die gibt es, und da ich zur A-Klasse gehöre, gleich hinter Super, bekomme ich je Fotostunde fünfzig Dollar, nackt sogar einhundert. Und wenn Fotos irgendwo veröffentlicht werden, dann noch fünf Prozent vom Bruttohonorar. So klar sind unsere Regeln. Ich dachte, der Alte hat 'ne Kröte verschluckt, so würgte der ..."

Wieder erklang ein Lachen, es war voller Schadenfreude und doch so ansteckend, daß Bratt und Kumnick zu grinsen begannen. Nach einiger Zeit hatte sie sich beruhigt.

„Nachdem er den Anfall leider überstanden hatte, krächzte er los, für hundert Dollar könnte er noch ganz andere knakkige Mädchen engagieren, die hielten überhaupt nichts von einer Kamera und würden sich sogar nackt in sein Bett legen. Und ob ich dafür noch einen Extrahunderter haben wolle. Das war mir zuviel. Ich sagte, bei mir gehe es nach Aussehen und Manieren, da würde ich bei manchen sogar noch was drauflegen. Er aber könnte mir sein ganzes Bankkonto anbieten, das würde nicht mal für die Seife reichen, mit der ich mich hinterher wieder richtig sauber schrubben müßte.

Er begann wieder zu würgen, wurde weiß und rot und griff plötzlich nach seiner Schreibgarnitur, sie ist aus schwarzem Holz, auf jeder Seite ein geschnitzter Hirsch, und die warf er nach mir. Er traf seine Schranktür, und ein Hirsch brach ab. Nun war mir sowieso alles egal, ich sagte ihm, am liebsten würde ich ihm das Ding zurückfeuern, ich hätte nur Angst, ich würde ihn nicht treffen und dafür auch noch den anderen unschuldigen Hirsch kaputtmachen. Danach ging ich hoch, trank erst mal einen und beruhigte mich langsam. Einige Zeit später brach dann ja die Unruhe im Haus los. Und wenn Sie mich nun fragen, wer diesen Saukerl erschossen hat, dann sage ich, ich habe nichts gehört und nichts gesehen, und wenn ich was gehört oder gesehen hätte, würde ich erst recht nichts sagen. Der Teufel habe ihn selig."

Kumnick schüttelte den Kopf und sagte anerkennend: „Donnerwetter, die scheint ja Temperament zu haben."

Wetger griente. „Nicht nur Temperament, auch alles, was sonst noch dazu gehört." Er beschrieb mit den Händen zwei gewaltige Kurven.

„Na, jedenfalls wissen wir nun so ungefähr, wie beliebt Whyler bei seinen Mietern war", sagte Kumnick.

„Ja", meinte Bratt, „und damit wissen wir auch, welche Arbeit noch auf uns zukommt."

Kurz vor halb neun betrat Bratt das Büro. Er sah mitgenommener aus als vor sechs Stunden, da er denselben Raum verlassen hatte, seine Augen blickten trübe, und er hängte den Sommermantel mit solcher Anstrengung auf den Haken, als befände sich noch jemand darin. Dann trat er zu Wetger, der bereits am Schreibtisch saß und sich mit einem großen Mann unterhielt.

Bratt erkannte diesen und schaute ein wenig freundlicher drein. „Tag, Buck", sagte er. „Mein Junior ist schon fleißig, wie ich sehe. War gestern ein harter Tag. Kannst du uns ein Stück weiterhelfen?"

„Tag, CiDi", erwiderte Buck Wilbur. „Ich wollte gerade loslegen. Viel ist es aber nicht." Er holte sein Notizbuch aus der Tasche und begann: „Ich hab noch mal in meinen Unterlagen nachgesehen, also vor drei Jahren, genau am fünfzehnten Oktober, rief Whyler mich an. Das war fünf Wochen nach seiner Pensionierung und einen Monat bevor er in sein neues Haus zog. Er wollte zwei Leibwächter haben, auf Abruf und für jede gewünschte Zeit. Dafür bot er mir eine Pauschale, doch ich kenne diese Typen, dann hätte er jeden Tag angerufen für dasselbe Geld. Na ja, wir einigten uns, und ich mußte durchschnittlich zweimal wöchentlich für je vier bis sechs Stunden Bewachung stellen."

„Hast du auch selbst mitgemacht?" fragte Wetger.

„Natürlich, jede zweite Woche mindestens eine Wache, wenn ich nicht gerade einen dringenden Fall hatte. Ist aber nie was passiert, er ging ja nur am Strand zwischen Huntington Beach und Newport Beach spazieren oder fuhr mal zum Einkaufen. Bis auf den dreiundzwanzigsten August, also vor fast genau einem Monat. Es war in der Nähe des Huntington Park, da ist er sonst nie hingekommen. Dort hätte ihn ein silbergrauer Ford Meteor fast erwischt. Als ich Whyler aufrichtete, kam der Wagen langsam zurück, und ich dachte, anständiger Kerl, kümmert sich wenigstens um den Verletzten. Doch dicht vor uns gab er Gas und hielt direkt auf uns zu. Ich riß Whyler zur Seite. Wir hatten außerdem Glück, denn der Wagen wurde sehr schräg auf den Gehweg gelenkt, so daß der Vorderreifen abrutschte, ehe er über die Kante kam. Das war genau der eine Meter, der Whyler vom Tod trennte. Die Nummer des Wagens war natürlich falsch."

„Hätte uns viel Arbeit erspart", murmelte Wetger. „Ich geh davon aus, daß du noch zur Seite gesprungen wärst."

„Hast du den Fahrer erkannt?" fragte Bratt.

„Nein. Ein Weißer, etwa dreißig Jahre alt, männlich. Hatte volles dunkles Haar, wahrscheinlich Perücke, dazu große Sonnenbrille, Schnauzbart. Stank meilenweit nach Verkleidung."

„Warum hatte Whyler dich engagiert?" fragte Wetger.

„Er erhielt Drohungen von Leuten, die er mal verurteilt hatte. Müssen eine ganze Menge gewesen sein, Telefonanrufe und auch Briefe."

„Hat er mal etwas über das Gesetz verlauten lassen, dessen Inkrafttreten er lange Zeit verhinderte? Wollte ihm deshalb vielleicht jemand an den Kragen?"

„Davon hat er nie gesprochen."

Nachdem Wilbur sich verabschiedet hatte, sagte Bratt: „Vielleicht doch ein Racheakt. Was machen Whylers Fälle?"

Wetger deutete zu Hopner hinüber. „Sieh dir sein Gesicht an, dann weißt du, daß er heute noch eine Menge zu tun hat."

„Wir auch", brummte Bratt, „aber ich muß jetzt einen Topf Kaffee trinken, sonst komm ich nicht in Fahrt."

Als sie in den Wagen stiegen, machte Bratt bereits einen munteren Eindruck. „Soll ich nicht lieber fahren, damit du deine Akten besser studieren kannst", witzelte er. Es war gutmütiger Spott, und Wetger griente nachsichtig.

Der Lieutenant hatte sich schon lange an die Eigenart seines Partners gewöhnt, Tatortfotos, den kriminaltechnischen Bericht, Befragungsprotokolle und die anderen schriftlichen Unterlagen mit sich zu führen. Er wußte, daß der Inspektor auch jetzt seine Tasche damit gefüllt hatte. Obwohl sich bei Verlust ohne große Mühe neue Fotos herstellen ließen oder man beispielsweise die Aufzeichnungskristalle der Befragungen in den Tonschreiber stecken und sich in Sekundenschnelle neue Protokolle ausdrucken lassen konnte, durften Akten von laufenden Ermittlungen nicht das Haus verlassen. Dies geschah aus simplen Sicherheitsgründen, damit die Ermittlungsmaterialien nicht in fremde Hände geraten konnten. Wetgers Erfolge hatten den District Attorney jedoch überzeugt, so daß er die Sondergenehmigung zum Mitführen der Unterlagen bald in eine Dauergenehmigung umwandelte. Trotzdem hatte diese Methode bei den anderen Kollegen keine Nachahmer gefunden, und auch Bratt dachte nie daran, das „Archiv“, wie er es nannte, einzupacken. Da verließ er sich ganz auf Wetger.

Inzwischen aber war der Lieutenant so gut mit seinem Partner eingespielt, daß er ohne ihn das Gefühl nicht mehr los wurde, irgend etwas zu vergessen. Seine anfängliche Abwehrhaltung gegen den dunkelhäutigen Stanford-Studenten hatte er langsam und nur zögernd aufgegeben. Er wußte heute nicht mehr, was seine damalige Aversion bewirkt hatte, vielleicht die elegante, für einen Kriminalisten recht auffällige Kleidung oder der nur selten aus Wetgers Gesicht verschwindende Zug von Distanz.

Dabei handelte Wetger von Beginn an engagiert und zeigte fast zu oft seine Gefühle und Meinungen zu den Fällen und Menschen, mit denen sie sich befassen mußten. Nicht immer stand er dabei auf der Seite jener Leute, die sich nach dem Buchstaben des Gesetzes im Recht befanden; daß er sich trotzdem korrekt daran hielt, rang Bratt Achtung ab. So begann sich auch der Lieutenant nach Jahren eines aus der Routine der Erfahrung entstandenen Gleichmuts gegenüber den Hintergründen mancher Tat wieder mehr Gedanken zu machen. Dadurch wurde er nicht sicherer und auch nicht ruhiger, und doch kehrte etwas zurück, was ihn an seine Anfangsjahre erinnerte: der Elan und der Stolz über gelungene Arbeit.

Wie gut er sich mit Wetger ergänzte, merkte er schon nach einjähriger Zusammenarbeit. Der Inspektor lag mit einer Schußverletzung im Krankenhaus, und Bratt arbeitete während dieser Zeit mit seinem früheren Partner, dessen Kollege krank war. Nicht die fachlichen Entscheidungen mißfielen Bratt, es waren die Art und Weise und die direkte, fast brutale und nur auf Erfolg gerichtete Methode, mit der dieser Kollege Verdächtige wie Unverdächtige behandelte. Damals hatte Bratt den Inspektor im Krankenhaus besucht und halb im Scherz gesagt, wenn Ron nun nach drei Wochen Ruhe nicht bald herauskomme, dann würde er auch eine Schießerei vom Zaun brechen, um wenigstens zu ihm reinzukommen.

Wetger hatte ihn überrascht angesehen. Plötzlich stand

Zuneigung in seinem Gesicht, und seine großen Augen waren langsam feucht geworden. Beim Abschied hatte er Bratts Hand lange gedrückt und gesagt: „Was meinst du, woran ich in diesem verdammten Krankenhaus den ganzen Tag denke. Ich beeile mich, Partner." Die Worte klangen in Bratt noch lange nach.

Inzwischen hatte Bratt es sich angewöhnt, unterwegs und am Tatort noch kurz in den Protokollen zu blättern, um eine bestimmte Aussage nachzulesen oder die Tatortfotos zu betrachten. „Bietet sich schon etwas Neues an, Ron?" fragte er.

„Ich weiß nicht recht, aber nimm dir mal die Liste der von Whyler Verurteilten vor."

Bratt griff zur Tasche auf dem Rücksitz, zog die grüne Mappe mit den Personalunterlagen heraus – auch so eine Marotte Wetgers. Die Tatortfotos mit dem kriminaltechnischen Bericht lagen in einer gelben Mappe, die Befragungsprotokolle in einer blauen, der Obduktionsbericht in einer roten und sonstige Unterlagen in einer weißen. Korrekt, pedantisch, doch in der Praxis oft bewährt. Auch jetzt genügten ein Griff und ein Blick. Bratt fand in der grünen Mappe drei Blatt mit achtundsiebzig Namen. Achtundsiebzig Fälle in den letzten zehn Jahren, achtundsiebzig Möglichkeiten.

„Die Nummer neunundvierzig", sagte Wetger, ohne den Blick von der Straße zu wenden.

Bratt setzte seine Brille auf und fuhr mit dem Finger die Namensliste herunter. Neunundvierzig: John Mainer, 56 Jahre, Eigentümer, Herausgeber des „Mainer-Report", verurteilt zu einem Jahr und sechs Monaten Gefängnis wegen Herausgabe eines Buches mit gefälschten Tatsachen über angebliche Medienmanipulationen bei der Berichterstattung von Verbrechen.

„Donnerwetter", sagte Bratt. „Aber wie konnte Whyler diesen Fall bekommen, war er nicht darin verwickelt?"

„Nein, das war vor fünf Jahren, kurz nachdem die erste Gesetzesvorlage von Richter Whyler als verfassungswidrig zurückgewiesen wurde. Damals gab es zwar Gerüchte, daß Whyler bestochen sei, aber Mainer hatte nur die Manipulationen der drei Fernsehgesellschaften aufgedeckt und ihre Berichterstattung über fünfzig große Fälle untersucht. Zum

Beispiel, wie viele Sendestunden man von dem Mord eines Mexikaners an einem der Saisonhändler – der hatte vor etwa acht Jahren die Frau des Mexikaners vergewaltigt – und wie viele Sendeminuten man von dem Mord des Hillery-Erben gebracht hatte, der seine Freundin während einer Party erwürgte. In dem Buch war beschrieben, aufgrund welcher Gesetze die Millionärsanwälte die Berichterstattung gerichtlich praktisch verbieten ließen, weil diese oder jene Formulierung angeblich ein Eingriff in ein schwebendes Verfahren sei.

Der Autor hatte sogar eine Art Katalog aufgestellt, welche Wörter und Bezeichnungen man gebrauchte, wenn es sich um einen einfachen oder einen Täter aus den besseren Kreisen handelte. Sehr interessant. Was denkst du, wen sie als brutal, tierisch, heimtückisch, bestialisch bezeichneten und welchen Mörder man als unglücklich, nicht verantwortlich, vom Opfer gereizt, nur mitschuldig oder auch nur der Tat verdächtig, also eigentlich als unschuldig hinstellte?"

„Ich weiß, ich weiß", sagte Bratt unwillig. Das war wieder einer jener Augenblicke, in denen Wetger sich engagierte. Bratt hatte nichts dagegen, nur der Zeitpunkt des Gesprächs paßte ihm nicht. Einmal hatte er Wetger widersprochen, und an die darauffolgende Vorlesung des ehemaligen Philosophie- und Jurastudenten über die Ursachen krimineller Taten und ihrer öffentlichen Beurteilung in den Medien konnte er sich noch sehr gut erinnern. Jetzt sah Wetger aus, als wolle er an diese Rede anknüpfen, also lenkte Bratt schnell ab. „Und wer war der Autor des Buches?"

„Es erschien unter dem Namen John Miller, doch diesen Mann kannte niemand. Es hieß damals, Mainer habe das Buch selbst geschrieben. Da man des Autors nicht habhaft werden konnte, wurde der Herausgeber als Rechtsvertreter und -wahrer des Autors belangt, auch für den Tatbestand der Verbreitung willkürlich gesammelter Äußerungen und unbewiesener Behauptungen, aus denen der Autor falsche Schlußfolgerungen gezogen und sie mit verleumderischem Vorsatz veröffentlicht habe."

„Wirklich", sagte Bratt, „du würdest auch als Anwalt eine gute Figur abgeben."

Wetger holte zweimal tief Luft, dann grinste er. „Ich kann

bei diesem Thema einfach nicht ruhig bleiben. Jedenfalls hatte man Miller-Mainer mit solch einer konstruierten Anklage außer Gefecht gesetzt. Simpel ausgedrückt heißt das: Die von den Reportern und Sprechern gebrauchten Formulierungen oder auch die Zeitdauer bestimmter Sendungen über aktuelle Kriminalfälle seien völlig unabhängig und niemals tendenziös. Alles hänge von der Hektik der Ereignisse, den Umständen, der Qualität der Reporter und des gesamten Nachrichtenangebots ab."

„Aha. Demnach hast du die Unterlagen schon durchgesehen."

„Nur diese. Übrigens wurde Mainer schon nach elf Monaten wegen vorbildlicher Führung entlassen. Offiziell wenigstens."

„Nun red schon, Ron. Welche Gründe gab es noch?"

„Die allgemeine Stimmung gegen Whylers Entscheidung, der Kurswechsel der Zeitungen und die wachsenden Proteste gegen diese Art der Fernsehberichterstattung. Außerdem verkaufte Mainer seinen Verlag kurz vor seiner Entlassung. Allerdings zu einem Preis, für den man fast zwei solche Verlage bekommen hätte."

„Aha", sagte Bratt wieder. „Das bedeutet, wir haben einen Verdächtigen mehr."

„Auf den ersten Blick ja. Aber hat er bei dieser Sache nicht einen schönen Gewinn rausgeschlagen? Bis auf die Gefängnishaft vielleicht."

„Natürlich hat er das", sagte Bratt, „und so was macht eine Sache ja nur noch komplizierter." Er seufzte. „Eigentlich wollte ich in den drei Jahren bis zu meinem Sechzigsten nicht mehr in die Politik einsteigen, doch der Fall hier stinkt gewaltig. Ich hab einen Riecher dafür."

„Da braucht man gar nicht deine große Nase zu haben. Doch zur Not haben wir ja immer noch unsere Null-Zwei. Den Koffer."

„Erinnere mich nur nicht daran", sagte Bratt und holte die gelbe Mappe heraus.

Als sie in die Florence Avenue einbogen, ließ sich schon von weitem eine ganze Kolonne von Autos vor dem Haus Nummer neunzehn erkennen. „Halt mal an", sagte Bratt.

Wetger dachte, der Lieutenant wolle mit ihm besprechen,

was man den Reportern mitteilen könne. „Wir müssen ihnen ja nichts sagen." Er deutete mit dem Kopf voraus.

Bratt sah hoch. „Ach so. Da frage ich am besten Kumnick. Aber ich meine das hier." Er hielt Wetger eine Aufnahme hin, die den Schreibtisch im Zimmer des Ermordeten zeigte.

Während der Inspektor das Foto betrachtete, rief Bratt über Funk einen Kriminaltechniker und ließ sich dann mit Kumnick verbinden. „Captain, was sollen wir den Reportern sagen?"

„Das müssen Sie selbst entscheiden. Nur ..." Kumnick räusperte sich. „Also keine Schlußfolgerungen, was Whyler und diese Gerüchte über seine Gerichtsentscheide betrifft."

„Und wenn wir was rausfinden?"

„Um so besser, doch nichts an die Reporter. Wenn's geht, dann denken Sie mal an eine kleine Extrainformation für die Leute von NAC-aktuell. Die bekamen gestern etwas von unserer Null-Zwei-Variante mit. Vorerst haben wir uns aber geeinigt."

Wetger nickte dem Lieutenant bedeutungsvoll zu. Danach wies er auf das Foto. „Meinst du die Schreibtischgarnitur?"

„Ja. Erinnerst du dich, was die Dodgers sagte?"

Wieder nickte Wetger. „Das ist wirklich ein Ding."

Der Schwarm der Reporter umringte die beiden Kriminalisten, als sie aus dem Wagen stiegen. Ein Officer drängte sich durch und wollte sie abschirmen, doch Bratt winkte ab. Er teilte den Journalisten in kurzen Worten mit, daß im Moment zwar mehrere Spuren verfolgt würden, nach einer weiteren Überprüfung vielleicht in zwei, drei Stunden sogar ein neuer Hinweis gefunden sei, man ansonsten aber trotz des scheinbar begrenzten Täterkreises durch die im Haus befindlichen Personen sehr vorsichtig sein müsse, denn noch seien nicht alle Varianten eines unbemerkten Eindringens untersucht.

Wetger konnte ein anerkennendes Nicken nicht unterdrücken. Besser hätte kein Millionärsanwalt die augenblickliche Situation umschreiben können, ohne einen Fakt zu verraten. Die Reporter murrten unzufrieden.

Bevor sie ins Haus gingen, drehte sich Bratt noch einmal um. „Meine Damen und Herren, das ist wirklich alles, was ich Ihnen jetzt sagen kann. Außerdem wissen Sie ja über den Ermordeten Bescheid, es ist der allseits bekannte Richter Whyler. Er war zu seinen Lebzeiten ein besonderer Freund der freien und ungehemmten Berichterstattung über Verbrechen, sicherlich hätte er nichts dagegen, wenn Sie in diesem Fall Ihre eigenen Schlußfolgerungen und Vermutungen verbreiten. Mit gesicherten Ermittlungsergebnissen können wir Ihnen im Augenblick dabei leider noch nicht helfen."

Solche Worte hatte Wetger bisher noch nicht von dem Lieutenant gehört. Während der Officer sich wieder vor dem Eingang aufbaute, folgte er Bratt und konnte eine gewisse Zufriedenheit nicht unterdrücken. Offensichtlich hatten seine Diskussionen mit dem älteren Kollegen Wirkung hinterlassen.

„Dieser Whyler hat uns schon zu seinen Lebzeiten genug Ärger gemacht", sagte Bratt. „Jetzt auch noch, da er tot ist. Sollen die Reporter ruhig über ihn herfallen, und vielleicht gibt's wirklich so was wie einen Himmel oder eine Hölle, und er sieht von da aus zu. Möge er sich dann schwarz ärgern über die Berichte."

Das also war der Grund für Bratts Worte. In Wetger breitete sich eine leichte Enttäuschung aus.

„Ist Miß Dodgers oben?" fragte Bratt den Portier.

„Ja, aber sie wird noch schlafen."

„Wir wecken sie schon", brummte Bratt.

Sie brauchten nur einmal zu klopfen, da öffnete Krystle Dodgers bereits die Tür. Sie trug einen langen, fast durchsichtigen Morgenmantel. Wahrscheinlich hatte sie gerade jemanden herauslassen wollen, denn Bratt und Wetger sahen einen Schatten zurückhuschen.

„Wer ist in Ihrem Zimmer?" fragte Bratt und trat etwas zur Seite.

Die junge Frau drehte sich um und ging zurück. „Die Reporter von NAC", sagte sie.

Wetger war mit drei schnellen Schritten in dem Raum und sah noch, wie Ken Driver der Frau Zeichen machte, sie solle den Mund halten. „Wie kommen Sie denn hier rein?" fragte der Inspektor verblüfft.

„Na, über die Nebentreppe."

Bratt und Wetger blickten sich an, dann sagte der Lieutenant: „Aber alle Türen waren doch verschlossen?"

„Sie werden entschuldigen", sagte Shoulder, „wir haben ein bißchen probiert. Einer meiner Schlüssel paßte. Und da sind wir über den dritten Stock eingestiegen."

Die Nebentreppe war eine an der Giebelseite hinaufführende massive Feuerleiter. Die kriminaltechnische Untersuchung hatte ergeben, daß alle Türen verschlossen und alle Schlösser unbeschädigt waren. Soweit sich das überprüfen ließ, hatte die Türen schon lange niemand mehr benutzt.

„Damit dürften Sie in den Kreis der Verdächtigen rücken", stellte Bratt fest. Als Driver ungläubig lachte, fuhr er gleichmütig fort: „Sie kannten einen Weg, den möglicherweise auch der Mörder benutzte. Ihr Schlüssel paßte, Richter Whyler stand in einer bestimmten Beziehung zu Ihrer Fernsehgesellschaft, und Sie waren bereits kurz nach dem Mord am Tatort, obwohl es überhaupt noch keine offizielle Information gab. Sie wissen, was das bedeutet."

„Was soll das?" fragte Shoulder. Er wirkte plötzlich verstört und stieß seinen Kollegen an. „Wollen die uns reinlegen?"

„Ich will Ihnen nur sagen, in welche Situation Sie sich durch dieses Eindringen gebracht haben. Sie wären nicht die ersten Feuerwehrleute, die einen Brand legten, um bei den Löscharbeiten groß rauszukommen."

„Das meinen Sie doch nicht im Ernst, Lieutenant", sagte Driver.

„Ich könnte es sehr schnell ganz ernst meinen. Und zwar, wenn Sie uns noch einmal in die Arbeit pfuschen und wenn Sie uns nicht zeigen, was Sie mit Miß Dodgers aufgenommen haben."

Driver wollte auffahren, doch Bratts kalter Blick warnte ihn.

„Captain Kumnick hat versprochen, Sie als erste zu informieren", sagte Wetger. „Sie wollen doch nicht das Gegenteil erreichen?"

„Und was bedeutet diese Null-Zwei, dieser Kasten", erwiderte Driver störrisch. „Da ist doch etwas faul."

Shoulder klopfte ihm beruhigend auf den Arm und legte

das Aufnahmegerät auf den Tisch.

„Ja, was ist mit der Null-Zwei?" wiederholte Bratt ironisch. „Sie ist ein neues kriminaltechnisches Hilfsmittel. Wenn Sie wollen, können Sie das verbreiten – und was wissen Sie weiter? Ich weiß dann nur, daß Sie nicht mehr die ersten sein werden, die über den Einsatz und die Funktion dieses Dings berichten."

„Ist ja gut, Lieutenant." Driver hatte sich beruhigt. Er ließ das Bildband zurücklaufen, während Shoulder es an den Fernseher anschloß. „Aber dieses Interview dürfen wir doch bringen?"

„Natürlich, wir wollen uns ja nicht gegenseitig das Leben schwer machen", sagte Bratt. Der warnende Ton in seiner Stimme ließ sich nicht überhören.

Krystle Dodgers räusperte sich erregt, als Shoulder auf dem Bildschirm erschien und zuerst von einem geheimnisvollen Mord sprach und dem Gefühl des Mißtrauens und der Angst, die alle Bewohner des Hauses bei dem Gedanken beherrsche, einer von ihnen könne der Mörder sein. Besonders das hübsche Fotomodell Krystle Dodgers finde keine Ruhe mehr, da sie wahrscheinlich als letzte den Richter Whyler lebend gesehen habe. Außer dem Mörder natürlich. Dann tauchte ihr Gesicht auf mit einem strahlenden Lächeln, in dem man Angst und Unruhe vergeblich suchte. Die Kamera erfaßte die ganze Figur und ließ nun alle Rundungen unter dem fast durchsichtigen Büstenhalter und dem Slip erkennen. Das Objektiv hatte das Gewebe des Morgenmantels durchdrungen, als sei er gar nicht vorhanden.

„Oh", sagte Krystle Dodgers. „Wenn mich die Zuschauer so sehen, welchen Eindruck macht denn das?"

„Einen guten, einen hervorragenden." Driver hatte seine Selbstsicherheit wiedergefunden. „Bei Ihrer Figur, da wollen die Männer bestimmt noch eine Fortsetzung sehen."

„Was, noch einen Mord?" fragte Krystle Dodgers.

„Nein, noch eine Sendung mit Ihnen. Das kriegen wir bestimmt hin, ist doch gut für Ihr Geschäft."

Aber das Fotomodell war gar nicht damit einverstanden. Erst als Driver das Interviewhonorar um weitere einhundert Dollar erhöhte, gab sie anscheinend widerstrebend nach. Dies alles störte das Gespräch, so daß Bratt schließlich ärgerlich fragte, ob er sich die Aufzeichnung in Ruhe im Präsidium ansehen solle oder ob Driver nicht lieber für zehn Minuten still sein könne. Einen Teil des Interviews ließ er wiederholen, endlich nickte er. „Von uns aus können Sie die Sache senden."

Driver wollte etwas erwidern, verzichtete aber darauf und packte sein Aufnahmegerät ein.

„Wenn es Sie interessiert", sagte Bratt zum Abschied, „Whyler bekam Drohbriefe, von Leuten, die er einmal verurteilt hatte. Seit fast drei Jahren ließ er sich von einem Privatdetektiv namens Buck Wilbur beschützen. Auch in dieser Richtung ermitteln wir."

Das Telefon klingelte, und Krystle Dodgers nahm den Hörer ab. Sie legte ihn wieder auf und teilte mit, daß der Kriminaltechniker eingetroffen sei.

„Jetzt noch mal?" fragte Shoulder. „Sind die gestern nicht mit ihrer Arbeit fertig geworden?"

„So ist es", sagte Bratt. „Wenn wir etwas entdecken, informiere ich Sie, und wenn Sie etwas haben, würde ich es auch gern hören, ehe es über den Sender geht."

Wetger begleitete die Reporter hinunter, und Bratt betrachtete das Fotomodell nachdenklich. „Sie sind eine hübsche Frau, vielleicht kommen Sie durch diesen Mordfall groß raus."

„Ich hoffe es, dann hätte mir dieser Mistkerl wenigstens einmal etwas Gutes getan."

„In dieser Beziehung hätte man ja selbst etwas nachhelfen können, schon im Hinblick auf die darauffolgenden Interviews."

„Sie denken doch nicht ... Nein, Sie wollen mir nur Angst einjagen." Die Frau sprang auf und starrte Bratt an. Die Farbe war aus ihrem Gesicht gewichen, und ihre Brust hob und senkte sich erregt. Trotz der Angst sah sie hübsch aus mit ihren ungeordneten dunklen Locken und den weit aufgerissenen Augen.

Bratt war sich nicht sicher, ob sie schauspielerte, denn ein wenig gehörte das wohl zu ihrem Beruf. Und welches Fotomodell in der Umgebung von Hollywood nahm nicht jede Gelegenheit war, um für eine spätere Filmrolle zu üben. Doch dann sah er ihre fest zusammengedrückten Schenkel und die Hände, die sie ineinanderkrampfte.

„Nein, ich meine es sogar sehr ernst. Sie gehören durch Ihren Besuch bei Whyler zu den besonders verdächtigen Personen in diesem Haus."

„Und wenn ich nicht davon gesprochen hätte?"

„Sie wurden gesehen."

„Mainer …?"

Der Lieutenant nickte ohne Gesichtsregung, obwohl der ehemalige Verleger das mit keinem Wort verraten hatte. „Mainer", sagte er, „und dann noch die Schreibtischgarnitur."

„Die Schreibtischgarnitur? Ich hab sie ja nicht mal angefaßt. Whyler brüllte sofort los, als ich sie aufheben wollte."

„Auch den Hirsch nicht?"

„Nein, der lag ja ein ganzes Stück weiter." Sie sah ihn verständnislos an. „Und Mainer kann überhaupt nichts gehört haben von dem Streit. Die Tür, so eine dicke Doppeltür, war doch zu."

Bratt winkte ab. „Haben Sie denn gehört, was die beiden gesprochen haben?"

„Nein, ich ging raus, da kam er erst rein. Und bevor Mainer die Innentür zumachte, rief Whyler wütend: Sie fehlen mir gerade noch. Habe ich Ihnen nicht gesagt … Ja, das war's."

„Sehen Sie", sagte Bratt und lächelte zufrieden, „das haben Sie bei der Befragung nicht erzählt. Ist doch verdächtig, oder nicht?" Er schob ihr die Protokollbogen hin und fuhr fort: „Lesen Sie bitte alles durch, ehe Sie es unterschreiben. Vielleicht fällt Ihnen noch etwas ein."

„Ich wollte ihn doch nicht in die Pfanne hauen", sagte Krystle Dodgers leise. Ihre Haltung hatte sich entkrampft, sie setzte sich und zog das Protokoll heran. „Aber wenn ich mich selbst dadurch verdächtig mache … Er ist so ein netter Mann. Mister Mainer meine ich."

„Ich dachte schon Richter Whyler. In dem Fernsehinterview fehlte nämlich das Entscheidende über ihn – nichts von den Drohungen, dem Streit vor dem Mord, seinen geilen Händen. Nur das Fotoangebot. Oder haben Sie uns gegenüber aufgeschnitten?"

„Es ist die reine Wahrheit", sagte die Frau empört. „Aber

so dumm bin ich nun auch wieder nicht. Warum sollte ich das alles in der Öffentlichkeit ausbreiten, wahrscheinlich hat er einflußreiche Freunde, dann wäre ich erledigt." Sie zuckte die Schultern und vertiefte sich in das Protokoll.

Bleibt die Frage, warum sie sich selbst verdächtig gemacht hat, indem sie Mainers Besuch bei Whyler zuerst verschwieg, dachte Bratt. War es eine spontane, ehrliche Entscheidung, oder war sie so raffiniert, daß sie seine Schlußfolgerungen voraussah? Er betrachtete ihr Gesicht, die vollen Lippen und die kleine Nase und versuchte zu erkennen, ob sie das Protokoll wirklich so konzentriert las, wie es ihr Mienenspiel zeigte. Sie spürte seinen Blick und sah ihn fragend an. Er nickte ihr beruhigend zu, und sie lächelte in einer Art zurück, daß einem Mann warm ums Herz wurde. Sie war nicht nur hübsch, jetzt wirkte sie auch schön. Aber mußte sie deshalb dumm sein oder sogar noch gut?

„Der Hirsch ist angeklebt worden, mit einem schnelltrocknenden Alleskleber der Marke Universal", sagte der Kriminaltechniker und hielt Bratt eine Tube hin. „Lag hier im Schreibtisch, nur Whylers Fingerabdrücke waren drauf."

Der Lieutenant betrachtete die Schreibtischgarnitur und fragte: „Darf ich?" Der Kriminaltechniker nickte, und Bratt nahm sie in die Hand. „Ganz schön schwer, dieses altmodische Ungetüm. Paßt aber in den Raum." Er deutete auf zwei große, schon altersdunkle Jagdbilder und die Geweihe an der Wand hinter dem Schreibtisch. Der schwere eichene Bücherschrank mit dicken Folianten harmonierte gut dazu, dagegen hatte der Richter die amerikanische Flagge in der Ecke sicherlich als Erinnerung an seine einstige Tätigkeit aufgestellt. Alles würdig, gediegen und nach außen hin ein Bild amerikanischer Ehrbarkeit.

Bratt wollte die Garnitur zurückstellen, als Wetger sagte: „Hast du das Ding richtig untersucht?"

Der Lieutenant drehte es herum, betastete Ober- und Unterseite, zog an den Geweihen und blickte seine beiden Kollegen fragend an. „Ich hab jetzt keine Zeit für lange Ratespiele", sagte er mißmutig.

Der Kriminaltechniker stellte die Garnitur auf den Tisch, faßte den rechten Hirsch von oben und drehte ihn. Es klickte leise, dann ließ sich die Oberseite zurückklappen. Die Garnitur war hohl, jedoch mit Schaumgummi ausgelegt, der einen Raum in Form einer Pistole frei ließ. Rechts und links lagen zwei gefüllte Patronenmagazine.

Bratt schnaufte vor Überraschung. „Das ist ja ein Ding", sagte er. „Könnte der Form nach eine Smith & Wesson gewesen sein."

„Ist eine Smith & Wesson", sagte der Kriminaltechniker. Er nahm einen Plastbeutel mit der Pistole aus seiner Tasche und zeigte ihn Bratt. „Aber soweit ich erkennen kann, ohne Fingerabdrücke."

Der Lieutenant schwieg einen Moment und wandte sich dann Wetger zu. „Du hast dir doch bestimmt schon was überlegt, Ron."

„Natürlich, aber es ist nichts dabei herausgekommen." Wetger schüttelte den Kopf. „Alles zu vage, wir müssen erst mal wissen, ob es die Tatwaffe ist."

„Richtig", sagte Bratt. „Worauf warten Sie also noch, Stretcher? Sobald Sie das festgestellt haben, melden Sie sich sofort über Funk."

Der Mann nickte unbeeindruckt und verließ das Zimmer.

Einige Minuten starrten die Kriminalisten schweigend auf den Schreibtisch, auf die Ecke, in der man Whyler gefunden hatte, auf den Schrank, in dem ein Kratzer in Bauchhöhe bestätigte, was Krystle Dodgers erzählt hatte, und dann wieder auf die Schreibtischgarnitur.

„Mainer kam nach Miß Dodgers in diesen Raum, demnach hat er die Garnitur noch am Boden gesehen", sagte Bratt schließlich.

Wetger fragte nicht, sondern trat hinter den Schreibtisch, nahm die Garnitur und holte aus. „Der muß ganz schön wütend gewesen sein", sagte er und ging zu dem etwa vier Meter entfernten Bücherschrank. Er drehte die Garnitur so vor der Schramme, bis das Geweih auf das Holz zeigte. „Eigenartig, diese Zacken passen hier genau rein. Aber dann müßten sie doch abgebrochen sein." Er begann die Garnitur noch einmal zu untersuchen, und erst als er mit einem Schlüssel auf das Geweih klopfte, nickte er zufrieden.

„Klingt wie Metall", kommentierte Bratt.

„Ist auch Metall“, erwiderte Wetger. „Hat das nun was zu bedeuten?“ Er drehte, zog und drückte an den Sprossen, probierte es mit zweien und dreien gleichzeitig und dann in ständig wechselnder Reihenfolge.

„Ich werde mir inzwischen Mainer vornehmen“, sagte Bratt, den die Versuche langweilten. „Hätte sich die Dodgers nämlich nicht verplappert, wüßte ich gar nicht, daß er ebenfalls hier war. Warum hat er das verschwiegen? Er konnte sich doch denken, daß es rauskommt.“

„Nicht, wenn sie es abgesprochen haben.“

Bratt überlegte einen Moment. „Nein, dann hätte sie sich daran gehalten. Vielleicht konzentrieren wir uns viel zu sehr auf die Mieter, während der Täter aus einer ganz anderen Richtung kommt. Zum Beispiel mit einem Schlüssel in aller Seelenruhe über die Feuerleiter, oder er verschwindet, indem er nach dem Mord im ersten Stock wartet, bis der Portier nach oben gefahren ist.“

„Der Möglichkeiten gibt es viele“, sagte Wetger, „eine weitere scheint mir dieser Hirsch zu sein. Komm doch mal her.“ Er stellte sich gegen das Fenster, hielt das geöffnete Maul des Hirsches gegen das Licht und betrachtete es mit einer Lupe. Bratt blickte ebenfalls durch das Glas und erkannte eine winzige Öffnung. „Könnte ein Schlüsselloch sein.“

„Das denke ich auch. Was hältst du davon, wenn ich nach dem passenden Schlüssel suche?“

„Gut. Ich unterhalte mich unterdessen mit Mainer.“ Bratt nahm die blaue Mappe mit den Befragungsprotokollen und ging zu dem Verleger hoch.

Genau über Whylers Appartement lagen die Räume von Krystle Dodgers, daneben wohnte Mainer. Er schien den Lieutenant schon erwartet zu haben, denn auch seine Tür öffnete sich nach dem ersten Klopfen.

Bratt begann ohne Umschweife, dem Verleger die unwahre Passage in dessen Aussage vorzulesen. „Sie sind doch Herausgeber und wahrscheinlich auch Autor. Wenn Sie Ihre eigenen Angaben veröffentlichen würden, wie müßte man die dann bezeichnen?“ fragte er abschließend.

„Ich weiß, was Sie meinen. Das nennt man Fälschung oder wissentliches Verschweigen von Tatsachen.“ Mainer nickte müde und zog eine Schulter hoch. Er war groß, schlank, und über seinem schmalen Gesicht mit der dunklen Brille wölbte sich lockiges graues Haar. Sicherlich eine elegante Erscheinung, doch jetzt wirkte er abgespannt und nervös, und dies nicht etwa in der Art, als habe er eine Nacht nicht geschlafen. „Trinken Sie einen Schluck? Kognak, Whisky, Wodka?"

„Whisky."

Während Mainer eingoß, versicherte er, bis auf seinen Besuch bei Whyler sei alles andere absolut wahr.

„Und gerade auf diesen Besuch kommt es uns an", sagte Bratt.

Mainer nickte. „Man kann theoretisch noch so klug sein und über Kriminalfälle schreiben, wenn man selbst in einen verwickelt wird, denkt man nicht mehr logisch. Ich hatte Angst, daß Sie mich verdächtigen ... Richter Whyler hatte mich einmal verurteilt, und nun war ich plötzlich der letzte, der ihn lebend gesehen hatte. Ich meine, vor dem Mörder." Mainer hob das Glas und trank den doppelten Whisky in einem Zug aus. Seine Hand zitterte nicht dabei, doch er machte einen etwas fahrigen Eindruck. Offensichtlich hatte der Verleger heute schon mehr getrunken. „Natürlich wußte ich, daß Sie alles rauskriegen und wiederkommen. Also fragen Sie."

Bratt ließ längere Zeit verstreichen, ohne ein Wort zu sagen. Er betrachtete Mainer nachdenklich, der unter seinem Blick unruhig wurde.

„Ich will Ihnen ja alles erzählen", sagte Mainer.

„Nachdem Sie sich die günstigste Variante zurechtgelegt haben", erwiderte Bratt. „Jedenfalls kann man das aus unserer Sicht so sehen. Oder?"

„Ja, ja." Mainer wand sich im Sessel, stand auf und füllte sein Glas nach. „Ich bin jetzt in einer schlechten Position, doch wenn ich Ihnen auch die Vorgeschichte erzähle, werden Sie merken, wie schlecht sie wirklich ist."

Bratt nickte und schaltete das kleine Protokollgerät ein. Irgend etwas an diesem Mann rührte ihn, und er sagte: „Sie können auf einem Anwalt bestehen und einen Stenografen verlangen. Dazu müßte ich Sie aber in das Präsidium mitnehmen. Das könnte ich allerdings sowieso, denn Sie sind der Tat verdächtig. So sieht es aus."

Mainer hob die Hand und ließ sie kraftlos fallen. „Ich weiß. Aber hören Sie erst mal zu."

Vor fünfeinhalb Jahren war der Fernsehreporter Carl Leamend zu John Mainer gekommen und hatte ihm Material über Sendemethoden und Berichterstattung bei Kriminalfällen im Fernsehen angeboten. Alles belegt mit Videoaufzeichnungen sowie wörtlichen Zitaten aus Redaktionsbesprechungen. Das war ein sehr brisantes Thema, und erst wollte Mainer ablehnen. Doch sein Geschäft ging zu jener Zeit nicht sehr gut, und als sich die allgemeine Stimmung gewandelt und sogar die Presse mehrmals gegen die direkte und unkontrollierte Fernsehberichterstattung bei Morden und Überfällen ausgesprochen hatte, wagte er die Veröffentlichung. Zwei telefonische Drohungen und ein Geldangebot in doppelter Höhe der gesamten ersten Auflage erreichten ihn kurz vor der Auslieferung der Bücher. Daraufhin ließ Mainer nachdrucken und gab eine Pressemitteilung über die Drohung heraus, die sehr werbewirksam war.

Obwohl dreißigtausend Exemplare für die erste Auflage recht viel waren, gab es innerhalb weniger Tage kaum noch ein Buch zu kaufen. Mainer wollte sofort die zweite Auflage vorbereiten, als die Gerichtsverfügung und dann das Urteil in relativ kurzer Zeit folgten. Zuvor hatte sich Leamend telefonisch gemeldet und dringend gebeten, seinen Namen niemals zu erwähnen, da sonst für das Beweismaterial Gefahr bestehe. Nur dieses Material und die Möglichkeit, einen Skandal damit auszulösen, halte die Fernsehgesellschaften und den von ihnen gekauften Richter davon ab, eine längere Haft mit riesigen Schadenersatzsummen zu fordern und vielleicht noch Schlimmeres zu arrangieren. Außerdem waren, wie sich bei der nur von einigen Zeitungen erwähnten Gerichtsverhandlung herausstellte, alle Exemplare der ersten Auflage sofort nach Lieferung in fast jeder Buchhandlung immer nur von einem Kunden komplett aufgekauft worden.

Mainer war klar, daß es dabei um möglichst sensationelle Sendungen und die damit verbundenen Milliarden der Werbung ging; dieses Geschäft störte er nun. Trotzdem hoffte er bis zu einem halben Jahr nach Haftantritt noch, daß Leamend irgendeinen Weg finden würde, ihn aus dem Gefängnis herauszuholen. Bis er den neunundfünfzigjährigen Fernsehreporter dann ebenfalls im Gefängnis sah. Der machte einen jämmerlichen Eindruck, hinkte und schüttelte nur stumm den Kopf bei ihrer Begegnung. Sprechen durften sie nicht. Zwei Wochen später berichtete ein Kalfaktor grinsend, daß Leamend unglücklich unter der Dusche gefallen und kurz danach mit Schädelbruch verstorben sei.

„Sie können sich denken, was damals in mir vorging", erzählte Mainer. „Zum Glück war ich geschieden, keine Kinder – sonst wäre ich verrückt geworden." Er machte eine Pause und füllte das erneut geleerte Glas.

Bratt stand auf, legte ihn dem Arm um die Schulter und sagte: „Ich werde uns einen Juice holen. Dieses Zeug hilft nur bei kleinem Ärger. Und auch dann nicht immer."

Mainer nickte und brütete vor sich hin. Nach einigen Minuten holte er laut Luft, straffte sich ein wenig und fuhr mit klarerer Stimme fort: „In dieser Zeit machte man mir das Angebot zur Haftverkürzung und zum Verkauf meines Verlages."

„Wer?"

„Es war derselbe Kalfaktor. Als ich zusagte, tauchte schon zwei Tage später ein Anwalt auf, so ein halbfetter selbstsicherer Typ in Maßanzug, Maßhemd, Maßschuhen, wahrscheinlich auch mit Maßarmbanduhr und Maßgewissen."

„Ich kenne ihn, Lucius Cambella."

„Ja, Cambella. Er verlangte, daß ich die ganze Angelegenheit für immer vergessen solle. Ich handelte erst gar nicht, ich wollte nur raus. Dann lief alles so glatt, als wenn man oben Geld in den Automaten steckt und unten der Kaffee rausläuft."

„Soweit kennen wir im Prinzip schon alles", sagte Bratt. Die Worte klangen teilnahmsvoller, als er es wollte, doch war der Ton das einzige, mit dem er Mainer ein wenig trösten konnte. Zu oft hatte er ähnliche Fälle erlebt und nie die Spur einer Chance gehabt, Akteure vom Kaliber eines Cambella zu fassen oder über ihn die wirklichen Drahtzieher zu ermitteln. „Daran haben Sie sich also gehalten. Bis vor zwei Jahren, als Sie hier zu Whyler ins Haus zogen. Das stimmt doch?"

Wieder nickte Mainer. „Vor mehr als drei Jahren, das

neue Gesetz war zum zweitenmal von Richter Whyler als verfassungswidrig außer Kraft gesetzt worden, kam Greg Leamend zu mir, der Sohn des Fernsehreporters. Auch seine Mutter hatte man unter Druck gesetzt, das Haus durchwühlt, gedroht. Ein halbes Jahr nach dem Tod ihres Mannes starb sie ebenfalls, und Greg zog mit seiner Frau in das Haus der Eltern. Und da fand er dann alle Unterlagen und noch einige weitere Aufzeichnungen. Zum Beispiel Fotokopien von Quittungen, darunter auch die von Richter Whyler, von Stolback, von Quazeiros." Er stockte und sah Bratt an. „Sagen Ihnen die Namen etwas?"

Der Lieutenant räusperte sich. Plötzlich wurde ihm heiß. Er lockerte den Hemdkragen, stand auf und trat an das Fenster. Immer das gleiche. Es war ein offenes Geheimnis, daß selbst große Konzerne und renommierte Unternehmen Gangsterbanden engagierten, wenn sie mit den von ihnen bezahlten Richtern, Polizisten und Anwälten nicht an ihr Ziel kamen. Hunderttausende Dollars wechselten den Besitzer, um Millionen neuer Dollars einzubringen. Ein blutiges, skrupelloses Geschäft, besiegelt durch Morde auf der einen und Quittungen auf der anderen Seite. Quittungen, die natürlich vor Gericht ohne Beweiskraft blieben, da die Unterzeichner die Gelder für Berateraufgaben, für Personenschutz oder Ermittlungsaufträge erhielten. Was wirklich dahintersteckte, das wurde der Öffentlichkeit nur angedeutet, wenn die Interessen ebenso mächtiger Konkurrenten bedroht waren.

Bratt hatte sich manchmal ein Stück in diesen Filz hineinwühlen müssen und war jedesmal froh gewesen, wenn er nicht zu tief einzudringen brauchte. Nun aber kannte er schon einen großen Teil der Zusammenhänge, und er war nicht glücklich darüber. Er wußte auch, daß sich alles, was geschah und was geschehen würde, gesetzmäßig vollzog. Besonders dann, wenn der Angehörige eines Ermordeten die Zusammenhänge erkannte und offensichtlich wie Greg Leamend Mut besaß. Es war jener Mut, mit dem sich früher Farmer gegen die Revolverhelden zur Wehr setzten. Doch das war zur Zeit des Wilden Westens gewesen, als die Gerechtigkeit oft der Gewalt unterlag und sich manchmal nur als Rache durchsetzen konnte. Daß es heute nicht viel anders war, beschämte Bratt. Wozu waren sie eigentlich da, wenn die Mächtigen in diesem Land nach Belieben Gesetz und Recht brachen, um ihre Interessen durchzusetzen? Großes, reiches, armes und verdammtes Amerika, dachte Bratt in einer noch nie gespürten Ohnmacht. Sein Ton klang schroff, als er zu Mainer sagte: „Reden Sie schon weiter."

„Greg Leamend, der in der Werbung arbeitete und dort Krystle Dodgers kennenlernte, vermittelte mir nach dem Tod eines alten Mieters dieses Appartement. Was der Junge wollte, war ein Geständnis von Richter Whyler."

„Was? Von Richter Whyler?" Bratt drehte sich erstaunt um.

„Ja, er meinte, der Mann müsse doch irgendwo ein kleines Stück Gewissen haben, auch mir gegenüber, den er ins Gefängnis geschickt hatte. Jedenfalls schloß ich Bekanntschaft mit dem Richter, doch er konnte sich an meine Verurteilung gar nicht mehr erinnern. Allmählich führte ich ihn an die Fernsehsache heran, natürlich gab er nichts zu, bis ich ihm vor zwei Monaten von den Quittungen erzählte. Da wurde er wütend und schmiß mich raus. Inzwischen hatte ich mich schon so intensiv mit der Angelegenheit befaßt, daß ich einen Report über den Fall schreiben wollte. Da meldete sich Whyler vor gut zwei Wochen. Er schien mir verändert, nervös und gealtert. Er schlug mir vor, unter zwei Bedingungen ein handschriftliches Geständnis zu schreiben über die Hintergründe meiner Verurteilung und seiner Gerichtsentscheide gegen das neue Gesetz."

„Die Hintergründe? Nannte er Namen, sprach er über Summen?" fragte Bratt.

„Nein. Das wollte er alles aufschreiben."

Bratt drehte sich wieder zum Fenster und sah hinunter. „Und die Bedingungen?"

„Ich hätte doch großen Einfluß auf Krystle und solle sie überreden zu ..., also, zu einer Liebesnacht, um es mal anständig auszudrücken. Und die zweite Bedingung war, daß wir sein Geständnis erst nach seinem Tode veröffentlichen sollten."

„Vor etwa zwei Wochen", sinnierte Bratt laut. „Hat er von einem Autounfall gesprochen, von anderen Bedrohungen?"

„Nein.“ Mainer stand auf und wollte sich wieder einen Whisky nachfüllen. Nach einem verstohlenen Blick auf Bratt griff er dann doch zum Juice. „Ich kann mir schon denken, daß seine Finger auch in anderen Sachen steckten und bestimmte Leute ihm vielleicht Ärger bereiteten. Irgendwie holen einen die Verbrechen immer wieder ein.“

Ja, wenn man nicht selbst derjenige ist, der die Verbrechen ausführen läßt, dachte Bratt. „Gingen Sie auf Whylers Bedingungen ein?“

„Ich ..., na ja, ich habe mal vorgefühlt, doch Miß Dodgers hatte solch einen Widerwillen gegen Whyler, daß ich nicht weiter darauf einging. Gestern wollte ich noch mal mit ihm sprechen, also ging ich runter.“

„Wußten Sie, daß Miß Dodgers bei ihm war?“

„Nein. Sie kam sehr erregt heraus, als ich gerade eintreten wollte.“

Unten auf der Straße standen die Reporter in Gruppen neben ihren Autos. Ein Stückchen weiter hielt der Lieferwagen einer Backwarenfabrik. Alles sah ruhig aus von hier oben, locker aufgeteilt, offensichtlich zufällig und doch in einer ganz bestimmten Ordnung. Bratt spürte auch in seinen Gedanken ein Durcheinander, und doch sah er schon Linien und gewisse Zusammenhänge. „Wie kamen Sie in das Zimmer, ich meine, hatten Sie sich telefonisch angemeldet?“

„Nein, er kannte mich ja. Man klopfte und nannte den Namen, dann machte er auf.“ Mainer wartete auf eine weitere Frage und fuhr fort, als Bratt schwieg: „Krystle lief also, ohne zu grüßen, an mir vorbei. Ich zog die Tür hinter mir zu, während Whyler zu der Schreibtischgarnitur stürzte, die neben der Tür am Boden lag. Dabei fauchte er mich an: ‚Sie fehlen mir gerade noch. Ich hab Ihnen doch gesagt, unter welchen Bedingungen ich mit Ihnen verhandele.‘ Dann beruhigte er sich ein wenig, nahm den Hirsch, der abgebrochen war, und klebte ihn wieder an. Ich schlug vor, es noch mal bei Krystle zu versuchen, oder ob er vielleicht auch mit einer anderen Lösung einverstanden wäre. Aber nein, er war verrückt nach dem Mädchen. Plötzlich richtete er sich ganz starr auf, drückte auf seine Schreibtischgarnitur, die klappte hoch, und er griff hinein. Wahrscheinlich war es mein Glück, daß ich ihm dabei zusah und mich nicht umdrehte. Dann muß mir jemand einen Handkantenschlag versetzt haben ...“ Mainer räusperte sich. „Ich verlor das Bewußtsein, hörte aber wie in weiter Ferne Schüsse und sah kaum einen Meter von mir entfernt am Boden Whylers Kopf. Der Richter röchelte, Blut lief ihm über den Hals. Ich blieb erst einmal unbeweglich liegen. Als ich nichts hörte, war mein einziger Gedanke: Nur weg! Ich weiß nicht, ob Sie in meiner Lage anders gehandelt hätten.“

Mainer sah zu Bratt, doch der rührte sich nicht. Der Lieutenant beobachtete einen Mann, der Konditorkleidung trug und mit einem Tortenkarton unter dem Arm zu dem Lieferwagen ging und davonfuhr. Der Tortenkarton war offensichtlich leer. Der Mann hatte also etwas im Haus abgeliefert.

In Bratt stieg das gleiche siedende Gefühl hoch wie bei der Jagd auf einen bewaffneten Verbrecher, der in einem dunklen Kellergang verschwunden war. Man wußte genau, was passieren konnte, und mußte ihm trotzdem folgen. „Warten Sie hier“, sagte er zu Mainer und lief hinaus.

Ron Wetger lag an der Wand zwischen den beiden Fenstern. Er hatte wahrscheinlich am Schreibtisch gestanden und sich herumgedreht, als jemand in das Zimmer kam. Bratt wußte sofort, wer das gewesen war. Ein alter und immer noch wirksamer Trick. Der Lieutenant kannte viele ähnliche Tatorte, er musterte also erst einmal den Raum. Die Schreibtischgarnitur war verschwunden, sonst schien alles unverändert und nichts weiter zu fehlen. Einen Kampf hatte es nicht gegeben, der Mann mußte sofort geschossen haben.

Schwerfällig kniete Bratt sich neben seinen Partner, sah eine Einschußstelle im Rücken und eine neben dem linken Arm an der Brustseite. Wetgers rechte Hand hielt den Revolver umkrampft, doch hatte er nicht mehr die Kraft gefunden, ihn aus dem Halfter zu ziehen. Seine braunen Augen waren groß und starr auf die Tür gerichtet. Bratt drückte ihm die Augenlider herunter, fühlte die warme, weiche Haut, und im selben Moment war ihm so, als höre er einen Schuß. Er stand im Keller, und es war so gekommen, wie es kommen mußte. Noch tat nichts weh, doch dann breitete sich in ihm ein Schmerz aus, der ihn betäubte. Er wollte sich umdrehen, zu dem hellen Eingang zurücklaufen, aber er sah die Tür nicht mehr. Nun war alles dunkel um ihn herum, er konnte nicht den kleinsten Schimmer entdecken, obwohl ihm die Augen vor Anstrengung brannten.

Er spürte nicht, daß er weinte.

Minutenlang hockte Bratt neben seinem toten Partner. Er war wie gelähmt, auch die Zeit schien stillzustehen. Doch außerhalb dieses Zimmers bewegte sich alles weiter, die Menschen redeten, lachten, gingen – und der Mörder fuhr davon. Als Bratt sich dessen bewußt wurde, stand er auf, strich sein Jackett glatt, nahm ein Taschentuch heraus und rieb sich Augen und Wangen. Er ging zum Telefon und wählte. Seine Stimme klang ein wenig heiser, und sein Gesichtsausdruck war hart, sonst war ihm keine Veränderung anzumerken. Doch dies galt nur nach außen. Er hatte selbst noch nicht erfaßt, daß er nach diesen anscheinend reglosen Minuten nicht mehr derselbe war wie vorher.

„Fahndung nach einem braungelben Lieferwagen, Marke Ford Shuttle, geschlossen, Aufschrift: Der Hauskonditor. Fahrer trägt weiße Konditorkleidung, ist bewaffnet, gefährlich, hat einen Polizisten erschossen. Wagen ist vor ...“ Bratt stockte einen Moment. Wie lange hatte er da am Boden gehockt? „Vor etwa acht bis zehn Minuten von der Florence Avenue neunzehn abgefahren.“

Er mußte sich einen kurzen Moment konzentrieren, dann lief er zum Eingang hinunter. Der Polizist blickte ihm freundlich entgegen, wurde aber ernst, als er Bratts Miene sah.

„Wohin wollte dieser Tortenlieferant?“ fragte der Lieutenant.

„Zu dem Ehepaar Hightower, er brachte eine Hochzeitstorte. Ich habe sie mir zeigen lassen, ein Riesending.“

Einige Reporter kamen neugierig näher, ein Fotograf machte Bilder. Bratt kam eine Idee. „Nehmen Sie alles und jeden auf, der sich hier sehen läßt?“

„Es passiert ja nichts, da ist man sogar über eine Hochzeitstorte glücklich.“

„Haben Sie den Mann fotografiert?“

„Nein, mein Kollege Cliff Barkley vom ‚Evening Star‘. Ich

hab noch ein bißchen Zeit bis zum Redaktionsschluß, da wird hoffentlich noch was anderes passieren."

„Wo ist Barkley jetzt?" fragte Bratt hastig.

Schulterzucken, dann sagte jemand: „Er wird das Bild in die Redaktion bringen. Aber fragen Sie doch mal Peter." Der Mann zeigte auf einen Wagen mit der Aufschrift „Evening Star".

Bratt rannte zu dem Auto, riß die Tür auf und unterbrach den jungen Mann, der in das Autotelefon sprach. „Ist Barkley schon in der Redaktion?"

„Ich weiß nicht."

„Fragen Sie! Sofort!"

Der Reporter wollte etwas sagen, beeilte sich jedoch nach einem Blick in Bratts Gesicht. Die anderen Journalisten umdrängten den Wagen und verfolgten das Gespräch. „Er ist noch nicht da", sagte der Reporter.

„Cliff Barkley hat einen Mörder fotografiert", sagte Bratt laut. „Dieser Kuchenmann hat meinen Kollegen Inspektor Ron Wetger vor wenigen Minuten erschossen. Die Leute sollen Ihren Fotografen in der Redaktion nicht aus den Augen lassen, auch sein Leben ist in Gefahr – ich fordere sofort Polizeischutz für ihn an."

Einige Sekunden war es so still, daß sogar die fernen Geräusche vom Campton Airport herüberdrangen. Einige Spatzen unterbrachen ihre Balgerei und äugten mißtrauisch auf die schweigende Menschengruppe. Alle starrten den Lieutenant an. Dann kam Leben in die Journalisten, sie drängten sich noch näher, Fragen prasselten durcheinander, Mikrofone wurden dem Lieutenant hingehalten. Er wehrte sie ab. „Wir müssen den Mörder fassen, jetzt ist jede Sekunde wichtig. Bitte, ich stehe Ihnen nachher zur Verfügung."

Ein Reporter fragte trotzdem: „Wie konnte das passieren? Hat er auch Sie bedroht?"

„Ich wollte, ich wäre dabeigewesen. Inspektor Wetger untersuchte das Mordzimmer allein, ich war zu einer Zeugenbefragung in einer anderen Wohnung. Und nun lassen Sie mich an meine Arbeit gehen."

Die Reporter machten schweigend Platz.

Es war wirklich eine Hochzeitstorte gewesen, einen Tag vor dem achtunddreißigsten Hochzeitstag des Ehepaares Hightower im ersten Stock. Der in Buffalo lebende Sohn hatte sie bei der Firma „Hauskonditor“ bestellt. Allerdings wußte der Sohn gar nichts davon, denn er kam am Abend selbst zu Besuch, und die Firma „Hauskonditor“ existierte überhaupt nicht.

Bratt forderte fünf Kriminaltechniker an, und als Kumnick meinte, zwei müßten genügen, fuhr er ihm so über den Mund, daß der Captain nur verblüfft die Augen aufriß. Schließlich nickte er schweigend. Die fünf Kriminaltechniker durchsuchten die Mordwohnung Quadratzentimeter um Quadratzentimeter, und als sie nichts fanden, schüttelte Bratt störrisch den Kopf. Es mußte etwas geben, denn Whylers Zusage, die Hintergründe jener verbrecherischen Aktion gegen das Pressegesetz aufzudecken, und der darauffolgende Anschlag, dann seine Ermordung in der Wohnung und schließlich genau in jenem Moment der zweite Mord, als sie das Beweismaterial in der Hand hielten, deuteten ganz klar auf ständige Überwachung hin.

Die Männer mußten zum zweitenmal an ihre Arbeit, untersuchten jede Tapetenblume, jede Fußbodenritze, jede Gardinenfalte. Und nun fanden sie es: ein linsengroßes Abhörgerät, das so raffiniert auf eine Geweihsprosse hinter Whylers Schreibtisch geklebt war, als sei es eine echte Verwachsung. Eine einfache Wanze, nicht einmal ein Kameraauge. Und das hatte genügt, um über jeden Schritt des bestochenen Richters informiert zu sein.

Der Reporter des „Evening Star“ war groß rausgekommen, denn sein Foto wurde die Sensation des Tages. Leider ließ sich darauf nur der mit mißtrauischer Miene auf die Torte starrende Polizist richtig erkennen, während der Kuchenmann sich so geschickt weggedreht hatte, daß man von ihm die Mütze, das Ohr, die halbe rechte Wange und ein Stückchen Nase sah. Trotzdem hatte die Fahndung Erfolg, der Gesuchte wurde schon einen Tag später gefunden. Man entdeckte ihn in einem Motorboot am Kai von Huntington Beach, und in seiner Brust steckten fünf Schüsse aus derselben Pistole, durch die Wetger sein Leben lassen mußte. Das Gesicht des Mörders war unversehrt, und so konnten ihn die

Zeugen ohne Mühe als den Fahrer des Konditorwagens identifizieren.

„Sie können zufrieden sein, CiDi“, sagte Captain Kumnick zwei Tage später. Wieder saß er mit Bratt in seinem Büro, ein Glas Wein stand vor ihm, und draußen dunkelte es bereits.

Der Lieutenant schüttelte den Kopf. „Wir haben noch lange nicht alle Mörder“, sagte er. „Dieser Kuchenmann genügt mir nicht.“

„Ich denke wie Sie“, erwiderte Kumnick ernst. „Aber wie kommen wir ohne Beweise an die Hintermänner heran? Also begnügen wir uns mit denen, die wir beim Morden erwischen.“

„Das ist es ja eben.“ Bratt grübelte, trank einen Schluck und dachte an eine ähnliche Situation vor sechs Wochen. Damals hatte Wetger auf dem dritten Stuhl gesessen, und als Bratt dieses Bild wieder vor sich sah, stiegen Trauer und Wut in ihm hoch. „Es gibt doch noch dieses Gerät, die Null-Zwei, Captain. Warum setzen wir es nicht ein?“

Kumnick schüttelte verwundert den Kopf. „Ich sehe keinen Sinn darin, beide Morde sind aufgeklärt. Oder haben Sie doch noch Zweifel, CiDi?“ Er machte eine Pause. „Außerdem hatte ich Ihnen ja schon erzählt, daß der Einsatz des Geräts, also diese Gedankenübertragung von dem Toten, nicht ganz problemlos ist.“

„Ich weiß. Will man diese Methode nun gar nicht anwenden?“

„Davon habe ich nichts gehört. Aber in diesem Fall ...“ Er stutzte und blickte Bratt nachdenklich an.

„Es ist noch nicht alles so sonnenklar, wie es sein sollte, Captain. Whyler wurde mit seiner eigenen Waffe erschossen, und nach allen Ermittlungsergebnissen – offiziell wenigstens – war dieser Kuchenmann auch Whylers Mörder. Aber es gibt da noch einen Fingerabdruck an der Schreibtischgarnitur. Sie wissen, der eine stammte von Miß Dodgers, der andere von Mainer. Aber der dritte ...“

„Hm.“ Kumnick klopfte wie abwesend mit dem Zeigefinger an das Weinglas. „Ich versteh Sie, CiDi, ich würde auch gern ein Stück hinter die Kulissen blicken. Aber das ist eine gefährliche Sache.“

„Hören Sie, Phil“, sagte Bratt beschwörend. Es war das erstemal, daß er Kumnick im Dienst mit Vornamen anredete. „Ist das nicht ein schäbiger Tod, wenn jemand von einem gedungenen Mörder abgeschlachtet wird wie ein Mastschwein auf dem Viehhof. Und diesmal war es einer von uns, Ron Wetger, ein ehrlicher, ein guter Polizist. Vor sechs Wochen hat er hier mit uns gesessen, und wir haben über Verbrechen gesprochen und wie man ... Ach, verdammte Scheiße.“ Er drehte sich weg und schwieg.

Wieder drangen Gesprächsfetzen des Spätdienstes in Kumnicks Büro, ein Telefon klingelte, alles war wie damals. Aber einer von ihnen war inzwischen tot.

„Ron ist von mehreren Mördern umgelegt worden“, fuhr Bratt fort. „Wir haben den Mann erwischt, der die Pistole abdrückte. Ich möchte nur soviel über diese ganze Sache wissen wie Richter Whyler, und wenn ich ihm selbst ins Gehirn sehen wollte.“

Kumnick starrte auf sein Telefon, als erwarte er von ihm ein Zeichen. „Nun gut“, sagte er nach endloser Zeit, „wahrscheinlich haben wir unsere Rennen schon zu oft abgebrochen, nur weil uns jemand auf die Schulter klopfte und lobte, wir liefen einen sauberen Stil. Vielleicht sollten wir auch mal versuchen, ins Ziel zu kommen.“

„Danke, Phil“, sagte Bratt, „das werde ich Ihnen nicht vergessen.“

„Das ist kein persönlicher Gefallen“, erwiderte Kumnick kurz. „Wenn ich zustimme, ist es eher so etwas wie Notwehr.“

Kurz nach sieben Uhr klingelte es an Bratts Haustür. Kumnick stand draußen, ernster als sonst und schweigsam. Als Bratts Frau erschien und ihren Mann mit einer Umarmung verabschiedete, sah Kumnick den Lieutenant fragend an. Bratt nickte. Warum hätte er es seiner Frau verschweigen sollen.

Während sie durch Hollywood fuhren und auf den Freeway 101 bogen, stiegen noch einmal die Zweifel und Fragen der letzten Tage in Bratt auf. Sie entsprangen nicht etwa der Angst vor gefährlichen Enthüllungen, was ihn bedrückte, war vielmehr eine unerklärliche Scheu vor dem geheimnisvollen Experiment. Knapp drei Jahre blieben ihm bis zur Pensionierung, kaum fünfunddreißig Monate bis zum Abschied von einem Job, den er mit ganzem Einsatz und mit mehr Erfolg als die meisten seiner Kollegen betrieben hatte. Und nun diese Sache. Die Akten waren praktisch schon geschlossen, man brauchte nur noch den Deckel zuzuklappen. Da hatte er seinen Finger dazwischengelegt.

Nicht, daß er seine Entscheidung bereute – das Gefühl der Hilflosigkeit wäre sonst noch stärker geworden. Auch sein Ausscheiden aus dem Dienst wäre keine Lösung gewesen, er hätte nur noch mehr Zeit gehabt, darüber nachzudenken, warum es weder der Polizei noch der Justiz gelang, einen großen Verbrecher zur Verantwortung zu ziehen. Irgend etwas mußte falsch sein bei ihrer Tätigkeit. Da mußten sie sich an Regeln halten, die teilweise vor Jahrhunderten aufgestellt worden waren, während die Mächtigen sich zur Erreichung ihrer Ziele aller ungesetzlichen Methoden des einundzwanzigsten Jahrhunderts bedienten, ohne dafür büßen zu müssen. Sie leisteten sich gerissene, gewissenlose und wortverdrehende Advokaten, auf Erpressung, Bespitzelung und persönliche Bedrohung spezialisierte Banden, Lockmittel oder Repressalien sowie schließlich den Mord, den man bei Zahlung entsprechend hoher Summen in Auftrag geben konnte wie die Lieferung eines neuen Autos.

Ein widerliches, stinkendes und gefährliches Paket von Mitteln, mit denen sich fast alles durchsetzen ließ. Schon wer in die Randbezirke solcher Manipulationen eindrang, für den wurde es gefährlich. Und welche Chancen ein ehrlicher Polizist dabei besaß, war ihm durch Wetgers Tod plötzlich so schmerzlich bewußt geworden wie nie zuvor. Eine Erkenntnis, die er diesmal nicht allein tragen konnte. Und so hatte Bratt zum erstenmal in den zweiunddreißig Ehejahren seiner Frau all das anvertraut, was er sonst als Berufsrisiko betrachtete und für sich behielt. Ein Satz seiner Frau aber zeigte ihm, daß es in einer guten Ehe nicht immer der Erklärungen bedurfte, um Sorgen und Nöte des Partners zu kennen: „Ich glaube, du hast dein Leben schon viel öfter für Dinge eingesetzt, die nicht einmal halb soviel wert waren.“ Wann hatte er jemals einen so guten Grund gehabt, etwas zu riskieren, wie diesmal?

Bratt seufzte leise, und Kumnick betrachtete ihn prüfend.

„Ich versteh dich CiDi – ein eigenartiges Gefühl. Aber die Eierköpfe ...“ Er unterbrach sich räuspernd. „Die Wissenschaftler sind erste Garnitur, sogar vom FBI und Militär sind einige dabei. Du brauchst dir wirklich keinen Kopf zu machen, daß etwas schiefgeht.“

„Hm“, machte Bratt. Er hätte lieber etwas anderes gehört, denn dieser Aufwand beruhigte ihn überhaupt nicht. Im Gegenteil.

Der Fahrer verminderte das Tempo, bog an der nächsten Abfahrt links zu den Monica-Bergen ab und lenkte auf eine schmale Straße. Sie kamen an einen Schlagbaum, von dem sich ein hoher Drahtzaun nach beiden Seiten in die Felsen und Tannen schlängelte. Der Wachposten prüfte sorgfältig ihre Legitimation, verglich ihre Namen auf einer Liste und ließ sie dann passieren. Nach kurzer Fahrt tauchten, hinter Bäumen versteckt, zwei langgestreckte, zweistöckige Gebäude auf. Vor der Eingangstür ein weiterer Kontrollposten, der ihnen einen Begleiter mitgab, an dem nur der gutgeschnittene Anzug zivil wirkte.

Nach endlosen Gängen und der Übergabe an einen ebenso angezogenen, genauso wachsamen jungen Mann erreichten sie einen Raum, der wie eine Mischung zwischen dem Büro eines Ölmanagers und dem Behandlungsraum eines Modepsychiaters wirkte. Ein wuchtiger Mann erhob sich, nickte Kumnick zu und ergriff Bratts Hand, die er lange und herzlich schüttelte. Der Lieutenant kannte ihn, er war Dr. Sinclair Fulhair, Leiter der neurologisch-psychiatrischen Sektion dieses Hauses.

„Alles klar, Lieutenant?“ vergewisserte der Doktor sich.

„Natürlich.“ Jetzt, da alles entschieden war, fühlte sich Bratt ruhig und sicher. Es war so wie nach den ersten Minuten am Tatort eines Mordes, wenn er Erschütterung und manchmal auch Entsetzen zurückgedrängt hatte, um sachlich und nüchtern mit der Arbeit beginnen zu können. Was jetzt kam, gehörte auch zu seiner Arbeit.

Der Arzt wies auf eine Tür und bedeutete ihnen, ihm zu folgen. Sie betraten einen spärlich möblierten Aufenthaltsraum, der durch Scheiben von einer Art Operationssaal getrennt war. Dr. Fulhair stellte die sechs Männer vor, die sich darin befanden. Dann wurde Bratt in einen anderen Raum geführt, noch einmal gründlich untersucht, die Kopfhaare wurden geschoren, es folgte eine komplette Desinfizierung, und schließlich erhielt er einen weißen Spezialanzug – alles ging so schnell, daß keine Zeit für ängstliche Gedanken blieb.

Im Operationssaal erwarteten ihn acht Ärzte und eine Schwester. Dr. Fulhair befand sich nicht darunter. Hinter den Scheiben konnte er die Gesichter der Beobachter nur wie Schemen erkennen, ohne Zweifel befand sich auch Kumnick darunter. Bratt wurde zu einem weißen Kunstledersessel geführt, man schnallte ihm Brustkorb, Arme und Beine fest.

„Warum das?“ fragte der Lieutenant.

„Nur eine Sicherheitsmaßnahme“, erwiderte einer der Ärzte. „Übrigens, ich heiße Larry Joiner, ich leite dieses Experiment. Es geht nur darum“ – er deutete auf die festgeschnallten Arme – „daß Sie während der Übertragung den Translationshelm nicht durch unkontrollierte Bewegungen herunterreißen oder an den Verbindungskabeln zerren. Hat man Ihnen das nicht gesagt?“

„Nein, über Einzelheiten haben wir nicht gesprochen. Nur, daß die Sache nicht ganz ungefährlich ist.“ Alle Köpfe drehten sich ihm zu, neun grüne Hauben und Mundmasken, dazwischen neun Paar prüfend blickende Augen. Bratt mußte schlucken. „Jedenfalls wurde mir gesagt, daß die Methode noch ziemlich neu ist.“

„Das stimmt.“ Wieder sprach Dr. Joiner. „Es ist heute unser fünfter Versuch, alle verliefen erfolgreich. Allerdings ist nicht jeder als Medium geeignet, deshalb haben wir Sie vor drei Tagen so sorgfältig untersuchen lassen. Psychisch labile Menschen können …, nun, sagen wir mal, anschließend unter schizophrenen Phasen leiden. Das stabilisiert sich jedoch wieder. Sie sind kerngesund, geistig, meine ich. Deshalb gibt es bei Ihnen keine Bedenken, auch wenn Sie älter sind als unsere bisherigen Kandidaten.“ Der Arzt schüttelte leicht den Kopf. „Ich dachte, man hätte Sie etwas besser vorbereitet. Natürlich ist niemand so gut für diese Operation geeignet wie Sie, denn Sie werden auch undeutliche Bilder, Gedankenfetzen oder sogenannte Gedächtnisschemen erleben. Wer sollte die wohl besser entschlüsseln als Sie.“

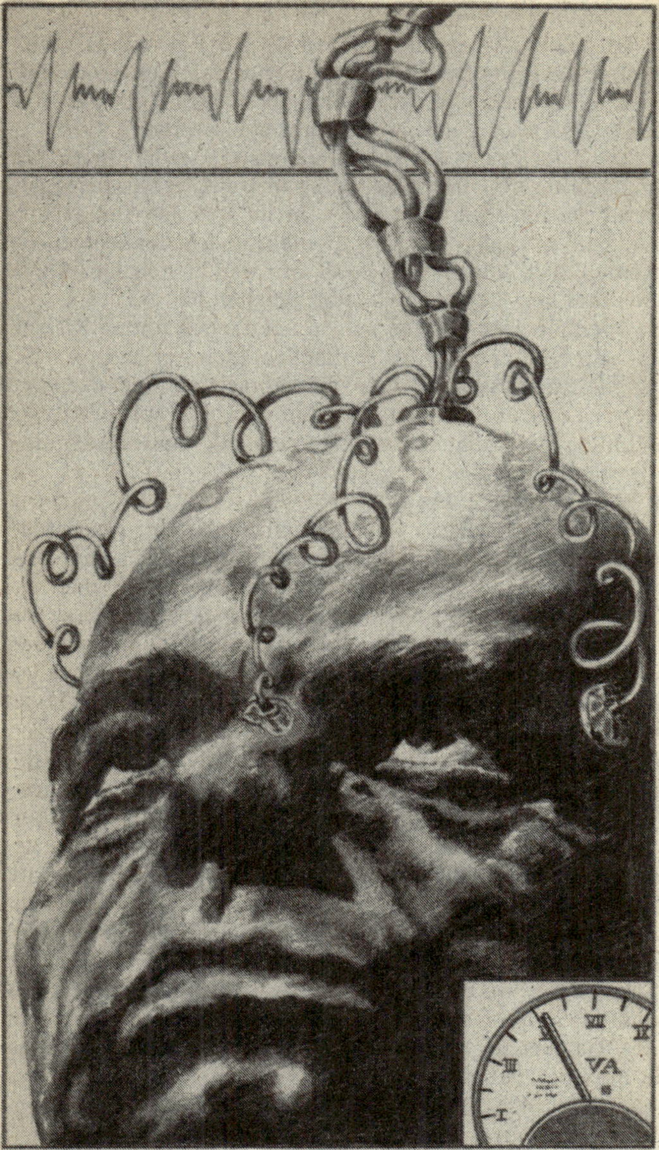
VA

„Und Ihre sonstigen Kandidaten?“ fragte Bratt.

Dr. Joiner warf einen schnellen Blick auf die Scheibe, hinter der die Beobachter standen. „Bisher waren es Freiwillige, verurteilte Verbrecher, die durch ihren Dienst an der Wissenschaft etwas von ihrer Schuld sühnen wollten ...“

„Also doch ein Risikounternehmen“, stellte Bratt fast gleichgültig fest. Die Bestätigung überraschte ihn nicht, sie beruhigte ihn sogar. Auch hier spielte man also mit gezinkten Karten. Und er war von Zweifeln und Bedenken geplagt worden nach seinem Entschluß, nur weil er sich Jahrzehnte treu und korrekt an die Gesetze gehalten hatte.

„Auch Herzoperationen bergen heute noch immer Risiken in sich. Und hier geht es schließlich auch um nationale Sicherheitsinteressen...“ Dr. Joiner brach ab und beendete den Satz kurz: „Konzentrieren Sie sich bitte auf die letzten Minuten des Mannes, das Zimmer, alle Ihnen bekannten Umstände. Sonst noch Fragen?“

Bratt schüttelte den Kopf.

Der Operationsleiter gab ein Zeichen, das eine geschäftige und zielgerichtete Tätigkeit auslöste. Jemand schaltete Hebel am Geräteschrank, ein anderer überprüfte die Anschlüsse zu einem kaum mannshohen weißen Kasten, ein Arzt stülpte Bratt einen mit Fokussierungsspulen gespickten Helm auf, drückte und stellte an dem Gerät, bis die vielen kleinen Anschlüsse wie Saugnäpfe am Kopf klebten. Dann wurde das Licht ausgeschaltet, und die Operationslampen hüllten alles in einen strahlenden Kreis: die Ärzte, Bratt, die farbigen Kabel und blitzenden Anschlüsse, den transportablen Kasten mit den Bildschirmen, Skalen, Knöpfen und Zeigern. Und den weißen Schrankkasten.

Zwei der Ärzte klappten einen Teil der Vorderwand herab. Auf gleicher Höhe wie Bratts Gesicht lag der von weißem Schaumstoff gestützte Kopf des Richters Gregory Whyler. Obwohl Bratt damit gerechnet hatte, durchzuckte ihn der Schreck wie ein elektrischer Schlag von der rasierten Kopfhaut bis in die Zehenspitzen. Auf den starren Gesichtszügen des Richters lag immer noch das schiefe Lächeln, das ohne Brille noch unheilverkündender wirkte als damals im Zimmer. Auch Whylers Kopf war rasiert, an Schläfen, Hinterkopf und Nasenwurzel saßen flache, facettenartig gefächerte Elektroden. Alles war verbunden mit goldfarbenen Fäden, die auf die Schädelmitte zuliefen und dort wie im Zentrum eines Spinnennetzes in drei Kabel mündeten.

Dr. Joiner stand vor dem Schrank mit den Meßgeräten und beobachtete die Bildschirme. „Sie haben sehr gute Nerven, Lieutenant“, sagte er. Seine Stimme klang dumpf unter dem Mundschutz. „Es wird keine Probleme geben. Wir beginnen.“

„Aktivierung beendet“, meldete sich eine andere Stimme.

„Reaktion positiv.“

„Hirnströme vierundneunzig zu achtzig.“

„EEG ohne Befund.“

„Sensibilisierungskontakte konstant.“

„Synchronisierung maximal.“

Dann wieder Dr. Joiner: „Dekodierung – Start.“

Schweigen um Lieutenant Bratt, ein kurzes, fernes Rauschen, gefolgt von Flimmern. Schemen und Schatten tauchten auf, zerflossen – und dann Angst. Zwei Schläge dröhnten gegen die Brust, ein Mann mit einer Pistole, alles drehte sich. Dunkelheit. Und dann wieder Angst. Sie kroch ihn von hinten an, unsichtbar, unfaßbar, alles durchdringend. Nicht sterben. Er war doch nicht Whyler. Whyler, der Mann ... Ein Mann auf dem Stuhl: Mainer. Und das Zimmer, der Schreibtisch, die aufgeklappte Schreibtischgarnitur. Aber wer hat geschossen? Krystle war da, in einem fremden Zimmer, nackt, verführerisch, lächelnd, sich auf einem Bett windend. Begierde flammte durch seinen Körper, er sah volle Brüste, glatte Schenkel, fühlte sie, wollte anfassen und eintauchen – doch der Griff zum Körper zerstörte das Bild. Wieder Mainer, seine Stimme: Vielleicht sind Sie mit einer anderen Lösung einverstanden ... Nein, Krystle, es mußte Krystle sein. Wenn er sein Leben aufs Spiel setzte, dann nicht umsonst. Ein Auto raste heran, wieder ein Schlag. Er lag am Boden. Wilburs Gesicht, besorgt, forschend. Da waren sie schon, was wußten sie von ihm?

Das Gedankenkarussell drehte sich langsamer, Bilder, Gestalten ordneten sich ... Ein großes grünes Feld, ein kleiner Wagen und Schläger. Das Spiel hatte ihn noch nie gereizt, doch gab es keine größere Sicherheit vor Überwachung als die weithin einsehbare Golfstrecke. Loch zwölf, weit daneben. Er zog den Wagen selbst, langsam, keine Zeugen. – Waren wir schon jemals kleinlich, Gregory? – Nein, aber diesmal ... Du mußt verstehen, Henry, ich mache meine Karriere kaputt. – Für eine halbe Million, Richter, und die Pension dazu, wenn es sein muß. – Wenn ich in Ehren Abschied nehme ... – Du wirst, Gregory, und die halbe Million. (Eine halbe Million, fünfhunderttausend, dann sind es zwei. Reichtum. – Gut, ein Jahr etwa kann ich die Anwendung des neuen Gesetzes noch verhindern, höchstens ein Jahr. (Erde spritzt auf, der Ball fliegt nicht weit. Verdammtes Golfspiel, werd ich wohl nie lernen.) – Und es gibt für dich als Richter keine Möglichkeit, das Gesetz endgültig zu verbieten? Kommunistische Unterwanderung, Gleichmacherei, Verbot der freien Meinungsäußerung und Information, das wirkt doch immer. – Hatten wir alles schon, Henry. Es sind zu viele prominente Leute auf der Gegenseite, die Zeitungschefs, gute Amerikaner wie Kaufhauskönig Peckard. Nachdem sein Sohn bei diesem Kidnapping fast draufgegangen wäre, läßt er nicht mehr mit sich reden. Und dann die Öffentlichkeit, diese vielen Moralapostel. – Beschimpfe nicht die Öffentlichkeit, gerade die brauchen wir. (Der große schlanke Mann im Golfpullover, in heller Hose und Sportmütze grinst mokant.) Du weißt, was ich damit meine, Gregory. Die Dummköpfe vor den Fernsehern lassen sich doch lenken. Groß aufgemachte Gutachten über die Nachteile der Zensur, während Gerald die Sache mit einem unserer Partner in die Hand nimmt: ein gut geplanter Überfall, ein paar Tote, keine Informationen an das Fernsehen, und die Gangster entkommen. Was denkst du, wie schnell die Öffentlichkeit auf unsere Linie einschwenkt. – Damit hältst du die Entwicklung nicht auf. (Die Sonne, warme Müdigkeit durchzieht den Körper, ein lascher Schlag, langsame Schritte.) Außerdem ist mein Ruf schon genug ruiniert, und ins Zuchthaus will ich nicht. – Keine Angst, soviel Macht haben wir noch. (Drohendes Lachen.) Jedenfalls ist ein knappes Jahr besser als nichts. Je länger es geht, um so günstiger auch für dich, Gregory. – Auch finanziell? Wieviel? – Du wirst zufrieden sein. – Es darf nur nichts dazwischenkommen, so wie mit diesem Mainer-Report. – Niemand konnte uns dabei eine Verbindung nachweisen. Sein Partner macht uns da viel mehr Sorgen, ein Mann aus unserem Hause. Um ihn kümmert sich Gerald H. bereits. – Ist die ganze Sache überhaupt soviel Aufwand wert, Henry? – Jeder Tag bringt uns Millionen durch die Werbung. (Ein schneller Blick und ein ärgerlicher Schlag.) Wenn die sich zurückziehen, weil wir nicht mehr aktuell über Verbrechen berichten dürfen …

Das Verbrechen. Und wer hat auf mich geschossen? Auf mich? Aber ich bin doch Lieutenant Bratt. Krystle – ein tolles Weib. Sie war es? Nein, doch nicht Krystle. Das Zimmer, Mainer sitzt vor dem Schreibtisch. Die Wut lodert noch nach, dieses verdammte Weib macht mich verrückt. Nein, Mainer soll sie bringen, sonst sage ich kein Wort. Ist mir egal, ob sie etwas weiß oder nicht. Was will der Kerl denn im Zimmer hier? Er bedroht mich … Und Mainer – er wird niedergeschlagen. Schnell, die Schreibtischgarnitur. Aber der andere ist schneller, jünger und kräftiger. Und wütend, haßerfüllt. Ich bin ein Mörder und soll endlich die Wahrheit sagen? Wer ist das, und woher weiß er alles von mir? Ich darf nicht nachgeben. Das Telefon … Plötzlich zwei Schläge, er schießt, er schießt auf mich, auf mich … Mein Hals brennt, wo ist der Hörer. Hilfe, Hilfe, kommt denn … Tiefe, finstere Stille, sie kriecht die Beine hoch, bohrt sich in die Finger, die Arme hinauf, frißt sich innen weiter und brennt und lähmt und tötet … Hilfe!

Bratt hörte sein eigenes Stöhnen. Instrumente, Kabel, Ärzte, Augen tanzten vor seinem Gesicht. Das Licht blendete. Der Tod?

„Hören Sie mich, Lieutenant? Sind Sie okay?“ Die Stimme, wer war das? „Ich bin Doktor Joiner.“ Ein Gesicht schob sich heran. Jemand nahm ihm den Helm ab, löste die Armfesseln. „Wissen Sie, wo Sie sind?“

„Ja. Es ist alles okay.“ Bratt nickte noch etwas benommen. Natürlich, das war der leitende Arzt. Der Versuch und Richter Whyler. „Wo ist …, was ist mit dem Richter?“ fragte er.

„Es ist vorbei. Er ist tot.“

Zum zweitenmal gestorben. „So ist das also“, murmelte Bratt. Wieder hörte er Wetgers Worte, und ihm fiel alles ein. Aber es war nicht der zweite, es war der dritte Tod; zweimal Whyler, einmal Bratt. Doch jetzt wußte er, daß seine Vermutungen richtig waren. Whyler hatte Recht und Gesetz verkauft. Und er wußte auch, an wen. Der zweite Tod war eine Strafe für das, was Whyler anderen angetan hatte, und konnte vielleicht so etwas wie Wiedergutmachung werden.

„Haben Sie herausgefunden, was Sie wissen wollten?" fragte Joiner.

Bratt dachte einen Moment nach. „Ich glaube, ja."

„Gut, wir gehen jetzt in den Ruheraum. In einer halben Stunde sind Sie wieder völlig okay."

„Wie lange hat diese Sache gedauert?" fragte Bratt.

„Vier Minuten und sechsunddreißig Sekunden. Es wird immer besser." Als der Arzt Bratts erstaunten Blick bemerkte, fügte er hinzu: „Unsere bisherigen Gedankenspender konnten wir kaum zweieinhalb Minuten ins Leben zurückrufen. Wir kommen gut voran."

Bratt staunte über etwas anderes: Ihm schien es, als hätte er Whylers Gefühle und Gedanken von Tagen in sich aufgenommen.

Zwanzig Minuten später saß Bratt, korrekt gekleidet und gut erholt, in einem kleinen Konferenzraum. Er trug eine Perücke über dem kahlen Schädel, und das war nicht das einzige, was ihn störte. Die sechs fremden Männer wirkten auf eine kalte Art selbstgefällig und sicher. Er blickte auf Kumnick, der stolz lächelte und ihm zuzwinkerte, und auf Dr. Fulhair, der ebenso zufrieden schien.

„Ich möchte die Anwesenden nicht im einzelnen vorstellen", sagte Fulhair. „Doktor Joiner und Captain Kumnick kennen Sie, zwei weitere sind Experten auf dem Gebiet der Psychologie, und die anderen gehören verschiedenen nationalen Sicherheitsabteilungen an. Ihre Fragen, meine Herren."

„Sie haben erfahren, was Sie wissen wollten", begann Dr. Joiner. „Demnach haben Sie also den Mörder erkannt."

„Ja."

„Ganz deutlich?" fragte ein anderer. „Und sonst noch?"

„Entschuldigung, Sir." Der weitaus jüngste aus dem Kreis der vier Sicherheitsmänner neigte sich leicht dem Frager zu und erklärte: „Wir haben schwerwiegende Gründe zu der Annahme, daß der Mordfall Whyler eine größere und gefährlichere Dimension besitzt, als den ermittelnden Beamten be-

kannt ist. Deshalb, Lieutenant: Wer war der Mörder?"
„Wie wir vermutet haben: der Kuchenmann."
„Der Kuchenmann. Und Sie sind sich absolut sicher?" Trotz seiner beherrschten Miene gelang es dem Mann nicht, den ungläubigen Ton in seiner Stimme zu unterdrücken.
„Ich war mir gar nicht sicher. Whyler war es."
„Gut. Und das Mordmotiv? Welche Personen erkannten Sie noch?"
Bratt hatte zwanzig Minuten überlegt, er wußte, was er sagen wollte. „Viele Fragen auf einmal, Mister. Whyler hat mit einem Anwalt namens Lucius Cambella verhandelt. Der bot ihm fünfhunderttausend Dollar, wenn er den Mainer Report beschlagnahmen und den Verleger verhaften ließ. Und wenn er das Gesetz zur Informationskontrolle über laufende Ermittlungen um ein weiteres Jahr außer Kraft setzte. In letzter Zeit wuchsen Whylers Befürchtungen, daß man ihn als Mitwisser ausschalten wollte. Drei Wochen vor seinem Tod wurde das bereits mit einem Auto versucht." Er schwieg und sah den Mann an.
Der tappte auch in die Falle und sagte ungeduldig: „Das ist uns alles bekannt. Doch wer stand hinter Cambella?"
„Wenn Sie so gut informiert sind, wissen Sie selbst, wer hinter diesem Anwalt steht."
„Für solche Ratschläge braucht man keinen Toten aufzuwecken", sagte der Mann scharf. „Ich will wissen, ob andere Namen fielen, mit wem Whyler direkt verhandelte."
„Namen fielen nicht, ich erblickte nur Schemen, undeutliche Figuren. Mainer sah ich kurz vor dem Mord in Whylers Zimmer. Aber sonst ..." Bratt zuckte die Achseln.
„Wir brauchen Beweise, wenn wir an Cambellas Hintermänner heranwollen. Sein Geständnis oder Ihre Aussage, wenn er mit konkreten Personen ungesetzliche Abmachungen traf."
„Beweise", sagte Bratt leise. „Welches Gericht würde Whylers Gedanken als Beweis anerkennen? Und wenn Sie die Hintermänner fassen möchten, nehmen Sie sich Cambella vor. Der hat doch genug auf dem Kerbholz. Gegen ihn würde ich jederzeit aussagen."
„Wieso wir?" fragte der Mann kalt. Alles an ihm drückte plötzlich Distanz aus. „Sollte sich ein falscher Zungenschlag

in unser Gespräch geschlichen haben, möchte ich das korrigieren. Es ist Ihr Fall, nicht unser."

„Sie wußten allerdings mehr als wir. Und Sie fragen so neugierig."

Spannungsvolles Schweigen breitete sich aus. Kumnick starrte auf die Tischplatte, Fulhair runzelte verlegen die Stirn.

„Im Prinzip erkennt man also die Personen, mit denen der Tote Kontakt hatte, und weiß auch, was sie sagten?" fragte einer der Männer.

„Jedenfalls teilweise", gab Bratt Auskunft.

„Das ist ganz normal", sagte Dr. Joiner. „Manches wird in der nächsten Zeit noch deutlicher, einiges verblaßt wieder. Und manches fällt einem erst wieder ein, wenn man sich mit dem Problem intensiv beschäftigt oder einer der Personen begegnet."

„Aber das ist doch phantastisch", meinte der Mann. „Überlegen Sie nur mal, wenn man irgend etwas über einen Gegner herausbekommen möchte und der Gefan…, also, der Mann will nicht sprechen." Er schien sich an dem Gedanken sehr zu begeistern.

„Es ist aber vieles zu schemenhaft", Bratt dämpfte den Elan des anderen.

„Das ist bei jeder Wissensspeicherung im menschlichen Gehirn so", erklärte einer der Psychologen. „Wie Doktor Joiner schon andeutete, bedarf es gewisser Impulse, um dieses Wissen abzurufen. Nach den bisherigen Versuchen kennen wir natürlich noch lange nicht den Mechanismus, wie das bei sogenannten überspielten Informationen geschieht. Aber Stichworte, Konfrontation mit den betreffenden Personen und ähnliches spielen eine wichtige Rolle dabei."

Das hatte Bratt erhofft und auch befürchtet. Offensichtlich war er nicht der einzige, der über die Konsequenzen nachdachte. Der jüngere der vier Geheimdienstmänner starrte ihn unverwandt an.

„Aber das ist doch phantastisch", wiederholte der andere.

Es folgte eine Stunde mit vielen Fragen, und jede kreiste nur darum, wie sich das Wissen eines Toten am vollständigsten auswerten ließ.

Während der Rückfahrt spürte Bratt die Anstrengungen des Experiments. Er fühlte sich müde, zerschlagen und trotzdem voller Unruhe. Immer wieder sah er fremd-vertraute Gestalten, unerklärbare Gedankenfetzen huschten ihm durch den Kopf, und ständig wichen Antworten auf Fragen wie hinter eine Milchglasscheibe und verloren ihre Konturen.

Sie saßen schweigend im Wagen. Kumnick schaute aus dem Fenster, nur manchmal drehte er den Kopf, räusperte sich und schwieg dann doch. Erst kurz vor Bratts Haustür sagte er: „Sie werden sich heute mal richtig erholen, CiDi. Morgen sehen wir uns dann im Präsidium."

Bratt nickte. „Ich kann mich noch nicht richtig konzentrieren."

„Das läßt sich denken. Was ich noch sagen wollte ..." Kumnick dämpfte die Stimme und faßte Bratt leicht am Arm. „Dieser Mann vom FBI, der jüngere ... Ich mußte ihm von allen Unterlagen über den Fall Whyler Kopien schikken." Er wurde noch leiser. „Ich hatte strengen Befehl, kein Wort davon zu sagen. Zu niemandem. Deshalb habe ich auch gezögert, dem Versuch zuzustimmen. Es sind da nämlich Interessen im Spiel, gegen die ein toter Polizist eine Bagatelle ist." Bratt wunderte sich, daß der Captain ihn zur Haustür begleitete. „Seien Sie vorsichtig, CiDi. Es gibt Leute, die Sie jetzt für das gleiche Sicherheitsrisiko halten wie Richter Whyler. Vielleicht für ein noch größeres."

„Idiotisch. Ein menschliches Gehirn ist doch kein aufgeschlagenes Buch, in dem man nur nachzulesen braucht."

„Ob das andere Leute auch so sehen, bezweifle ich." Kumnick drückte ihm die Hand. „Ich stelle zwei Beamte ab, zu Ihrer Sicherheit."

Der Lieutenant sah ihm hinterher und dachte: Nein, was in einem menschlichen Kopf alles vorgeht, wird kein Buch vollständig wiedergeben können. Schon jetzt hatte er das Gefühl, daß Richter Whylers Geschäfte und Gefühle, die Gestalten seiner Bekannten und Feinde sich immer fordernder in seine eigenen Gedanken drängten. Er mußte sehr genau aufpassen, von welchen Figuren die größte Gefahr ausging. Auf jeden Fall waren es viele. Und obwohl er Kumnick nicht darunter entdecken konnte, würde er auch ihm gegenüber vorsichtig sein.

…ine Frau stand im Zimmer, als hätte sie sich stundenlang nicht bewegt. Sie blickte ihm prüfend ins Gesicht und drehte sich dann ab. Sie sieht müde aus und alt, dachte Bratt. Nein, nicht alt, nur sorgenvoll, und das war seine Schuld und die seines Berufes. Einige ihrer unausgesprochenen Ängste versuchte er ihr zu nehmen, indem er von der Gedankenübertragung erzählte wie von einem amüsanten Blick durchs Schlüsselloch in ein fremdes Schlafzimmer. Auch von dem, was er nun vorhatte, verriet er nicht viel mehr, als er später vielleicht Kumnick anvertrauen würde.

„Wenn jemand anruft", sagte er nach der dritten Tasse Kaffee und einem Blick auf die Uhr, „dann sagst du, ich wäre so erschöpft, daß ich mich hingelegt hätte."

„Bist du es nicht auch?"

„Aber nein." Bratt setzte solch ein unternehmungslustiges Lächeln auf wie ein Dienstreisender beim Betreten einer Nachtbar. Dabei fühlte er sich wie ausgehöhlt. Er verließ das Haus durch den Hintereingang, winkte zwei Querstraßen weiter einem Taxi und fuhr in die Nähe der Florence Avenue. Während er zur Nummer neunzehn schlenderte, beobachtete er seine Umgebung und überlegte, ob er die halb von einem Baum verdeckte Feuerleiter benutzen sollte. Es war der unauffälligste Weg.

Diesmal mußte er oft an Krystles Tür klopfen, ehe ihre verschlafene Stimme erklang: „Wer ist da?"

„Lieutenant Bratt. Ich muß Sie sprechen."

Sie öffnete einen Spalt, und erst als sie ihn erkannte, löste sie die Sicherheitskette. Anscheinend hatte sie für jede Gelegenheit einen Hausmantel, diesmal war es ein gelbflauschiger, undurchsichtiger, der oben weit auseinanderklaffte und ihre Brüste fast in vollem Umfang zeigte. Bratt überkam ganz plötzlich solch ein lüsternes Verlangen, daß er mit beiden Händen zufaßte.

Krystle Dodgers stand wie erstarrt. Schließlich kam ein erschrockenes Piepsen über ihre Lippen, und sie wich zurück. „Sie sind ja wie Whyler."

Wie Whyler? War er nun vielleicht Whyler, denn wie sonst sollte er sich an diese Situation so genau erinnern. Auch diesen Bademantel kannte er genau.

Erst nach einigen Minuten folgte Bratt der jungen Frau

ins Zimmer. Verlegen suchte er nach Worten der Entschuldigung. Da sagte Krystle Dodgers: „Ich mag diese Art nicht, sie erinnert mich zu sehr an den widerlichen Whyler.“ Bratt sah, daß sie den Bademantel oben nicht einen Zentimeter enger gezogen hatte. „Man kann sich doch auch freundlich näherkommen.“

„Verzeihen Sie“, sagte Bratt, „es ist wirklich nicht meine Art. Eigentlich war es mehr ein Test, allerdings ist er mir bei Ihren Reizen nicht schwergefallen.“ Er spürte wieder ein fast magisches Verlangen, die nackte Haut der jungen Frau zu berühren. Er zwang sich, an seine Frau zu denken, doch erst als er ihr sorgenvolles Gesicht vor sich sah, ließ das Verlangen nach.

„Ach so“, sagte Krystle Dodgers und raffte nun endlich den Mantel über die Brust. „Und sind Sie zufrieden mit dem Ergebnis?“

„Ja, Sie haben mit Whyler geschlafen. Erst danach kam der Ekel.“

„Deshalb wollten Sie es also auch versuchen.“ Sie richtete sich so wütend in ihrem Sessel auf, daß Bratt sofort wußte, dies war nicht gespielt. „Ich könnte Ihnen viel Ärger machen, wenn ich Ihren Vorgesetzten melde, daß Sie mich vergewaltigen wollten.“ Sie zog den Telefonapparat zu sich heran und fügte hinzu: „Oder schon haben.“

Bratt ging langsam auf sie zu, nahm ihr den Hörer aus der Hand und legte ihn auf. Erneut packte ihn ein nie gekanntes Gefühl animalischer Lüsternheit, und er mußte alle Mühe aufwenden, sich von Krystle abzuwenden. „Miß Dodgers, ich komme als Freund zu Ihnen, und so bitte ich unser Gespräch auch aufzufassen.“

„Als Freund oder nicht, ich habe meine Prinzipien. Und was Sie sowieso schon wissen: auch feste Tarife.“

„Das ist mir bekannt, auch, daß Sie nichts gegen Whyler gehabt hätten, wäre diese Sache in seiner Wohnung nicht gewesen.“

Krystle Dodgers blickte ihn erschrocken an. „Was meinen Sie damit?“

„Als Whyler Sie mit dem präparierten Whisky vollpumpte und betäubte.“ Bis vor einer Minute hatte Bratt nichts davon geahnt, doch nun sah er die junge Frau wieder unbekleidet dem Bett liegen, er stand über sie gebeugt, ebenfalls nackt, drückte sich an Ihren Busen, fuhr zwischen Ihre Schenkel, von immer wilderer Gier gepackt und doch voll wachsender, machtloser Wut. Das einzige, womit er das Ziel seiner Wünsche erreichen konnte, waren die Finger …

Bratt stöhnte leise auf und mußte sich setzen. War er zu einem Stück Whyler geworden? Was in ihm wogte, war das, was ein Bratt niemals getan und gefühlt hätte.

Die junge Frau hatte ihren Kopf in die Hände gestützt und schluchzte. Sie beachtete den Lieutenant nicht mehr, und das war ihm sehr recht. „Nur weil er versagte – was hätte das ausgemacht. Als ich aber zu mir kam und merkte, was er mit mir machte … Später lachte er mich aus, weil ich ihn anschrie, ich würde ihn vor aller Welt bloßstellen. Was denken Sie, was er darauf antwortete? ‚Wem glaubt man wohl mehr, einer Nutte oder einem ehrenwerten Richter.‘ Dieses Schwein, dieses verdammte Schwein.“

Es war lange still im Zimmer. Dann fragte Bratt: „Wie stehen Sie zu Greg Leamend?“

Krystle Dodgers rührte sich nicht. Und erst als Bratt wiederholte, daß er als Freund gekommen sei und sie niemandem ein Wort über ihr Gespräch verraten dürfe, sagte sie: „Er ist Werbefotograf, ich gehöre zu seinen Lieblingsmodellen.“ Bratt wartete schweigend, und fast widerstrebend fügte sie hinzu: „Er ist ein netter, anständiger Kerl.“

„Sie haben mit ihm geschlafen?“

Die Frau senkte den Kopf und nickte. „Es ging von mir aus, er ist verheiratet, zwei Kinder. Ich habe es nie mehr versucht, es wäre für uns beide nicht gut gewesen.“

Plötzlich glaubte Bratt, seine Frau wirklich vor sich zu sehen. Aber es dauerte nur Sekunden, bis er den Grund erkannte. In Krystle Dodgers' jungem Gesicht standen schon der gleiche sorgenvolle Zug und dazu die traurigen Linien der Resignation. Wie würde sie bei diesem Leben erst in dreißig Jahren aussehen. „Ich möchte den Namen Leamend aus unseren Ermittlungsakten heraushalten“, sagte Bratt. „Wo wohnt er?“

„Altadena, Lake Avenue fünf.“

Bratt kannte den Vorort mit den straßensäumenden Eukalyptusbäumen, den flachen Einfamilienhäusern, den Garagen daneben, den Vorgärten und kleinen Springbrunnen. Wer dort zu Fuß entlangging, fiel genauso auf wie ein lendenschurzbekleideter Bewohner der Sahelzone, der durch eine Eskimosiedlung spaziert. Bratt ließ sich von einem Taxi zu einem bekannten Autoverleiher fahren, der ihm ohne lästige Fragen einen unauffälligen Volkswagen des vorletzten Modells gab. Damit fuhr er gemächlich und mit einigen Umwegen zur Lake Avenue. Die rund zwanzigjährigen Bäume, die aufgrund in Los Angeles erlassener Gesetze zu Hunderttausenden gepflanzt und von den ebenfalls gesetzlich vorgeschriebenen umweltfreudlichen Automotoren nicht wieder ermordet worden waren, standen in dichten Reihen und schaukelten im Wind.

Der Garten von Nummer fünf bestand nicht nur aus den geforderten zwei Büschen oder einem Baum je zehn Quadratmeter, Leamend mußte mindestens die dreifache Menge angepflanzt haben. Nur ein schmaler Weg führte zur Garage neben dem Haus. Die Gartentür stand offen, so daß Bratt unbemerkt den Wagen in diesen Dschungel fahren konnte.

Er stieg aus, ging zur Vordertür und klingelte. Kurz darauf öffnete eine Frau in Schürze, sie sah blaß und schmal aus und hatte strähniges Haar. Kein Vergleich mit Krystle Dodgers, doch das sprach für Greg Leamend.

„Ich möchte gern Ihren Mann sprechen", sagte Bratt. „Beruflich."

Die Frau musterte ihn kurz. „Kommen Sie rein." Sie führte ihn in das große Wohnzimmer, von dem eine Eßecke abgeteilt war, und versprach, Greg sofort aus dem Labor zu holen.

Kurz darauf steckte sie ihren Kopf wieder durch die Tür, sagte, er komme in einigen Minuten, und verschwand in der Küche. Sie warf ein Mixgerät an, und Bratt konnte sich ausmalen, daß sie wie die meisten amerikanischen Frauen mit störrischer Verbissenheit irgendeinen neuen Rohkostsalat fabrizierte, in der Hoffnung, dadurch länger jugendlich und schlank zu bleiben. Welch ein Irrtum! Die kräftig zubeißenden Schweden und die feinschmeckerischen Franzosen lebten im Durchschnitt nicht nur länger, auch ihre rundlicheren Frauen fanden in der Männerwelt weitaus mehr Anklang als ünnen, knochigen Amerikanerinnen. Es fand nur niemand den Mut, dies öffentlich auszusprechen.

„Guten Tag", sagte plötzlich eine Stimme neben Bratt. Er schreckte zusammen und erhob sich. Vor ihm stand ein kräftiger, sportlich wirkender Mann. Er lächelte freundlich, doch tauchte dahinter wie aus einem Nebel eine wutverzerrte, haßerfüllte Grimasse auf. Bratt wich zurück und schluckte.

„Ist Ihnen nicht gut?" fragte Leamend. Er kam näher, und der Lieutenant mußte seine ganze Willenskraft aufbieten, um ihm die Arme nicht abwehrend entgegenzustrecken. Da kam sein Mörder auf ihn zu. Greg Leamend hatte Whyler erschossen.

„Die Hitze – ich bin schon einige Stunden unterwegs", murmelte Bratt. „Es geht schon." Er setzte sich und schloß erschöpft die Augen. Ja, da stand der Mann vor ihm, um den er sich nach Wetgers Tod nicht mehr gekümmert hatte und den Whyler nicht einmal kannte. In ihm war eine Ahnung gewesen, wie alles zusammenhing, nun besaß er Gewißheit.

Leamend war hinausgeeilt und kam mit einer Flasche Sodawasser zurück. „Ein Whisky dazu, das hilft", sagte er.

Bratt ergriff das Glas und nahm einen kräftigen Schluck. Dann lächelte er Leamend an und sagte: „Können wir hier ungestört sprechen?"

Leamend lauschte einen Moment zur Küche und nickte.

„Mein Name ist Cassidy Draughlaw Bratt, Lieutenant der Mordkommission. Sie haben Richter Gregory Whyler erschossen."

Leamend sagte nichts. Er wurde blaß und tastete sich vorsichtig zu einem Sessel. Wie in Trance ließ er sich hineingleiten.

„Ich habe immer damit gerechnet", murmelte er. „Es war eine Affekthandlung, der Richter hat mich bedroht, da verlor ich die Nerven."

„Ich weiß", erwiderte Bratt. „Ich weiß es besser als Sie. Sie hatten ja nicht einmal eine Waffe mit, und Sie trifft nach allem, was dieser Mann nicht nur Ihnen angetan hat, keine Schuld. Moralisch, meine ich."

Leamend hob den Kopf. Über sein Gesicht glitt ein zaghaftes Lächeln, fragend und ein ganz klein wenig hoffnungsvoll. „Als es hieß, der Kuchenmann sei auch der Mörder des Richters gewesen, habe ich aufgeatmet. Aber schon bald kamen neue Zweifel, Ruhe habe ich nicht gefunden. Und nun … Was wollen Sie?"

„Ihr Name ist nie in den Ermittlungsakten aufgetaucht, was Mainer uns über Ihre Bemühungen erzählte, durch ihn den Richter zu einem Geständnis zu bewegen, steht in keinem Protokoll. Es kam damals zuviel dazwischen. Ich bin auch nicht hier, um Sie zu verhaften."

„Was dann?"

„Ich habe es mir lange überlegt", sagte Bratt. „Sie hatten gute Gründe für Ihre Tat und haben noch bessere Gründe für weitere Taten. Wie ich. Deshalb werden wir gemeinsam einige der Leute bestrafen, die ohne Skrupel mordeten und dies auch weiter ungeschoren tun werden."

„Wir beide? Das sagen Sie als Polizist?"

„Ja, und ich sage es, weil ich ein guter Polizist bin."

Leamend schüttelte störrisch den Kopf. als wolle er nicht glauben, was er eben gehört hatte. „Es ist gegen das Gesetz."

Der Lieutenant beobachtete ihn, lauernd und ein wenig verächtlich. „Die Ermordung Ihres Vaters, die entsprach dagegen dem Gesetz", sagte er höhnisch. „Und daß Sie immer noch nicht wegen Mordes an Richter Whyler verhaftet wurden, das ist auch nach Recht und Gesetz. Glauben Sie, Leute wie ein Lucius Cambella scheren sich im geringsten darum?"

„Cambella", unterbrach ihn Leamend, „der Anwalt Cambella?" Und als Bratt nickte: „Er ist eben bei einem Verkehrsunfall ums Leben gekommen. Zwei Jugendliche hatten einen Lastwagen gestohlen, überrollten sein Auto und flüchteten unerkannt."

„Cambella, sieh an", sagte Bratt. „Die arbeiten wirklich schnell, und sie haben ihre Leute überall." Er sah wieder das Gesicht des jüngeren Geheimdienstmannes vor sich und fragte: „Woher wissen Sie das?"

„Es wurde eben durchgesagt. Ich höre im Labor immer Radio."

„Sehr gut", sagte Bratt zufrieden, aber er meinte etwas an-

„Dann bleiben immer noch genug übrig. Zum Beispiel Henry Cottish, Vizemanager bei NAC. Und Harold G. Mullinger, Sicherheitsinspektor bei T.V. Action.“

„Sie glauben doch nicht, daß die direkt in Morde verwickelt sind.“

„Nein, das glaube ich nicht. Ich weiß es.“

„Und an die wollen Sie ran?“

„Wir beide.“

Als Leamend aufstöhnte, glitt ein boshaftes Lächeln über Bratts Gesicht. Es erinnerte an Richter Whyler. Doch nur einen kurzen Moment, dann sah er freundlich zur Tür.

Frau Leamend kam mit einer Schüssel in den Händen herein und fragte: „Darf ich Ihnen eine kleine Erfrischung anbieten? Einen Obstsalat?“

Inhalt